一夜飞行

黄惠子——著

九州出版社
JIUZHOUPRESS

图书在版编目（CIP）数据

一夜飞行 / 黄惠子著 . -- 北京：九州出版社，

2025. 3. -- ISBN 978-7-5225-3658-3

Ⅰ . I247.7

中国国家版本馆 CIP 数据核字第 2025HV7406 号

一夜飞行

作　　者	黄惠子　著
责任编辑	赵恒丹
出版发行	九州出版社
地　　址	北京市西城区阜外大街甲 35 号（100037）
发行电话	（010）68992190/3/5/6
网　　址	www.jiuzhoupress.com
电子信箱	jiuzhou@jiuzhoupress.com
印　　刷	广东虎彩云印刷有限公司
开　　本	787 毫米 × 1092 毫米　32 开
印　　张	8
字　　数	200 千字
版　　次	2025 年 3 月第 1 版
印　　次	2025 年 3 月第 1 版印刷
书　　号	ISBN 978-7-5225-3658-3
定　　价	59.80 元

目录

大三暑假，我到银行网点当实习生。我爸在这做营业主管，除他外，网点就一个保安，一个大堂经理，三个柜员轮班，负责人成天跑业务，见不着人。我爸很忙，早晨会晚夕会，做报表，整资料。

实习第六天，一个大叔进来存钱，从大裤衩口袋掏出一叠，零整都有，蘸口水数数。叫号的柜员是胡斌，刚毕业一年。胡斌细致整理，分类过验钞机。大叔不耐烦，催他快点，胡斌缓缓说，别急。语气像唐僧，我听来想笑。这时，验钞机发声异常，显示有张一百元假币。胡斌过了几遍，再以手摸识别。大叔火了，直呼不可能，"怪不得手脚这么慢，就你捣的鬼，把我真钱换掉喽！"

胡斌不辩解，说可调监控查证。大叔说："我不看，你们合伙搞个假录像还不容易！你给我发誓，你要拿我钱，出门就被车撞死！"

胡斌静坐于防弹玻璃那头，一言不发，面带微笑。

"少在这装斯文！"大叔火气更大，连爆粗口，直问候到人家祖上。我爸与他说理，他捂住胸口，面向围观者："哎哟，大银行就这么欺负老百姓，我心脏病发了，这大热天，快不行啦！"

我爸报警。大堂经理开始劝胡斌："你反正没拿钱，发个誓，息事宁人。"负责人听闻，电话里叫胡斌垫付一百元。胡斌还是没动。大叔朝椅背一摊，二郎腿跷起。

我指着胡斌台卡说，上面有电话，您可以投诉。"哼，投诉？"大叔笑出声，"要不你把钱赔我，这事就算，我看你一个小姑娘，别跟我耍滑头。"我说，我们没拿钱。大叔双手互抱，换条腿跷："拿了怎么搞？你就一辈子生不出小孩，你发誓。"

我冲过去，不等众人反应，啪！甩手扇他一耳光。大叔一愣，起身欲还击，我抬脚就踹，被我爸和保安两边拽住。我大喊："你他妈要无赖出去耍，少在我们这丢人！"大叔食指直戳，扬言找人打我。我看准保安腰间警棍，去抢，没得手。"你来啊，老娘我等着！"这时发现，警车已在门口。

那场争吵，带来几个后果。第一，我被教育：他骂人我们没法管，你动手打人，我们就要管。第二，负责人赶回，亲自向大叔道歉，送其一箱猕猴桃，把当班人员换个批，没批我，直接说，你明天不用再来。第三，胡斌成了我男朋友。

我曾问胡斌，为什么看上我。他说，你可以。

"可以"什么意思？

可以就是可以。你没觉得银行太阴柔吗？

银行太阴柔，我想来，觉得是那么回事。就拿我爸来说，以前上班的地方叫信用社，我去过，一个高台，人坐玻璃后面，像坐在遥远天边。后来信用社变银行，灯光倒是明亮不少，感觉气还是喘不匀。他没变，仍在柜台。

他曾想换个位置，到后台，坐办公室。想去就得像我们一样考试，考第一名才行。有一两个月，他晚上还是看书，与往常不同，白色日光灯大亮，他坐得笔直，面前两三本书，一个笔记本，写写画画。他喊我过来，指给我看说，这题你会不？我说，这么复杂的函数，我要到高中才学，你不会，我可以帮你问老师。他说，开玩笑，我当然会，我就考考你。我说，你们给人存钱取钱，还学这个？他说，这叫金融，你不懂。据我观察，那题他应该也不会，但硬背了下来。

他真考到最高分，行里又通知，增加一轮面试。结果出来，不是他，是他压根没想到的人，笔试成绩比他低三十三分。自此，他又复原样，看回那些杂书，寂静得像一个魂。

这些年他就一直在前台，不再参与竞聘。轮岗过几个网点，做过储蓄柜员、综合柜员、大堂经理，再到如今营业主管，业务熟练，业绩连年倒数。

无数个晚上，我爸坐家里，房间书桌前，就着淡橘色光的台灯，摊本书看，不太理我。昏沉光线，烟灰缸荡着雾气，或轻或重，与他合为一体。屋里放不下书柜，他的书在桌边、床头、墙角，蔓延至阳台。它们积年潜伏，越堆越高，成为这筒子楼内自行升起的一座歪楼。我爸像某种软体动物，长年埋在里头，偶尔爬出来透气，又钻进去。在诗文与故事中，他远远朝我走来，走到跟前，却还是远。他说，你喜欢什么，挑来看看。我挑名字有趣的，《带小狗的女人》，看几段，人名也记不住，就放回去。换几本，都很没劲，搞不懂这么些乏味字句，怎会被他当宝贝看。

毕业后，我没去银行上班，当了瑜伽教练，同时在几处场馆教课。我爸问过，就你这脾气，能干这个？我说，你不知道，这跟在印度不同，纯粹健身，我越凶，那帮女人越说好，抢着预约我课。我爸其实两边晃，今天抱怨工作太没意思，明天又说，你既然学的会计，还是争取进银行。我说，打死我也不去。

就为那事？

那次还没出手，就叫你镇压，下回我去过个瘾，怎么着也把他整出个神猴哈努曼造型。

什么猴？

神猴哈努曼，瑜伽体式，俗称一字马。

什么马？

我就地劈个横叉下去。我爸说，要他这样，不等于要他命么！我说，死不了，顶多残废。过一阵，我爸又说，你不打胡斌吧？我说，他听我的，就没事。我爸说，人不错，你别过火。

这年十一月，我教课路上，忽听"嗷"一声嘶吼。路口，三个男人黏成团，肢体交错，形态扭曲，像煮熟的面条。中间的瘦高个，脚乱踩，腿叉很开，双臂大张，搭在两侧人肩上。那两人抵住，防止他要倒要瘫。三人互为支撑，歪歪斜斜。

走近些，我停住。瘦高个在哭，哭声任性。在一个中年男人身上，这任性四下飞溅，迸裂。我认出，是我爸。

天光放寒，惨淡暮色里，他们走几步，调整姿势，再走，被天地吞没。

课后我没回住处，决定先去我爸那儿。家里漆黑，细听有浓重呼吸，进房间，酒气漫散。我看见他是在的，已经睡下，像一团深渊。打开小灯，他黑色大衣还在身上，围巾也没摘，被子整齐叠放床脚，一只皮鞋歪斜床下，另一只侧躺其上，正如他的睡姿。我扯来被子给他盖上，他没醒，微张着嘴，吸两下鼻子，时而咳嗽，非常不稳，面色越发深红。我突然想他一生大半已过，落得这狼狈相，就不忍他醒来。他这样脆弱，这样陌生。

房间依然堆满书，有些还在我记忆中的地方。它们阴森地包裹着他，随时要倒塌在他身上。

"你死了就用这些书烧你，还省掉火葬费。"我妈当年的话，回响在我耳边。

这几年我回家不多，高中大学都住校，毕业后自己租房。家里就我爸一人，通常是他一时兴起，做几个菜，喊我来吃。我爸烧菜其实还行，不知什么原因，吃到我嘴里就寡淡无味，多数时候我边吃边看手机，基本不说话。他坐对面，不怎么吃，光喝酒。我不喝，吃好他也不留我。

有时我会想起我妈，我想她应该过得挺好。偶尔通个电话，她也是这样说。那我就相信吧。当年她飞往南方，离家千里，那儿有她的情人。他们是高中同学，一直保持联系。毫无征兆的某天，她收拾行李，仅带走少量衣物，走后才将这一切告诉我爸。她只回来一次，跟我爸把手续办了。

她性子与我爸相反，她说这是被我爸逼的。小学三年级，几个男生放学跟我后头，吹口哨，闹哄哄开我玩笑，直到我家楼下。我不理睬，不敢回头。一连几天，被我妈发现，当时她正切菜，二话不说，抄起菜刀冲下楼，揪起胳膊，追着那几人狂奔。我呆立原地，他们逃，啊啊乱叫，绕楼三圈，队形散了，我妈逮着其中一个继续疯跑,背影没入街角,我才看到,她还系着粉红围裙。

我妈的英勇事迹在班上传开,再没人敢欺负我。在家关起门,她狠狠训我,骂我怂。小时候我妈没少打我,长大些,我会还手,但没赢过她。跟我爸闹也是常事,她动嘴动手,我爸不还击,因为他根本不会吵架,回两句,气得说不了话,红脸硬脖子,摔门出走。我妈没机会发火,打电话给朋友,哭诉自己命苦,说,我要有钱,就雇个人在家,专门听我讲话。

那年年三十,我们在家吃午饭。窗口漏风,饭菜上桌变凉。我妈再次起怨,说我爸没用,连个像样房子都住不上,看看人家,那谁,那谁……无非这些话,我听得都会背。我爸不作声,我妈接着道,哪天我非把这些破书全扔了。我爸埋头吃饭,我妈说,你倒是吭声啊。我爸去撺菜,我妈一手打掉他筷子,抓过他碗,往地上一扔,双眼瞪通红。饭撒一地,碗没碎,我爸捡起来,用劲砸下去,摔成几大块。沉默过后,他起身出门。

春晚近尾声,他仍未归,短信不回。我妈拉着我,说唱歌去。我说,今晚KTV都关门吧。我妈带我一路找,脚步汹涌,我不得不小跑跟上。街上人气寥落,夜色越发冷冽。两个醉鬼在电线杆旁比赛走直线,一个身子一斜,软塌下去,另一个去拉,一屁股坐倒。

然后到了零点。噼噼啪啪,鞭炮四面哗然,重叠接续。有那么十分钟,我们被包围其间,眼前尽是大红炮火往下落,还有金的银的,声响极其遥远,像大海深处的呼啸。有人放烟花,一个光点,突兀冲上空,裂成无数,其实只几色,望来却千百颜色碰撞,再一齐暗淡消逝。一个,又一个,重复着起飞与坠落,沉入虚空，化为薄的尘埃。这是叫人迷恍的时刻，我软弱地喘气，醉鬼并肩而坐，也安静。

我妈如绽开的烟花，抬头向天，大声喊：新——年——快——乐——！新——年——快——乐——！她连喊几遍，每一遍都把"乐"字拖长，直到嗓音变哑。她长发散乱，脸上一团热气，嘴角自然上扬，漾出好看的浅酒窝。夜空是碎的花，完全的光，她眼里有水色在闪，长睫毛上结出细小的霜。我隐约觉得，她简直要与这热闹一同飞走。这时她手机震动，是我爸回的短信，两个字：死了。

我们到底是没找到营业中的KTV，回家睡觉。年初一清早，我妈妆容精致，为我换上新衣，打扮得体。我们踩一地鞭炮屑，去亲戚家拜年。午后回来，我爸已到家，窝在沙发上，睡得死沉。他有点不一样，膝盖以上是昨天穿的藏青色裤子，以下被厚实的灰黑色裹紧。我说，他新买双靴子？我妈看看说，他踩泥潭里了。

许多年过去，我才知道，那天他去我奶奶墓地，坐了一天一夜。

办手续后一段时间，我爸喝得目光涣散，醉色连日不消。胡子不刮，头发不剪，衣服穿反不知道，身上一股霉味。他差点被银行辞退，但辞退需正当理由，还得付他一笔赔偿金，行里也就作罢，给他休个假。也就是那时，他开始写诗。

至今我也不明白写诗这回事，换作是我，宁愿被罚做五分钟平板撑。他在纸上写，不是一行一行，而是跳着，这几下，那几笔，上下左右，涂改潦草，纸面乱如麻。写完一张，就手揉成团，照垃圾桶一扔，再写，再揉，再扔。幸存的散在桌面，我没兴趣在那辨认字词。我猜他从未发表，试着在网页搜他名字，刘泽，从历史上的诸侯，到如今本地的肛肠科医师。唯一与他有关的，是一篇信息报道，写网点开展应急演练，模拟犯罪分子持枪在营业大厅劫持客户的场景，当中写道："面对突发事件，网点人员按照预案角色分工，沉着应对，机智配合。"还配张照片，标注"营业主管刘泽扮演歹徒"。我爸套个土匪帽，没套好，头顶凸起一团，像顶个丸子头。除此之外，倒还挺像回事，他一手紧搂"人质"脖子，一手握玩具枪，脸部遮得严实，眉间紧蹙，双眼发亮，直直瞪向一处。我又搜，刘泽的诗，无果。也许他用了笔名。我从未和人说过我爸写诗，我羞于承认，好像那是见不得人的事。他又迷上摄影，陆续买装备，自己照网上教程学，话比从前更少。

这晚，幽暗房间里，我在床边坐十几分钟。衣柜一侧变作书柜，我妈没带走的衣物，曾长期逗留，我这才发觉，不知何时已被他扔掉。他一直没醒，呼吸深浅无定。他的脸在枕头里，仍留有傍晚当街号哭的某些形态，稍显浮肿。放在平日，这张脸清瘦，眉目分明，又因涉世少，在个别角度透出天然的稚气，看不出他已五十一岁，说是四十出头也有人信。我记起他对着镜中自己的脸，问我："我看上去是不是显老了？"

他并非没有变化，他是有了新的生机。

那是一年多以前，我回家吃饭，他坐对面，看手机，嘴边少见的笑意雀跃，等他意识到，试图收回，面部僵硬起来。一会儿，那摁下的笑，又贼一样溜出来，他再往回收，却好比身临险境，偏遇刹车不灵。他站起，倒杯水，仰头灌下。他坐下，扒几口饭。他站起，到卫生间，洗个手，回来坐下。他站起，顿两秒，拿过墙角扫帚。他头几乎低到地面，在狭小空间转圈，扫三遍，把可怜的一点灰尘赶进簸箕。

我吃好要走，去跟他打招呼，发现他在洗脸池边，修胡茬，脸快要贴上镜子。他问道，我看上去是不是显老了？我一时懵，随口答，没有啊。他说，真的？我说，真的。他对镜子说，我怎么都五十岁了啊。

我没猜错，那骇人的哭，与他新生活有关。第二天下午，他发出此生第一条朋友圈。是个筹款链接，标题惊心："传递爱心！我想活下去！请救救患胃癌的我"，点进去，我才知她叫何行，三十九岁，刚被确诊为胃癌。底下有她的诊断报告书和照片，她平躺着，右臂打着吊针，半边脸被天蓝色口罩遮住，露出虚弱的半睁的眼。

此前我们见过，在胡斌的帮助下。就在我爸关注自己老不老的同时，胡斌说，最近一女的，常来网点找刘叔。我说，漂亮吗？他说，就，正常人。我说，找我爸干吗？他说，来买理财。

我就没见我爸和谁聊天超过十句。我说，我爸那样，能有客户？他们聊什么？你去听听。他说，我不干这事。我说，她做什么的？他说，好像开网店，卖沙拉，也可能卖化妆品，哦，不对，是盆栽。我说，到底卖什么？他说，要不就每样都卖点。我说，她该不会骗钱吧？我爸接触人少，很单纯。他说，不像。

我们不知道她名字，称"那个她"。没多久，胡斌说，那个她又来了。我说，又买理财？胡斌说，不是，刘叔在教她怎么离婚。我说，为我爸？胡斌说，不知道。我说，下次她来，你跟我说声，我就装作来找你，看一眼。

我见到那个她。两人真在谈理财，交流非常职业，一点儿私心看不出。她矮，略胖，说不上好看，也不算难看，没化妆，头发出油，马虎地扎在一块儿，搭在后颈，露几绺在外。外套像校服又像运动服，背面印有"fashion"字样，粗大模糊。

这是我与她唯一照面，后来我问胡斌，她到底离婚没？胡斌说，不知道，她好像有个儿子，你怎么不自己问刘叔。我说，问不出口，我爸没跟我说过。胡斌说，你也管不着。

我知道我管不着。我来吃饭，他出门买烟，回来打电话喊我下楼。他站在对面大梧桐下，捡一片完好黄叶，手机递给我，说，你帮我拍张照。我说，我技术不行。他说，没事。我镜头对准，他双手捏叶柄，将叶片竖胸前，立正，努力挤出微笑，看镜头的眼，有些怯。我连拍三张，他舒口气，像完成一个仪式。他从后往前翻看，不小心多翻一页，是张模糊抓拍，我瞥见那个她，蹲在花坛边上，侧身低头，面朝一盆太阳花，手在花上。

他看到我在看，立即翻回他自己："你应该让开点，你看，这树正好顶我头上。"我说，那我重拍。他忙说，不用，这也挺好。我说，发给她啊？他没答话，回屋里，把树叶夹到书里。

我吃完回住处，看到他给我发条消息：她把路边倒掉的花扶起来，掸去上面尘土，我感动。

我爸与我谈及她，仅此一句。是我见过他最抒情的一句。这句话我看几遍，突然意识到，世上有两种人，一种会把花扶起来，一种不会。我就不会，那毫无意义。胡斌也不会。我妈也不会。我爸会。就这么简单。

我立刻打电话给胡斌，他说他知道，前几天就听说，情况不太好。我一听就来气，说，那你不告诉我！胡斌说，你不把我拉黑了吗，我找不到你。

最近我发现胡斌跟一个女孩暧昧，对方说要跟他私奔。那女孩在上大学，估计是胡斌进校园宣传信用卡时认识的。我当着胡斌面，拿他手机打过去，骂她不要脸。然后把胡斌训一顿，拉黑，叫他好好反省。

我说，找不到？你又不是不知道我住哪！胡斌说，我去过，你不在。我说，我有课，你不知道？他说，不知道你在哪个馆。我劝自己，算了，现在不是计较的时候。

因为搞不准她名字念"xíng"还是"háng"，我们延续老称呼。在胡斌描述间，我散乱抓取着信息：扩散了，一开始还没床位，在走廊，什么都吃不了，整晚整晚疼，她自己还不知道是晚期，医生说最多三个月。

我到路上闲逛，昨日傍晚我爸的悲伤，被整条路悉数收起，不见痕。光线很好，川流，鸣笛，红绿灯，有序得让人心慌。条条命自行其是，偏她。

她的模样变可爱，我想起那天见面，我爸说，这是我女儿。她冲我笑，有颗小虎牙，对吧，很可爱。牙不整齐，这没什么不好。不会打扮，也没什么不好。

我爸说这话时，眼里闪过一道我记忆中的神色。十年前，一群人将这条路拦腰截断，拉着白底黑字横幅，集体喧哗数日。是上下学必经路，公交无法通行，我与其他乘客下车，绕道行走。终等到事件解决、交通恢复的讯息，不知可靠与否。保险起见，我坐上公交，我爸骑自行车随后，若队伍未散，我就下车，坐他后座。一路上，我面朝窗站。他必须骑很快，才不至于被甩远。每站经停，他有机会赶上，对我点头或笑。公交开动，他即刻被拉开向远，像往后退，待视线平稳，又见他拼命蹬，脚踏踩得急速，如马戏表演。车开过三站，到这路已疏通，他无需再送。红灯时他追上来，冲我招手，车头一晃一甩，他赶忙收手扶稳。我也向他挥手，他就转弯，往回走。

很快，新世纪第一个十年过去。眼下第二个，也将告终。我并未想过这件事，以为寻常早遗忘，原来一直在。他骑车带笑，他哭成烂泥，在一条路十年前后，他与他彼此遇到，摇摇晃晃。他显得硬邦邦，他又软，又弱。他究竟是什么样子呢。

我去健身房，前台问，今天有你课？我说没有，今天来当学员。我跟了一节动感单车课，没按教练频率，一阵乱踩，身体湿透，几乎虚脱。我大口喘气，平息后，整理账户里攒下的钱，给我爸转去。过两分钟，他接收，无话。我转发那条链接，我猜他朋友圈好友不会超过十个，我有六百多，几乎加了我所有学员，为收集资源，以便日后当私教或自己开馆。转发时我写道：她是我的朋友。对这种内容，大家通常视而不见，但仍有十几人捐助。

他每天把链接转发一遍。我始终没勇气问，但我需要看到他转发，这表示人还在。打开网页，大数据会依搜索记录，为我推送关于胃癌的网址。我多接些课，收到课时费，就转给他，他都收，没说过话。我算日子，半个月，一个月，一个半月，两个月……

胡斌仍跟那女孩纠缠，我去找她，约她到校门口。她短发，戴个厚眼镜，皮肤挺黑，脸上都是痘。我见了就更气，一肚子话还没说，一掌抡去，先给她个大耳光，她镜片摔碎在地。人都看过来，她低头，一手捂脸，眼泪打转，小声说，对不起。

　　我没话，干脆走了。胡斌来电话时，我在麦当劳。十分钟后，他来我对面坐下。

　　"这么快就告状？她倒挺会装可怜，你心疼吧。"

　　"不是。"

　　我打断他："还当是什么大美女，搞半天就那样，你也要。"

　　"不是因为她，是我们之间有问题。"

　　我不说话，抬眼看他。

　　"你太要强，我累。"

　　吃食在我眼里张牙舞爪，尽是杀气。我猛抬手，掀翻餐盘，呼啦一下，顿时一地狼藉，可乐泼洒，散落的薯条蔫头蔫尾，麦香鱼酱像呕吐物。"你整天坐柜台你累个屁！我一天带七八节课都没说累，你是跟那不要脸折腾累的吧！"服务生即刻过来打扫，胡斌帮着清理桌面，叹口气："你啊。"

　　我突然想到什么，问，你是不是觉得，我们家现在这状况，拖累你。胡斌说，你想多了。他脸是凝固的，听不出语气，却让我记起我妈。办手续那天，趁我爸不在，我问她，你在那边会幸福吗？她直勾勾盯着手里半瓶矿泉水，轻声说，我不知道，幸福是会变的。

　　"当年我扇那一耳光，你下班就跟着我，好多天，说怕他真找人打我，说要保护我，一路，一辈子。今天呢，这一耳光，呵，你就变了。"

　　"不是你想的那样。"

　　我起身就走，他没喊我。

　　我终于决心去问我爸，你那个她，现在怎样。得知她定期化疗，我去看时，她显得更胖，大概是浮肿。头剃光了。鼻子接两根细管，伸出来贴在耳上，连到手上，身上。手上身上，另外又扎几根。输各种液，黄的，白的。她精神尚好，说到自己网店，要重新规划。她稍一动就疼。她说，你扶我起来一点，我爸就轻轻抱她，往上抬。她说，疼。我爸就变换姿势。

一间病房四张床，她在最里。靠边是陪护床，宽度不及瑜伽垫。我坐上面，问我爸，你晚上睡这？他说，我跟她家人轮流。床头是监护仪器，旁边散着些纸张。我随手拿来看，他的诗。我正想他字迹何时变这样工整，他说，都是她在家抄的，叫她多休息，她不听。她回嘴道，我不能老躺那看电视啊。她的手抄清晰，空格断句分明，无涂改与错别字。我想她是喜欢这些诗的，可能是他唯一读者。

出来时我爸送我到电梯口，告诉我，癌细胞还在扩散。天黑了，空气肃寒，饥饿袭来，我后悔中午一口没吃，就把餐盘掀了。近处是所大学，沿街小吃呈一长排，个个亮起灯，燃起火，热气浩荡升腾，如庆典。学生缭乱选择，排队等候。我买根大鸡腿，一口咬下，外皮焦脆，内里滑嫩，孜然与麻辣裹着肉香，令我几乎热泪盈眶。在冬夜，这一条饮食灯火里，我啃着烤鸡腿，陷入感动，甚至忘了胡斌。

再见到我爸已快农历新年。我路过商场，门口在播报："尊敬的顾客，距离红包雨还有一分钟。"一百多人聚集，都抬头紧盯大屏幕，工作人员举着喇叭，介绍参与方式："马上到三点整，屏幕上方会不断有二维码往下落。大家准备好，打开扫一扫，扫到就有红包，最大包八十八元，还有神秘大礼！好，现在让我们倒数，十、九、八……三、二、一，开始！"屏幕点亮，欢快乐声响起，人们虔诚地举起手机，对准同一处扫码，几秒肃穆之后，窃窃交流，及至喧闹。这时我看见我爸，混在人群里，一样的姿势，神色紧张期待。我惊讶，他竟也加入这种活动。

他什么也没扫到，转头看见我。

"你怎么在这？"

"下课路过，你呢？"

"我刚才站这，看那个云，你看，等那个云到太阳中间，那个光，就特别好看，我准备拍下来，但等半天，那个云散了，没了。"他笑笑，说，"可惜。"

他笑里都是灰烬。我发现他前额有皱，并非抬头纹，是一直在，不知长于何时。

自羽绒服口袋，他掏出个手工串珠福字包，孩子拳头大小。作为原材料的珠子，一粒粒只绿豆大小。福字金黄色，其他部位由海蓝色填充。他说，她给我串的，手都戳破好几次。我说，很漂亮，她不累吗？她现在好些吗？他说，前阵在家，现在又化疗，年后再决定做不做胃切除手术，医生都说，她生命力很顽强，但最近指标不好。我默算，从医生口中的三个月至今，她已破掉那该死的期限。我松口气，又说，做这个的确累，她还是得多休息。他说，她总想着找点事做。

经过展览馆时他说，这里头有个银行职工摄影展，有我一张。我说，进去看看。他拍的照片摆在拐角位置，画面左边被一棵树占据，高度虚化，墨绿发黑，漏出光点若干；下方一只蒲公英被风吹，十几颗种子，向右上的苍灰色天空飞去，散漫集聚，很清晰。照片名为《明天》，他是唯一一个给作品配诗的：天

外的阴天 / 掉落风的碎片 / 在今夜末梢 / 晃动不止 / 今夜无法答复 / 却枝条静立 / 许下 / 明日的碧空。

我说，这些绒毛在飞，你怎么拍的？他说，不是飞，我拍的是水面，树是倒影，绒毛漂在水上。我说，怎么想起参加这个？

本来没想报，她叫我报，我就跟她说，到时你得来看啊。

她现在走得动路吧？

不太能走，要坐轮椅。

他向我描述些琐事。医生让她多吃榴梿，她平日受不了那个味，也怪，这时倒想吃。她一直疼，但真没掉过眼泪。她嗅觉变得格外敏锐，所以他不再抽烟喝酒，他早上抹护手霜，晚上去看她，她也一下就闻出来。临了，他说，每个人都不容易，你要好好生活。

胡斌跟我已整整一周没联系。傍晚回住处，我很想发消息告诉他：我看到我爸，等那个她好了，他们应该会结婚吧。

我想起《带小狗的女人》中有一句话："直到现在，他的头发开始花白了，他才平生第一次认真地、真正地爱上一个女人。"几年前我在电影《朗读者》中看到 The lady with the little dog 一书，发现那正是自己儿时没读下去的。后来我去我爸房间，把那本书翻来重读，仍是耐着性子看完。记住的仅两处，一是男主角在银行工作，二是这句话。

我在消息后补一句：他们一定要结婚啊。

发送不成功。尝试其他路径，均无法送达。原来这次，是他把我全线拉黑。疲惫感像水漫过来。我在床上半躺，随便刷几条当地新闻，男子欲伤害哥哥一家遭反杀，徒手抓蛇被咬当场中毒身亡,内部职工持刀抢劫银行二百八十万后潜逃……想到好久没放假,就将今晚课请人代上,我关机,只想好好睡一觉。

像是有人来身边,我想要动一动。起了念,意识先于身体苏醒,身体却被禁锢,动弹不得。一个无缝的壳,将我包裹。我用力挣脱,动手动脚,试图大喊,动作与喊声被牢牢钳住,平静似湖底,我的肢体没有位移,声音失去分贝。终于,双眼率先破壳,辛苦撑开一条细线,眼皮沉重,只见漫漫的黑。我仍在用力,动一点,喊一点,一点点,再动,再喊,再大一点。然后,我逃生似的醒了。

醒得非常具体,毫不含糊。那条新闻猛然撞击我,跟我爸戴土匪帽的照片一起。银行职工抢银行,本市,今天下午。我睁大眼睛,心跳不止。开机,时间是23:02。去翻那新闻,当时只几句,现一刷新,写了一大段,没显示事发银行名称。我想到银行会做舆情处置,尽可能隐去关键字。不过,这种报道会铺天盖地,压不住的,但估计得等到明天。

2月1日下午四时许,市区某银行网点发生持刀抢劫案,被抢钱款共计二百八十万元。据了解,犯罪嫌疑人刘某为该网点员工,持刀胁迫当班人员并抢走现金后逃窜。案件未造成人员伤亡。案情发生后,公安机关迅速组建专班,全力侦查。

刘某。四时许。我爸扫红包是三点整,我们走会儿路,看展,然后他说去行里。

根据现场调查取证分析,该网点当时共有三人当班,其中两名柜员,一名保安。刘某以身体不适,请其代为买药为由,将保安支走,进入设备间切断监控线路,随后进入现金区,利用柜员于某上门为客户办理信用卡、不在柜台之机,取出事先藏好的水果刀，挟持柜员夏某（女）取得保险柜钥匙和密码，将夏某尾箱内八十万余元现金取出，放进准备好的双肩包，将夏某反锁到现金区换衣间内。

我爸站在那里等红包雨，或者等云，背个双肩包。

于某，夏某，不认得。我实习时共事那几人，轮岗的轮岗，辞职的辞职。没有胡某。不知他是今天不当班，还是也轮走。

在这之后，刘某又通过"空存"方式，向七张借记卡空存资金199.8万余元，并通过事前预备的五部POS机，将资金分笔向他行卡划转。

她治病需要钱。

于某办理结束返回网点，看见营业室后门紧锁，立即到设备间查看，发现监控设备没有正常工作。于某认定情况异常，果断按响紧急报警器。刘某听到警报，立即结束作案，仓皇出逃，并在营业室后门遇到于某。于某怀疑刘某作案，上前质问。刘某谎称夏某在营业室大出血，诱骗于某营救夏某，乘机逃脱。

他不可能不清楚后果！难道他已艰难到这地步？我试想他筹钱渠道，总还不至于……无论如何，他不可能不清楚后果！

"你要好好生活。"回想下午临别时的话，我弹起身子，险些跌下床。

我爸电话打不通。可能他在逃亡之路，在被追赶，包围，他奋力而徒劳。

我急忙穿好衣服出门。去胡斌家问？不去。

有单车，我去扫码，几遍均无反应。索性狂奔，好像逃跑的那个人是我。暗夜悄然，覆盖所有时间、讯号和行踪。我双腿机械交替，喉咙冒烟，总算打到车。

我爸没在家，电话持续不通。

医院大厅如昼，身与影兜兜转转。病房在十二楼，我坐单层电梯到十三楼，走下一层。在楼梯转角，看一人坐台阶上。

是我爸。

我在上方站住，目光拾级而下，落进他背影。他低着头，手机靠嘴边，在读膝前纸上字句，一行行，是他写的诗，她抄的诗。我忽然想到，他是为录音，手机设成免打扰。他轻声，缓慢，我侧耳听：风的碎片……枝条静立……明日的碧空……

是《明天》。

随后，他到病房。透过玻璃，我看到他接好耳机，为她戴上。

我转身，悄悄走开。出医院，在二十四小时便利店买瓶酒，一路走。酒味很冲，但我不着急，路上人烟更稀，月色如远行归来。

忽有烟花腾空，连成一片。顷刻间，声光灿烂，十分广阔，像星辰和坦途。不是还有十天才过年吗？不对，去年就已禁燃，还有人敢放？我不由得向着光焰靠近，一辆面包车在路边，燃起大火，烟尘弥漫。站了几个人，在等消防车。每张脸被映得通红，含混，有人望天，有人看地，话声微弱。面包车装有烟花爆竹，运往县区，半路自燃，原因尚未知。

焰火直冲，炸裂，慷慨，炫目至极。地面也大放，有我最爱的"火树银花"。忘了多久以前，是新年夜，在我爸指导下，我将它点燃。一声呼响，火光喷涌直上，四面垂落。我惊喜于它迸发的能量，虽只一米多高，却仪态万千。

我举起手机，按下拍摄那一瞬，时间跳到 00:00，明天已是今天。

仙境

1

洗完锅，戴云翔喊我到厨房。接下来，像美丽的小小魔法——戴云翔握住铁锅手柄，将其置于打开的燃气灶上，慢腾腾摇晃，以烧干锅中残留的水。有一小部分水，并未马上蒸干，随着锅的晃动，变成一粒粒微小透明固体，似珍珠，灯下闪光熠熠。它们干燥、活泼，沿深黑的铁锅表面，轻盈滑行，转好几个圈，直至消失。

戴云翔说，大珠小珠落玉盘。戴云翔也教我原理，微量水受热汽化，形成固液气三相界面，表面张力作用下，液相水形成水珠。

实际上，我眼中那些珍珠，和他看见的不一样。

戴云翔是我大姨父，他们一家生活在老家县城。我一出生，便随父母在遥远外地，回来不多，有限记忆里，大姨对我很好，送我芭比娃娃和Hello Kitty文具盒，给我扎蝴蝶结公主头。姨父戴云翔闷闷的，很少说笑，看起来不大好玩。

我上小学时，父母一直忙于工作，无暇管我，在我二年级后,暂且将我放回老家,托大姨照顾。刚好那时大姨女儿,我表姐岚岚,在市里上寄宿制初中,寒暑假才回。大姨对我妈说,放心,我就当自己女儿带。大姨对我说,把这当自己家,我们就是你爸爸妈妈。于是我住到大姨家,在县城小学作为借读生,进入三年级。

我盯着锅里旋转的粒粒珍珠,不一会儿,它们急剧飞转,脱离铁锅表面,蹦跳,冲撞,向我眼前奔袭,变成特别大的水晶球,挨个砸向我,正中眉心,随即消隐不见。眩晕重叠,铁锅、灶台、戴云翔和整个厨房,都转动不已,我飘浮其中,所有声响在轰鸣,像火车行驶永无尽头。

另一些莫可名状时刻,水珠趋于极小,飞旋至远,去往微渺的世界之外。我不知自己身在何处,一切遥不可及,面前戴云翔,连同墙壁都在远去,伸手去够,我的手臂无限延长。

戴云翔认真听我形容,夸我说,你想象力天马行空,真难得啊。我说,不是想象,是真看见。他笑着轻拍我脑袋,你不害怕?我说,不怕。

我确实没怕。住进大姨家不久,眼睛就和我玩起游戏。第一次是傍晚,我在写作业,一抬眼,远远望见关闭的厨房门,是戴云翔在里面炒菜,他习惯把门关上,以免油烟乱跑。冥冥中,仿佛有某种指引,我直直凝视那扇门,倏忽间,怪异景象出现——门把手离我好近,简直触手可及,门在变大,然后开始扭曲。

我有点发蒙,感官落入混乱,变形的门犹如大木箱朝我压来,在我几乎透不过气的瞬间,脑海突现一只硕大皮球,我看它极快陷进门里,黑洞似的凹坑,将我卷裹,带我脱离世间运转,遁入天外之境。

我觉得好神奇，一直盯着门，看它各种变幻。直到戴云翔开门，将菜端上餐桌，霎时，眼前景致统统复原。

起先我当自己在做梦。但它一次接一次发生，我确信自己醒着。不只是傍晚，也不只是门。只要盯住某处看，它就会来，像特效镜头，逗留几秒到几分钟。比如床单上，花纹立体浮动，天旋地转；电视机膨胀，十倍，二十倍，而我不断缩小，墙角将我笼罩；空气中尘埃变作巨石，挤得我无处立身；水杯遥不可测，并向远处挪移，当我试图去追，却一抬手就碰到。

在此期间，时间总在加速流转，将动作和言语按下快进键，有时在我自身，有时是旁人，有时变身为另外形态，像是浮游的字母、羽毛、透明丝带，又好比细雪飞落，或一场无声烟花，或者更轻的，我想那是灵魂，我的灵魂正在出离，我的样子越来越远……

我到处不停看，来回摆手，感觉奇妙。渐渐我注意到，这样的游戏，我可以控制——对一个不算太远的东西，集中视线，屏住呼吸然后放松，就会进入异象时空；摇头或用力眨眼，即可主动退出——当然，这需要训练。通过摸索和练习，大多情况下，我已能做到进退自如，但究竟是变近变大，还是变远变小，尚处于不可知领域，随机性强，我正尝试进一步探索。

幻境相当有趣，我乐于分享。我说给每个人听，却很快意识到一个事实——只有我能看见，没有人跟我一样。最初的得意，逐渐被困扰取代，奇异幻象成谎话，同桌指着我瞳孔，大声笑我怪物。

我自己跟自己玩。课堂上，老师圆圆脑袋，缩成小肉包，

023 / [仙 境]

身躯巨大无比，很不协调。写作业时，铅笔粗如电线杆，但我又明明握住。笔尖落于纸上，溅出光点。写下的字在跳舞，一个个都很雀跃。返回现场时，我才看清，字写得乱七八糟。

正欲擦掉重写，晚一步，被大姨看见。大姨坐过来，翻看作业本上道道红叉，严肃叹气。我不敢抬头，支吾向她解释视觉的异样感受，没等我讲完，大姨说，错就是错，大大方方承认，我不怪你，大不了重来。但是不诚实，找借口，就是你不对。

我没有，我嗫嚅着，头垂更低。大姨又说，别人跟你说话，你这样蒙着头，是很不礼貌的。我只得把头抬起，迎着她眼镜片透出的正色，听她继续说，前一阵，你们班主任找过我，反映你上课好走神，点名没反应，字迹不工整，课业跟不上，你岚岚姐姐像你这么大的时候……

我已听不到她在说什么，只觉得，她头好大，朝我直逼而来，我像是站在她鼻梁上，双臂用力吊在她黑沉沉镜框，带着飘摇半悬的身体，紧张地转体、回环、滚翻，仿佛稍有不慎就滑落，坠入深渊。

大姨带我去过医院，看各科医生，没查出任何问题。每一次诊断，最终总大同小异地归于"水土不服"这一论调，便不了了之。人人认为，我长在北方，乍一回南方县城，需要适应过程。从各方面看，这种解答都很合理。爸妈打来电话，也只能给我无效安慰，教我要听话，学会融入陌生环境，答应有空就回来陪我。但事实上，他们一次未归，直到后来发生的事，才让他们下定决心，提前将我接回身边。

2

要在很多年以后，我才会知晓，当年的自己，是爱丽丝梦游仙境综合征患者。

这是正儿八经的一种疾病，因症状发作时，视物变形，主要体现为大小变化和距离失准，所见影像与《爱丽丝梦游仙境》中情境类似，所以，它被赋予这个浪漫名字。至于病理病因，众说纷纭，未见明确论断，学界对其了解至今仍较为浅薄。还有观点认为，作家刘易斯·卡罗尔正是罹患此症，因而写作该书，书中奇境出自他发病时的幻视。

对此观点我不置可否，我的世界里没有三月野兔和柴郡猫，可能是中外差异，抑或我患病程度不够，视感只作用于实景，尚未扩散至虚拟之物。倘若刘易斯·卡罗尔真有爱丽丝梦游仙境综合征，那么他患病一定更深，换句话说，他法力更高。

我在网上发觉不少病友，他们各自回忆儿时种种幻觉，相比之下，我法力倒也不算低，多数患者还未修炼到我那进退自如的境界，法力就自然消退，乃至完全丧失，恢复成正常小孩。同他们一样，我的法力也没能久留，在被爸妈接走后，病症莫名痊愈，我再没见到奇奇怪怪事物。

如今回想，偶有遗憾，法力突然退场，我不再被看作怪物，与此同时，却也失去做神仙的资格。我会假想，如若法力再精进会怎样。但换个角度看，我已知足，毕竟在那时，我凭借自身法力，帮过我的姨父戴云翔一回。那是我法力的峰值。之后，戴云翔人间蒸发，至今无人再见过他，我也无法与他取得任何

025 / 仙　境

联络。但我始终愿意相信，是我帮了他，他一定在某个另界，过上属于他自己的生活。

那会儿，戴云翔是我唯一的朋友。起初我觉得大姨可亲，毕竟她是我妈亲姐，待我很是关切，姨父则只会买菜烧饭，洗碗拖地抹桌子。然而渐渐，态度不由发生转向——我变得有点怕大姨，虽然她个头娇小，一张圆圆脸，小眼一笑眯成缝，看着很温和，但我隐隐感到，那种温和好似隔着屏障，没多少暖气。她像极了老师，比学校老师更像。

她常向我提问：家人当中，你最喜欢谁？谁对你最好？虽然每次，她都问得不经意，可我不能糊弄，好比在课堂被叫到名字，必须认真应答。我慢慢学会如何排序：大姨，妈妈，外公，外婆，小姨，舅舅，姨父……这是多次失误后，我总结出的正确答案，大姨和妈妈轮流排第一，姨父得往后，再后才轮到爸爸和爷爷奶奶，这些与大姨无血缘之人。此外，还不能一气报出，显得敷衍，得做思考状，边想边答。如此作答，大姨就以那般温和笑容，夸我懂事。没遵循这规律，便是答错，大姨当真不高兴。这会导致她念起我的学习，及我不如人意的若干表现，俨然在教思想品德课。最后语重心长，你要知道，对你岚岚姐姐，我都没这么上心。

每每此时，我心里弥漫着做错事的滋味，深觉愧对大姨。朝夕相处，这种时候在所难免。大姨没有表情的面目越渐扩张，乃至模糊，她瞳孔如庞大漩涡，眼角皱纹似海浪汹涌，鼻子连同张合的嘴唇，像一座大山震荡几近倒塌。四面岌岌可危，我身体迅速收缩，用力攀援在她黑色镜框，小心翼翼躲避侵袭。

在学校，作为借读生，我本就没有伙伴。因幻觉的存在，亦没能交到新朋友。我是大家眼中的撒谎精,少数跟我玩的同学,也逐渐把我撇一边,"我妈妈说,你眼睛里有不干净的东西,会传染",声音落在我耳旁,很轻,又很重。

真话可能会带来误解与偏见,而回答大姨那些问题,明明是假话,却能令人满意。在当时,这一度成为我所认定的成长法则。而当随后,活生生恶魔现身,这法则又使得我怯懦不堪。

无人耐心听我描述幻想,除了姨父戴云翔。每次我说,他都仔细听。有时他问,珍珠会变五颜六色吗?字是怎么跳舞的?时间像什么形状?有时我能看见,他大眼睛如两只海豚腾跃,我坐于海豚背上,漫天过海。形容给他听,他乐得哈哈笑,一点都不像大人,比我大 30 岁的大人。我便又在他大笑的嘴角,望到光线朝上方和远处飘飞,穿透他长而密的睫毛,照进大片树林,我在荡秋千。

我的困惑在他看来,并不值得担忧。他鼓励我,要知道你很厉害,你有特异功能,他们没有。我当然怀疑过,他是否也看得到?或清楚这是一种不药而愈的病?在他杳无踪迹后许多时日,疑问都在我脑中回旋,而回想我们之间的交流,我一次次明白,他看不到,也不知情,他只是善良地相信着我。

我们还有个共同点——他也怕大姨。

这一点,我们都不曾向对方承认。尽管我拿他当朋友,可我作为一个超能力者,见识过各路鬼神都没怕,怎么可能怕我口口声声"最喜欢""对我最好"的人?讲出来像笑话。他呢,要是对我这么个小孩坦言,他怕自己老婆,那同样像笑话。

但我猜得到,我从自身推导他的感受。他比大姨高出一个头,可在大姨面前,他也像学生。学生和老师对话,不自觉地,声音就小些、暗些，犹如裹上一层沙。跟我讲话时，他声音自然而然大了，也脆了。

3

大多数晚上，大姨不在家，要么有应酬，要么在健身房。我写作业，戴云翔在书房，也写东西，键盘敲击声断续，点缀我奇思妙想。他给我看各种报纸，副刊有他文章，署名"云翔"。

他写季节、草木、吃食、物件，在其中寄寓人生感悟。我说，你是作家吗？他摇头，说只有出了书，才叫作家。我说，那你出书。他就叹气。我说，你不开心吗？他说，你不明白。我说，作家都爱装深沉。

当时在我眼中，他的确是个作家。我不认识第二个人，名字出现在诸多报纸上。我还记得，他听我这么说，挤出一丁点黯然的笑，说，谢谢你。

等我长大一些，很多不明就里的事，才慢慢清晰。那时我早已回父母身边，偶尔听妈妈讲起大姨一家。

戴云翔不是本地人。作为中文系大学生，早年分配至此，进入县政府办，做文字工作。他很努力，满怀希望，一心将此地认作过渡，日后往上走，去城市，去省里，或者更大。两三年下来，凭优异表现和写材料才能，他颇得重视，加上长相俊朗，随之而来还有大姨的关注。

年轻的大姨在团县委上班，戴云翔去送资料，走后，大姨暗中打听他，制造机遇。外公时任副县长，晓得女儿动了心思，打声招呼，戴云翔调动申请就被压下。戴云翔不知内情，以为是接收方的问题，只得耐下性子。期间，大姨向他走来。

调动遥遥无期，结婚顺理成章。我表姐岚岚出生，跟大姨姓。戴云翔安稳几年，还去厨师学校学做饭。岚岚上小学后，他旧念复起，寻觅机会。有那么几次，希望向他招手，他在计划，自己先去安顿，再接来妻女。大姨不愿，她已成为团县委书记，即将赴县委组织部，任副部长。她在这里有头有脸，有根有底。

戴云翔换过几个部门，职级再升，总高不过大姨。远大计划一再落空，机会一次比一次稀薄。他这才明白起来，所有涉及他的调整，背后必经大姨同意。

我理解那种感受，妈妈说，我当年在老家，你外公，你大姨，就会替我做安排。我决心趁早离开，越远越好，随手往地图一指，就这了。

他不反抗吗？我问。

他又能怎样？撕破脸，抛妻弃女一走了之，他做不出来。

但最后，只有他救我。

关于此事，我妈妈一直感激他。她很抱歉，自责疏忽大意，让恶魔有机可乘。戴云翔救下我，使我不再受恶魔伤害。秩序被摧毁。销声匿迹很久后，他还在被人指责。但我妈说，他是真正的英雄。

讲到他去向，我们做过种种假设，总没有结论。

聊起他写作，妈妈说，在县城，写作只给他一点名声，近乎累赘，他得不断应付旁人请求：辅导小孩作文，写工作总结、事迹材料、贺词、悼词、主题征文，给新生儿取名。他非常想出书，来证明自己远不止于此。他汇总发表、未发表的，分门别类，整理成散文集，投遍他所能查到的出版社。

没有结果，对吧？我问。忆起他副刊随笔，那些功底扎实、优美平和、端正如公文的文字，报纸之外，它们很难再有归宿。

我妈点头。绝大多数投稿石沉大海，少数有回应，皆是退稿。他想过自费出版，但他工资悉数上交，没存过私房钱。尽管家境富裕，大姨也不肯拿钱给他，去做这种不务正业之事，况且大姨认为，送钱给出版社，出没人买的书，太有失体面。

有个女孩，自一条短信出现。她住邻近城市，常在当地晚报读到他的文章。女孩不知从哪找到他号码，发信诉说自身苦闷，真诚感谢他文字予她慰藉。这将他从沮丧水底拉上岸，抬起垂落的眼，看到写作闪光的意义，哪怕只对一个人。

他与女孩交流渐增，发信息，打电话，相知相惜。他帮她骂混蛋前男友，她分享给他丛丛杂杂小情绪，他都接住。可他们一面还没见上。大姨有所觉察，窥看他手机，背着他，去那个城市找到女孩。大姨总是不动声色，也似乎不费力，就做了所有事。女孩再没主动找他，对他的消息，以淡漠和退却作回应，不久便将他拉黑，从此断联。个中缘由，他或许猜到，却仍无奈何。

我住到大姨家时，大姨已当上县委组织部部长，戴云翔是县史志办主任，一切看来都很平静。没人会跟一个小孩讲这些过往，讲也白讲。我只关心自己那奇幻宇宙，不可能知道，真正可怕的，就要降临。

4

每周六晚上，我们到外公外婆家吃饭。戴云翔做饭，我陪外婆看电视，大姨和外公聊天，总是关于工作。我出生那年，外公刚从副县长位置退休，现在快十年，聊起工作还是没完。他们常把声音压很低，表情神秘。

不谈工作时，外公是个爱笑的老头。他也有一张圆圆脸，养花种草，写毛笔字。他写字我站旁边看，软毛蘸墨汁，在大幅宣纸上摩挲，看着很酣适，眼前又展开形形色色幻景。见我看得入神，外公笑呵呵，有意思吧，想不想学？我还沉浸于虚像，恍惚点头。大姨跟着说，也好，她老师说她字写得像爬，你带她练练书法。

于是，每周六下午，大姨去健身房，顺道把我带外公家，学书法。晚上她和姨父来吃饭，再将我带回。外婆天天出去打麻将。外公手把手教我握笔，我学得专注。

没多久，外公抽出我手中毛笔，搁一边，抱我坐他腿上。我双手被他揉摸来去，进而是全身。我不明白，只觉头皮发麻，身体僵硬如石化。我看外公咧嘴笑，他与我无比贴近，我却法力失灵，无法像往常一样，生成光怪陆离的幻视，我完全怔住。面前这庞然大物，不是乌有的错觉，是实实一只猛兽。

我从未如此恐惧。

恐惧渗骨入心，我动弹不得，好比电视里放的，被点穴。外公慈祥如常，告诉我放轻松，他在帮我发育。

每个小孩都要让大人按摩，才能正常发育，你妈妈不要你，外公疼你。

外公个子不高，力气很大，将我越箍越紧。我试图从那紧张里撬动，他一把抓回我挣出的手，用力之猛，撞得书桌摇晃。桌上一盆白色牡丹，一朵朵开到极盛，几近凋谢，经此一冲击，噼里啪啦，慌忙往下跌，有的整朵掉下，像人头落地。

天要热喽，外公边脱外衣边问，你穿几条裤子？我犹豫着，拿不准内裤算不算，怯怯说，三条。外公已在亲手探索，触到最里，嘿嘿笑：你骗人，明明就两条。

屋里静得要命，屋外小路，院墙矮树连成片，把视线逼回来，原地打转。

家人当中，你最喜欢谁？谁对你最好？熟悉问题自耳边响起，外公问着话，胡茬蹭得我不住发抖。对大姨的怕，瞬时向外公流淌、叠加，脱到只剩内衣的外公，又将它放大无数倍。我忽然有种直觉——外公是我所有的怕的源头，是我所有的怕的总和。幸好外公只遗传给大姨，没给我妈。此刻，我真的非常想念爸爸妈妈。

由大姨得来示范，我小心回答：外公。

外公笑得合不拢嘴：我的乖宝贝，外公也最欢喜你。

我永远忘不了那种惊骇，赤裸的外公像一只大型软体动物，自阴暗潮湿洞穴，挤出毛发花白的黏腻躯体，吸附，攀援，滑向不见底的深色河流。

乖宝贝出汗了，外公来给你洗澡。

连一口假牙也被脱下，他张开空荡荡刮大风的口，吞吐字句：我们是最亲的亲人，没有距离。每一个含混不清的字，重重打在水里，溅得水花惊飞。

现在，轮到你给外公洗。

他在指引，诸般动作有天经地义解释，令我的胆怯毫无道理。只剩大大蒙昧，只剩小小顺应。巨手把我握牢，叫我屡屡濒临窒息。我甚至努力做得更加规范——除了听从指挥，回答问题，不晓得还能怎样。

　　每周六下午，成为恐慌。一到周三，我就忧心忡忡，希望时间停步。周六上午，我学电视里的人，双手合十，默默祈祷大姨临时有事，她不去健身房，我的下午就会得到赦免。偶尔一次，祈祷奏效，我在屋里转圈跳舞，心情如节日。

　　大多时祈祷无效，我被带去那暗黑之地。外公放碟片，尽是赤条条的人，有时他拍下同样的我。外公拿来小本的书，他眼睛不好，让我念给他听。我认真念，遇上陌生字词，他热情解读，配以行动。

　　一寸一寸熬时光，我盼墙壁上影子拉长，变细。到那时，外婆回来，大姨和姨父来吃饭，下午即将结束。而等待总是漫长，像昏黑隧道，永无出口。

　　等到他们都在，我如释重负。场景一如往常，戴云翔做饭，我陪外婆看电视，外公和大姨嘀嘀咕咕聊工作，我甚而怀疑，下午那些——外公所谓学习和游戏——只是我的大惊小怪吧。尽管很不舒服，可我无法确定，是否自己的感觉出了问题，而外公真为我好。

　　我没和谁说过。外公讲，不要告诉别人，这是我们的秘密。他和我拉钩上吊一百年不许变，又加一句，谁变谁是小坏蛋。小坏蛋的惩罚是什么？我不敢想。却也不只因此，我不说更在于，我根本不知道，要如何开口。从未有人教过，我困惑至极。

　　可我又必须找人说一说，心头鬼影，缠我压我闹我。唯一能想到是岚岚姐姐，虽和她不熟，但我们有同一个外公。

　　那晚趁家中无人，我拨通岚岚姐姐宿舍电话。她声音传来，我立刻后悔自己冒失。她也没想到会是我，一时都无话。我磕磕绊绊问几句功课，深吸一口气，终于说，你觉没觉得，外公，有点怪怪的?

外公? 没觉得。

单独和外公在的时候呢? 我鼓起勇气又问, 几乎要哭出来。

这种时候, 她想了一下, 不记得, 好像都是和爸妈一块儿在。

外公教你写字吗?

没有, 她跟着说, 不过我想起来, 上小学那会, 外公是讲要教我书法, 我妈说没时间, 她帮我报了好几个兴趣班。

哦。

怎么了?

也没怎么。

是你怪怪的吧?

嗯?

听我妈说, 你到现在还水土不服, 整天胡思乱想。

可大姨父说, 我那是特异……

我爸的话, 你不用理。她打断我说, 我爸最没用, 全靠我妈。我妈是大领导, 外公以前也是, 连我学校老师都知道。

这通电话后, 无助感更加猖狂蔓延。每一个翻来覆去的夜晚, 我像一条鱼, 在油锅拼死挣扎。无穷尽的噩梦里, 狮身人面像, 兵马俑, 荒漠和深海, 我仿佛身负重任, 必须一一通过它们。没一次成功, 我总在半途哭醒。忽明忽暗的小夜灯, 阴森如鬼眼。早起刷牙, 牙膏刚挤上, 就掉进水池, 牙刷变成断头台, 我吓得尖叫。大姨说, 你这水土不服真够久, 要学会调整心态懂吗? 我呆呆地点头, 犹如哑巴。

5

暑假快到时，戴云翔发现了睡在衣橱的我。那晚，大姨照常去健身，戴云翔喊我吃西瓜，才找到我。我真的睡着，很困，而外面都是魔鬼，躲进衣橱，我得到多一点的安全。

你最近很不开心，是吗？戴云翔问。我不吱声，泪痕出卖心事。他说，憋在心里特难受吧，可以告诉我。

我害怕。我积攒几分气力，小声说。

你一向勇敢，你在害怕什么？

我抬头看向他，黑影往后退，一些光亮柔和铺展，我从衣橱里出来。他在等着我开口。

一番沉寂。而后，我听见自己缓缓发声，艰难地，惶惑地，断续地，零碎地。

直到此刻，亲口将事件陈述，让它有了表达，有了形态，我才真正意识到，自己是被欺负的。在此之前，忧惧深埋内心，我一直不敢也无力辨识。

我终于放声大哭。

我未曾见谁这般愤怒，戴云翔浑身哆嗦，拳头打在桌面，眼眶红得像要燃烧。待我哭够，发现他也静静落下泪来。过一会儿，他轻声对我说，会没事的，很快就会没事。

大姨向来晚归，和戴云翔不住一个房间。她回家时，夜晚一如既往平静。

我睡了安稳一觉，尽管恶魔仍在那里。

第二天，戴云翔给我请假，带我到派出所报警。傍晚时分，爸妈从北方赶回，外公外婆，舅舅小姨，围观邻居，所有人都在。面前尽是杂沓，骂声指向戴云翔，指向我。

自家事，你这么做，丢人现眼！

不孝！

好歹不识！

小贱货！

戴云翔你疯了！大姨一改往日温和，圆圆脸变狰狞，小眼似尖刀。这孩子一惊一乍，撒谎成性，你信她？

我一直想不通，岚岚才上初中，你非要把她送走。戴云翔面目苍白，冷冷地说，原来，你早就看出，这个禽兽不对劲。

胡说八道！

……

我被爸妈护在一小块空间里，视野再次异化。落日投来令人眩惑的光，声音和面孔纷纷在光里悬浮。忽记起法力最初闪现，也是在傍晚，之后我时常练习提升，对于远近大小之变，却仍不受控。所以当舅舅抄起椅子砸向戴云翔，当我大喊"快跑！"——我心跳到喉咙，凝神至顶点，生怕一闪失，适得其反。

这一次，我把控很好，时间快进到最高，我看着戴云翔奔跑，脚下带风，急速向远。我知道我成功了。他越来越轻，越来越小。

然后，起飞。

这是我首次超常发挥，戴云翔飞往高空。我清楚地望见，他远去的身影生出羽毛，开始展翅——一只我从未见过的青蓝色小鸟，向着柔软夕光，悠然而去，直至消隐。

我长长呼出一口气，仿佛用尽一生的法力。

之后我被父母带回身边，听说外公那些书和碟片被查获，连带其他事一一抖落，比如大姨和健身私教的关系，比如外公在任时滥用职权，大姨也密切相关。岚岚姐姐被她爷爷奶奶接走，她恨戴云翔，恨我，从此断绝往来。这些我不怎么关心，我只关心戴云翔在何方。

这些年我不忘找寻，路过报刊亭，习惯性翻报纸，或网上搜索名为云翔的作者，也去过他家乡，总没有下落。

6

妈妈，我要看《飘飘与青鸟》。我四岁的女儿嗫着棒棒糖，口齿不清。

看什么？

《飘飘与青鸟》。

是近来很火的动画电影，我了解到，讲一个叫飘飘的小女孩，和她的青鸟伙伴，共同踏上魔幻之旅，与各种神奇生物不断探险，最终战胜恶魔，收获成长和幸福的故事。

影片改编自同名畅销童书，原著作者羽先生，身份神秘，未透露任何个人信息，亦不见采访报道。该书颇受好评，因其想象瑰丽、妙趣横生，被誉为中国版《爱丽丝梦游仙境》。众所周知，后者由刘易斯·卡罗尔为现实中名叫爱丽丝的小姑娘而写，有评论者由此猜测，作者羽先生或与之类似。

妈妈你看，女儿指向荧幕，飘飘长得像不像我？

7

多年以前，戴云翔是我唯一的朋友。他说，你很厉害，你有特异功能，他们没有。

我是神仙吗？

对，你是独一无二小仙女。

那我要有独一无二的名字。

你想叫什么？

我边转圈圈边想，兴奋地张开双臂：飘飘，我是仙女飘飘。

好的，你是飘飘。

不告诉别人，只有你知道。

如树如风

A

他们都还在睡眠里。我轻手轻脚出家门，走进五月的熹微晨光下，经过两栋楼，到外婆住处。

我叫醒外婆，该出发啦。

一声长而带劲的哈欠，外婆看着我问，姑娘，到哪去？

我说，外婆，我小束啊，你外孙女赵小束。昨晚我们说好的，偷偷回桐城，我开车带你。

回桐城，好啊，好。外婆念叨，从床上坐起，咧开嘴笑，像个弥勒佛。

不同以往，外婆今天身子很轻，手脚麻利，拾掇几下，就要出门。我提醒道，你的手机、手表，还有药。外婆说，不带了，我们走吧。她凑到我耳边，补充道，等会我女儿要来送饭，被逮到，就走不掉喽。

车驶出 N 市，开上公路。途中，我们看见一截分岔小路，前后三辆大卡车，各载一只风车叶片，大概走错路，滞留于石墩面前，进退不得。外婆说，那是什么？我说，风车。她说，不像，太大。我也震慑于所见之庞然，平日看那白色叶片随风转，总是远望，而今它们依次躺倒，静止在眼前，每只都有几十米的长度。

我说，这是用来发电的，跟我小时候玩的不一样。想外婆脑海里风车，或许还处于彼时，她带我在桐城中学散步，起风了，满树银杏叶，扑簌下落，她缓缓吐出几字，"叶落归根"，手里还握着我的玩具风车。

B

周至凤拧开水龙头，看水流分成两股淌下，也照样子，将双脚小幅分开。过一会儿，水流又合为一股，周至凤做出立正姿势。每天起床，她要在卫生间待上一小时多，上厕所，刷牙洗脸，用纸擦鼻涕与口水，一边擦，一边仍在流出，要重复多次。有时，她将隔夜茶水拿来洗眼睛。所有动作，都是慢镜头。这是她独居第十一年。

周至凤戴上老花镜，喝水吃药。一板药，被她剪成一小格一小格，每次拿一格，沿边一点一点剪开，取出胶囊或药片。她的睡眠时段，亦是一小块一小块，没有明晰昼夜。她习惯戴手表，仅仅是习惯，指针早就停止走动，毕竟时间对她，已无具象意义。日期也一样，如同达利那幅画，时钟软塌塌，以往既定节律，变作无声无形的液态，昨天明天，上周下周，都没什么不同。

早些年，周至凤每天看电视，外出散步。后因脑出血，在ICU躺几天，生命体征稳定下来。醒后她对人讲，我去了阴曹地府，阎王爷见到我，说你来做什么，名单上没你，赶紧回去。

那以后，她整日窝在住处，渐渐活成一只树懒，终年栖居于树。屋子是她的树，尽管仍可自理，她也不再走出去。女儿女婿和她同小区，相隔两栋楼。女儿每日按时送饭，帮她洗碗洗衣，打扫房间，说不到几句话就要生气。

早些年她还写日记。说是日记，不过是零散记录。用的是女儿退休前单位定制的软面抄，厚厚一大本，她想起来，就写下，晴雨，冷暖，吃食，过节谁来看她，送何礼物，新闻联播里，国家领导人去哪里访问。记了三四年，软面抄尚未用掉一半。也是那场病过后，当她又想记录，却怎么也想不起，眼下这一天天，是如何过来的。

她于是写下一句，"日子过丢了"。自此，她没再写过字。

电视也许久不曾打开。除去吃饭，周至凤大部分日常，是靠在床上，或睡觉，或打电话，更多时候，就只是靠着。她眼睛不好，耳朵一直还不错，她听整个屋子的静，任那些不起眼声响入耳，比如地板轻微迸裂，蟑螂窸窸窣窣。细声若流沙，填补在荒芜的分秒之间，不觉，又已是从早到晚。

A

将近中午，我们到达桐城。我想找宾馆入住，外婆则说，想回自己家。老屋位于北大街，由外公外婆自盖，我妈妈和舅舅均生长于此。十年前，外公去世，外婆独自面对过于熟悉的环境，一度感到害怕，我妈妈于是接她来N市同住。外婆和我父母相处不长，矛盾渐显。综合考虑，妈妈在本小区邻近楼栋，买一套两居室，将外婆安置。

其间，桐城老屋卖出，在外婆执意下，屋内物件，能搬尽搬。她将它们悉数带进新居，堆满一整个房间。

来到北大街老屋，新房主是个中年男人。男人告诉我们，刚好他要去旅行，房子空出，可以让我们住。外婆笑眯起眼，皱纹如菊花绽开。她问男人去哪，男人说，还不知道。

男人与我互留联系方式，将钥匙交与我，钻进房间打理行装。外婆和我外出吃午饭，在公园路上"传名馆"，外婆要一碗馄饨，我吃炒面。这家店我从小爱吃，时隔多年，味道还在。店招也是旧时，泛黄镜面，把对面梧桐绿叶映衬得明亮。

我一时恍惚，仿佛所有景致，止步于 20 世纪 90 年代末。那会我上小学，爸妈忙工作调动，有几年把我放桐城，和外公外婆生活。

该有十二点十分了吧？外婆说。我看手机，一分不差。我说，我们回去休息。外婆说，不急。我随她走进旁边清风市菜市场，如同多年前，她熟练地买菜。我帮她拎，不多时，手上沉甸甸。

我最爱看豆腐脑买卖场面，桐城人称娇豆腐，并非早餐，而是作为正餐后的汤食。我曾向潘描述，卖家面前摆一大瓦缸，娇豆腐平平整整盛满，轻微摇荡，的确称得上一个"娇"字。

潘插嘴道，像你一样。我揪他耳朵，继续说，卖家持一大勺，买家报勺数，卖家便一勺一勺舀取，平整的娇豆腐，被舀出大小凹面，我总想提醒，下一勺从这边舀，不然那边陷下太多。潘笑我强迫症，又说要随我回桐城看一看，但直到我们离婚，也未能成行。

后来，我向宋描述，宋也显得颇有兴致。

从菜市场往回走，五月的天，午后炎热，外婆和我都一身汗。外婆不说淌汗，而总说是淌盐。好在路近，外婆也一点不觉累。我再次看手机，今天仍没有宋的信息。

到老屋时，男人已离开。我们发现，小院内花草树木，还是外婆搬走前模样。窗前的月季、兰草、杜鹃、芦荟，被打理得很好，花盆及其摆放位置都保持原貌。枇杷树粗壮繁盛，在这时节，金果满枝。

外婆说，这枇杷树，有六十岁了。

树下秋千仍在，那是我幼时，外公用洗衣的棒槌，两头绑上麻绳，从结实树枝悬挂下来。我想再去荡，只怕它吃不住成人体重。比我重30斤的外婆，轻飘飘坐上，双手扶绳，双脚蹬地，稳稳起飞。她飞得好高，我说外婆你当心，她咯咯笑说，有风在推着我。她下来后，我便也荡了一会儿，果然轻盈似风，人仿佛缩得很小。

屋内一厅，两间房，没能搬走的家具和摆设，都在原位，不见新添置什么。冰箱空空，衣柜、卫生间、灶台和碗橱，也都干净得可怜，几乎像是长期无人住，但窗明几净，各处整洁不落灰。外婆望向墙面尺寸硕大的风景画，那是老屋刚盖好时，亲戚所赠。画面里，湖上几只鸭子，褪色到近乎不见。

外婆说，那时小束还小，我抱着她，叫她指一只鸭子，她拼命伸手，头和身子也用力伸长，费好大劲，指向最远那小白点，可明明近处就有，又大又漂亮，小束啊，从小就傻。

我说，外婆，我就是小束。她盯着我看，姑娘，你就是小束？都长这么大啦。穿堂风悠然吹过，我突然鼻酸，眼泪差点出来。

外婆视力不好,却擅长捕捉旁人眼睛里的闪烁,她说,你怎么了?
我说,犯困,外婆你也该休息了,你睡哪间?

外婆在她过去的房间歇下,床也没变,床单被褥是新换的,
旧的被外婆收在N市住所。我在另一间,躺下看手机,逐条点
开未读消息——告诉妈妈,我带外婆在老家,一切安好,将她
紧跟而来的几条60秒语音统统忽略;处理工作事项,明明请
了年假,还总有事务待办;被上司在部门群点名,指出我经手
材料几处差错;同事向我透露,今年职级晋升名单又没我,因
为积分有争议,我本想理论,很快明白这无非说辞,问下去,
只会自取其辱;再次刷新,确认宋仍未与我联系。我叹气,闭
上眼。

不知多久,我听见外婆起来走动。我问她,下午去哪?她说,
看看老头。

外公墓碑在郊区,一座不知名的山,导航无法搜寻。外婆
坐副驾驶指路,相当顺畅。在山脚,我们买纸钱和打火机。上
山的路是野道,我怕外婆走不稳,环住她胳膊。她身形矮胖,
但走得并不吃力,我也不觉费力。遇上沟坎,她轻轻一跃,像
一朵胖云。

墓碑上字迹很淡,繁茂草木将其包围,投下好看的阴影。
外婆折一根桃树枝,在地面画圈三次,每次都留一小开口。她
坐到一旁,在圈内烧纸,黄表纸和元宝,不同国家纸币,印有"冥
府银行"字样银行卡。她说,老头走时,算命先生讲他来世变
成鸟。那年气候不好,老人走得多,有变乌龟的,有蛇,有蚂蚁,
鸟是最好的。老头这辈子没享到福,下辈子好命。

外婆边烧纸,边对我说,小束,你跟外公讲讲话,他从前

最疼你。我说，外婆你记得我了？她不作声，像又全然不认得我，转过脸去，用桃树枝扒拉火与纸的舞蹈，安静而专注。

我索性坐到碑前空地，地面柔软似沙发。外公去世时，我在国外读研，没能回来，之后十年间，只来过一次。

不知外公是否听见，也不知外婆是否在听，我自顾自说起来。我说其实很羡慕你们，吵吵闹闹，却是一辈子。你不在了，她还没停止骂你，说你多可恶，说她年轻时，追求者可是排着队的，偏你最会死缠烂打。这一生栽你手里，跟你吃苦受罪，她后悔。她一骂就是好一阵，可我明明看见，她日记里写——脑出血之前，她还断续记些琐事，软面抄摊开在桌，被风翻到那一页——"想到你，心里悲痛，一夜没睡好"。

外婆只顾烧纸，火苗缓慢升腾，又静悄悄落下。她被围在稀薄火光中，像唐僧被保护在孙悟空画的金圈里，与此外一切相隔绝。我便继续散漫言语，我说，最想念桐城那几年，后来的人生，都好难。

我说起异常艰辛的留学生活，被学业逼到深夜痛哭，身体也状况频出。打电话回家，爸爸说这点苦都吃不了，以后如何如何，妈妈永远只会说，相信你一定可以。毕业回国，进入S市一家大公司，用尽力气做个普通职员。上司以提携为由，带我赴明暗闪烁的宴，令我陪客户喝酒，继而言行大胆并视作浪漫之举。我因此辞职，却被父母责备，认为职场本如此，若我够精明，就该借势，就能不吃亏又上升快。

好不容易换工作，脱离骚扰，却并未变快乐。陀螺般忙碌，持续加班与随时待命，消耗掉野心和神气。不知所向，不敢再轻易辞职，憋眼泪做笑脸，职级晋升被排除，因对手背后有人。

我问沛沛，你说我们的出路在哪里？他说，不知道。

沛沛是表弟，舅舅家的孩子，身处更远城市，在新兴行业奔忙，比我更久未归家。我问他，你最快乐的事是什么？他说，打游戏。

听到沛沛，外婆朝我看过来。她说，沛沛脑袋聪明，拿塑料布自制降落伞，朝天上一抛，像那么回事。有天风大，把降落伞吹跑，他来不及抓住，眼睁睁看它飘走，越来越远，淡到没影。沛沛难过极了，我开导他，有什么关系呢，再做一个。也不晓得他做好没有？

我笑，外婆，时光倒流多好。她似乎不明白，眼光又变木然，继续拨弄碎纸，和星星落落的火。这倒让我言语无忌，更放心说话。事实上，就像那只被风吹走的降落伞，沛沛越来越远，他不会再回来。

上次沛沛回家，除夕团圆，逃不过催婚，沛沛说自己好累。家人来回几句，变为针锋相对。那时外婆还没生病，讲话大声，吐字激烈。她指向我和沛沛，你们两个，一个离婚，一个不结婚不恋爱，光知道打游戏。都读书读傻了，自私，不孝！

我说，你别整天想这些。她说，不想这些，我想什么？我同胞四姐妹，那三个都四世同堂，我家，造的什么孽！

她陷入激愤情绪，随即，赖倒在地，打滚哭闹。据说在这一举动上，她四姐妹有相同基因，每一个都曾以此表达气恼。过去，外婆和外公斗气，到不可开交，也朝地上一躺，愤怒挥舞四肢，左右滚动身躯，令对方无可奈何。那时我未出生，此次头一回亲见。

沛沛倒见识过，早些时候，舅舅和他大吵，沛沛说，你再说我就去死。舅舅说，你去死啊，你这么没用的人，活着也白活！在场的外婆附和吵嚷，边打滚，边哇哇叫，都死了才好！也正从那时，沛沛离家，到千里之外，他劝告我，珍爱生命，远离家人。

这一次，沛沛没有争吵，直接拿头撞墙，一下接一下。外婆停止打滚，大家来拉沛沛。流血的沛沛一声不吭，当即摔门离开。他至今未回过家，即便外婆生病，也只通过我来关注病情。

我抬头望天，群鸟正飞过，是寻常小鸟，亦如小学课文描述大雁：一会儿排成一字，一会儿排成人字。我说，外公来看我们了。外婆也抬头望去，将被风吹乱的白发顺到耳后。

我和外婆说，你说得对，沛沛非常聪明。他有远大前程，有他自己的路，只因不想结婚生子，被你们说成一无是处。你骂他成了野种，但我知道，他一直是温柔善良的孩子。

你看，每个人都在越来越远。我一样，S市再辛苦，也不想回到N市。外婆你可记得，小时候在桐城，爸妈有次回来，爸爸还去接我放学。本来我很高兴，却没想迎来他黑脸，随后一顿责骂，原因是排队等老师批作业时，好几个同学，接连插到我前，我却无动于衷。可我当时，的确对插队毫无概念，并未感到有何不适。爸爸教育我一大通，夹杂我听不懂的名词，妈妈与他呼应，严肃对我说，你这样可不行啊。

外婆点头，帮我补充当时场景：我说小束还小，有什么关系呢，你们两个啊，未免太紧张。我说对，你护着我，在你和外公面前，我是松弛的，天然的，而面对爸妈，那种疏离感，自小就有。

外公不在了，我喃喃道，我没能活成爸妈期待的模样，以为只有外婆你，还能淡淡一句"有什么关系呢"，将我容纳。可你也不一样了，我只觉得陌生而恐惧。好几次，半夜接到你电话，我实在不知，该如何回应。

不觉间，天色近黄昏。几抹红云，形状随意，天空更为阔大。外婆细致地将纸灰往一处拢，一边拢，一边有微风将其拂散，她便重复动作。就像是多年前，冬天烧火盆取暖，她细致地挑动炭火。有天只她和我在家，门窗紧闭，烤到四肢无力，我们相互搀扶，跌跌撞撞，几乎是爬到窗口，才幸免于中毒。

我知道，过去的物件，她都留着，有一个房间。包括那个火盆，还有我的玩具风车，好几套小学校服，都发了霉。我也总想起那时，那是我们作为家人，最好的一段时光。

我们下山，外婆沿路采摘野花。到老屋，外婆将花植入小院，钻进厨房做晚饭。我问，要帮忙吗？她说不用。我便又坐上秋千，翻看手机，处理工作信息。

极小的水落在屏幕，我这才觉察，下小雨，夹带温软的斜风，野花香和菜香。我不由深呼吸，一次比一次长，直到外婆叫我吃饭。

餐桌上两碗米饭，一荤一素一汤，都是家乡菜：山粉圆子烧肉，炒水芹，娇豆腐。我们吃得很香，外婆一个喷嚏没打。她有一种天成的辨别力，如非原生种植蔬菜，她吃过，就要连打喷嚏，打一个歇上十来秒，打第二个，直到十几个。早先给她做饭时，妈妈会注意挑选，久了，倦怠渐生，对她喷嚏充耳不闻。

我洗碗收拾，发现外面风雨很大了。竹叶沙沙，花朵闭合，枇杷落一地。偶有闪电，而雷声极其微弱。我试着走进这风雨，天空布满云，被风催促，急速前行，犹若海浪向我覆盖，我觉得自己就要倒下。

外婆一把将我拉回屋，像过去那样对我说，人是熟的，哪能淋生水。

灯光摇摇晃晃，顷刻之间，全熄灭，整个世界顿然失明。

跳闸，外婆说。我说，你记得总电闸在哪吗？她说，不知道，从前都是老头的事。我打电话给房主。男人接通，我借手机光亮，按他所说，在长满爬山虎的院墙找到电闸，站上椅子，推上去。

电来了，我谢过男人，挂掉电话，隐约意识到，男人的声音，似乎也是从某个漆黑且极静的时空里传来。

风渐止，雨势减弱。外婆和我先后洗澡，我洗完，看见外婆正端坐在写字台前，戴着老花镜，认真书写。那本软面抄，她随身携带。我凑过去看，在几年前"日子过丢了"之后，她另起一页，写下：二十世纪三四十年代的北大街与桐城公园，兼作我的童年记。

看样子，不同于曾经零星记录，今天她准备多写些字。我说，早点休息。她不答话，头也不抬，只缓慢动着笔。昏黄灯光下，她的脸离纸笔很近，姿态几乎定格成永恒。

我便回房，坐在床边，看格子窗外，雨水与树影荡漾有致，一层一层树叶上，流动的光往下滑。我半躺，倦意袭来，犹如经过漫长旅途，跋涉至此。手机里已没什么可看信息和娱乐，夜雨淅沥入耳，睡眠随之降临。

B

这个五月，受北方沙尘暴影响，连续几天，空气污染严重。黏着的热气，四面是茫茫雾灰，日光从滞重大气里透出，落雨也沉甸甸。这天反常得要死，这日子磨难人要死，周至凤不时念着。她越来越爱感叹，且总加上后缀"要死"，语气听来很重，仿佛出大事。

女儿送来饭菜放在厨房，打断她说，天气好坏，正常现象，别要死要活。周至凤俯身拾起门口地毯，拿到阳台，往外抖灰。女儿抢过来，扔进屋里，冲她发火，跟你说多少遍，这是楼房，不是桐城那破屋！

周至凤坐下吃饭，边说，你不也在那屋长大的。她又开始接连打喷嚏。

女儿捂住口鼻，把地毯捉进卫生间清洗。她一边洗刷，一边听母亲断续打完十几个喷嚏。她早就听得麻木。她心里火气，已不是一朝一夕，母亲不改老习惯，她好说歹说，母亲不是装聋作哑，就是明知故犯。比如抖灰，灰尘飞进楼下人家，对方曾找上门来。母亲倒和人家诉苦，说自己孤身一人，没吃没喝没人管。对方多少了解情况，找到她，还劝她多关心母亲。她只得替母亲好言道歉，点头称是。回过头找母亲对质，怒容满面，你怎么跟人家说我的？我不管你？我一天来三趟，都喂狗了？

我没说啊，周至凤表现得毫不知情，只听女儿喋喋不休，你瞎还是坏？我不管你，让你儿子管去。他除了知道给钱，可陪过你一天？一周来一次，待不到两小时。我还要为他多烧两个菜。吃完拍屁股走人,碗都不收,他为你做过什么?

我没说,周至凤嗫嚅着,手指在软玻璃桌布上,来回划动。她想将中间凸起的一小块捋平,但此起彼伏,她反复捋,样子无辜得像个小孩。越是见她这副无辜相,女儿越有气没处撒,一把掀翻桌布,瓶瓶罐罐滚落一地,伴有碎裂之声。

周至凤嘤嘤哭。她一哭,絮絮伴奏相继而至:回忆我一生,从小没少吃苦,上学要走几十里路,脚上都是水泡。碰到打雷,吓得要死。吃不饱,营养不良,吐血差点要死。年轻时忙个没歇,为工作,为家,被老头给害了。一转眼,老了,真是一点意思都没有……

对此,女儿也早已免疫。彼时母亲不高兴,赖地上打滚。后来,疾病带走打滚的精神和体力,转为这般啜泣。每当此情景,女儿忍住不作声,反正说什么都不对,反而会为母亲的泣诉助兴。她闷头清理地面。

先前偶有老友或亲戚作为听众,给周至凤几句像样安慰:你无灾无难,有儿有女还都孝敬你,孙子和外孙女更是优秀人才,你享福的命。渐渐,她闭门不出,听众只剩自家人,她得到的,不是一句冰冷的"别说了",就是不理不睬。她又说,一个个的,都变了,不听话了。我还没到耳聋眼瞎,难道人老了,连说话的自由都没有?老头走了,我过着有嘴不能说的日子,谁人理解我的心。

她已无常规作息,想起来,就打电话。她在电话里哭自己可怜,让人来看她,"现在只有蚊子还来亲亲我"。儿子媳妇不接,孙子拉黑她号码,外孙女接通,每每敷衍答应,却不见回来。几个姐妹,无人接听,关机停机。女儿女婿起先以为她出事,赶来见无异常，如此几回，便也视若无睹。女儿说，你没事别乱打电话，大半夜的。

她仍是说，我没打啊，我没打。然后下次依旧。

一些近在眼前的记忆，在她思维里，是失效的。她说中午不喝汤，女儿送来饭菜，她翻脸，你把汤喝完了，都不晓得给我留。儿子来看她，她告状，说女儿不给她饭吃，可半小时前，她明明刚吃过。她胃口一向好，大肉圆，一次能吃六个，却常说自己什么也吃不了，只能开水泡饭。

女儿必须频频自我宽慰，是生病和衰老，让母亲神志失调，丢掉基本判断。可再如何做心理建设，也无法消解她面对母亲时的烦躁、恼怒、疲惫和无力。日复一日，漫漫拉扯中，她眼看母亲越来越像小孩，而自己，被摧残得暮气沉沉。

这个五月，天气确实糟，周至凤陷入深化的混沌。用她话说，身上像被绳子捆住。几次，女儿发现她卧床大小便，她自己也意识到不堪，灰溜溜保证，不会有下次。但没用。

她始终不肯上医院做检查，认为抽掉好几管血，多少天也补不回。她不愿请保姆，说终归是外人。对养老院，她更彻底拒绝，一提起，就整张脸塌下来，非常认真地，大骂女儿没良心。她骂着哭着，口水顺嘴角流出，滴在裤子上。

她要换裤子。眼见天渐热，她没找到一条夏裤。她指着女儿，你偷我裤子，把我十几条裤子都偷了，你不要脸。女儿说，神经病，谁要你破裤子。她说，你才神经病。

女儿懒得再说，踏进那个充斥霉味的房间去翻找，她清楚，无非是母亲将裤子乱收，转眼忘记。

那间房被周至凤用作储物间，多年不曾打扫，堆满老家搬来，和之后积攒的，她当作宝贝，旁人视为破烂的东西。在此，时光仿佛独立运行，像骆驼跋涉，在茫茫昼夜交替里，连同刮风、病痛和牵挂，不会丢弃——

几十年的床单、棉被高高垒起，海绵床垫死沉，和断腿的竹床靠在一边。旧衣服、旧鞋一摞摞，她自己的，小辈们的。也有许多新的，一次未穿，业已被光阴和灰尘打落色泽。那都是家人买给她，她不肯穿，认定旧衣物贴身舒适，年轻时棉衣裤，她穿着至今。再有烧炭的火盆，缝纫机，丈夫生前别在腰间的小狗挂件，儿孙辈的玩具，空药瓶，药品说明书……

女儿劝过多次，当扔则扔，她总拿老古话来训导：起家犹如针挑土，败家好似浪淘沙。她不让人进，怕人扔掉她的藏品，她的心灵慰藉。也无人想进，那里不仅杂沓，幽晦，难闻，且几乎无从落脚，只一条窄道。

女儿强忍着，四面翻找。尘埃飞扬，鞋印在地板上清晰可见。好一会儿，终于在一叠旧物里，抽出几条夏裤。她一抽，周围物件随之晃动，摇摇欲坠，好像随时会坍塌。与此同时，五六只肥大蟑螂，在她眼皮底下，逍遥窜动。

她慌忙逃出房间，将裤子砸向周至凤。她拼命洗手，甩手，甩光仅存的一点耐心，她狠狠说，收一屋垃圾，哪天被埋了，别怪我们找不到你。

我明天回桐城，一个人过，好过在这受虐待。

有本事你现在就走。

你就盼我早点死。

没错，爸死得早，我到今天都想他。至于你，你死我谢天谢地。你不死，我都要死了。

A

一觉天明，我许久未曾这般好眠。雨已停，是清洁的多云天，透出和暖亮光。外婆不在，我将昨晚换下的衣服洗好，晾在院里。外婆的全棉衬衫几处破洞，她不扔，说破洞才凉快。我给她买过衬衫，网购，直接寄她住处。之后发现，她收于那间房，内外包装夹在一垛袋子间，衬衫折叠标准，内衬纸板不曾抽出，标牌未剪，和其他新衣码在一处，灰蒙蒙，很不起眼。作为赠品的短裤，也完好留存，附一张手写小纸片：二人创业小团队，微薄利润，恳求五星好评！

软面抄搁在写字台。我看到，她写满三面，外加一张简陋图画，像是把这几年未动的笔头，归集在目下——二十世纪三四十年代的北大街与桐城公园，兼作我的童年记。

她写道：我是一位根生土长北大街老者，从小就在桐城上小学、中学，在桐城公园（现在的桐城中学大门内）玩，小学是桐溪小学（现在的文庙后身），我家就是现在的北大街130号。我小时上学的路线是，出大门就进入洪家巷，向前100多米，经民众教育馆（相当于现今文化馆）向西再10多米，又进入一个小巷（此巷向东通至现在新巷），向左拐50多米，就到小学门口，记忆犹新……

以此开头，她闲散记录，细数风光物态。

图画由歪斜线条构成，长短不一，俨然一张示意图，题为"忆桐城北大街70年前旧貌"。她将两侧街景依次标出：北侧有李氏宅基、井、左忠毅公祠、姚氏住宅、火神庙、永春堂药店、讲学园巷、南北货小店、烟酒店、唐氏当铺、木匠铺、裁缝店等，南侧有苏氏住宅、洪家巷、民众教育馆、照壁、庙巷、豆腐店、干粉店、照相馆、油条店、糕饼坊、白铁器店、中药店等。整张画面很密，她甚至勾画若干行人，以示人来人往，秩序井然。

我拍进手机留念，吃惊于她好记性。

外婆从外面回来，买回早饭——朝笏包油条。这是一种细长烧饼，韧性很足，形似官员上朝所执的朝笏，故得名，通常吃法是将油条夹中间。外地吃不到，我嚼得十分满足。

吃完感到干渴，我搬来梯子，爬上树，摘取新鲜枇杷。叶尖细小的水，聚集成饱满的一大滴，倏忽坠落。外婆面朝树站立，呼吸得绵长有力。

我们慢腾腾吃枇杷。外婆说，市面上那些，大归大，甜归甜，吃了上火，哪比得上自家枇杷，清淡爽口，吃得我痰都没了。

外婆忆起当年，也在这时节，我妈妈去外地上学，她和外公装满袋枇杷。外公送我妈妈去车站。过一会儿，她发现枇杷忘拿，赶忙拎起，朝车站快步加小跑，顾不上气喘，总算在火车开动前，送至我妈妈手中。

跑得我心脏病差点犯，外婆看着我说，你知道吗，这枇杷树，跟我女儿一个年纪。姑娘，我女儿人很好的，就是脾气有点暴，刀子嘴，豆腐心，你要是见过就知道。

我知道，我笑盈盈说，知道。

有八点一刻了吧？外婆问。我一看，又是刚好。我问她今天想去哪，她说，不坐车，走走路。我说，就去你写的这些地方吧。她说，好得很。我欲备上雨伞，她说不用，今天吹的是南风，没有雨下。

　　我们缓步走在北大街，薄薄的日光隐现，空气清凉。外婆说，我小时候啊，就喜欢下大雨，发大水，北大街淌水，我就浑水摸鱼，捉到一条小鱼，就非常高兴，捉不着也很快活。

　　我问，哪里来的鱼？她说，当时桐城公园有一条小河，是引龙眠河之水，经过城内到西城方向，出城灌溉农田之用，如今全被覆盖了。

　　我想起自己小时，长江特大洪灾，桐城未受直接影响，却由此生出地震谣言。整座城被人言笼罩，越传越当真，恐慌渗透，日日是未知险境。传言最盛那晚，隔壁表姨一家过来，说今晚真要震。表姨说，找到个地方过夜，比在家安全。

　　外公外婆让表姨带我走，我害怕至极，汪着眼泪问，你们怎么办。外婆冲我挥手，我们没事，不用管我们。

　　我被带到一大块平地，睡厂房，醒来天光大亮。

　　似乎经过那一晚，谣传自破，此事无人再提，像从没有过。我说来给外婆听，事隔多年，终于想起，我还不知道，那晚外公外婆，是如何度过。

　　外婆说，我和老头，就跟很多人一样，我们在广场，坐了一夜。

　　地面湿漉漉，一不留神，我险些滑倒。外婆说，过去的路，由马石条铺成，比这滑得多，北大街共有400多块。偶尔有小车从街上过，独轮，人力推，很远就听到轮子滚动，逐噜逐噜。每个清晨，还有换猪水、换粪的声音。

　　前方一排住宅，经统一翻新，规整而索然。外婆说，从前这是赵家豆腐店，冬天的冻豆腐，我特别喜欢。旁边是倪家干粉店，相当于现在人吃的云南米线，肉汤下的，非常可口。再往前走几步，就能买糕点，白交切又脆又甜薄如纸，寸金糖用麦芽糖稀做成，入口尤其鲜，但是老板差劲，回回缺斤少两。老古话准得很，头大是君子，脚大是小人，那老板呐，就一双大脚。

我不禁笑，这话耳熟。第一次带潘见家长，外婆热情，拽着他不放，像一场细致入微的人口普查，从对方老家、远近亲戚，询问至身高体重和鞋码。趁潘不在，外婆低声和我说，不过 1 米 72，却长着 43 码的脚，头大是君子，脚大是小人，你要留个心啊。

当时我只觉可笑，以及煞风景。谁曾想婚后，隐匿的日渐展露。到他提离婚，我仍当问题多出在自己。到他无缝再婚，我后知后觉，想来外婆那句话，可真是讽刺。

我们沿街走，北大街从未有过的长。一路看见旧的叶子，新的花，随地睡觉的小脏狗。坐在凉亭歇息，长凳带泥，上方错结的藤，洒下密织的影。有人哼歌，东张西望，朝我们走来。我定睛看，认出是她，那个疯女人。

我记事起，外婆就说，不要去看疯子的眼睛。那会儿桐城街头，流浪着各样疯子，我听外婆话。唯独这个女人，我不畏惧看她眼睛，她总是无害的。初来时，她怀抱一个小孩，喝喷泉水，吃捡来的饼。没多久，不知何故，只剩她自己，神情涣散，抱孩子的手空荡荡。从此她见到孩童就傻笑。路上撞见，猝不及防被她抱住头，脸蛋上亲一口，是常有之事，我和沛沛都不曾幸免。

时间流转，以往疯子皆不知去向，唯她一直在。除去苍老面容，她神态间和善，仍是旧时样。她还认得，一如往常打招呼，对外婆称呼由奶奶变老太太，对我，由小朋友变阿姨。

"阿姨好！我肚子疼，阿姨借我十块钱可好？""老太太好！老太太借我十块钱买饭可好？"我身上没现金，外婆有，取一张一百的，让她收好。她接过，笑得眼睛弯弯，说老太太是大好人。

她走没几步，看人抽烟，她凑上去："叔叔好！叔叔把烟借我抽可好？"对方不看她，将快吸完的烟往地上一扔。她真就捡起来，接着吸。她仍笑嘻嘻的。

走到街尽头，有家新开的小餐馆。外婆说，这原是木匠铺，木条堆门口，10根一垛，切成一样长，你可知做什么用？我摇头。外婆说，棺材。我说，为什么10根？外婆说，盖三根，底三根，一边两根，不多不少。

我看向餐馆招牌——树有风。很巧，像是取自我与外婆名字谐音。

我们便在此吃午饭，靠窗坐。店内复古风格，老派桌椅，服务生装扮如店小二。窗外是龙眠河，河边草苍翠。外婆指向一块草地说，在我十岁以前，那是枪毙犯人处，好多人站桥上看，犯人都经北大街到紫来街，下河湾，就在那，被一枪打倒。所以桐城有句骂人话：你明天要下河湾！

我们吃桐城丰糕、蒿子粑、粂肉汤。我说，这粂肉，粉太多，不如外婆你做得纯正。外婆也这样认为，她说，晚上回去做。

回老屋午休，下午继续走路。到外婆所写另一处，桐城公园，即现今桐城中学前半身。

外婆背靠门前石狮，情绪为悠远记忆所活跃，源源向我介绍：大门西侧，原有三间瓦屋平房，里边一个长方形大桌，几条长凳，四壁有报架和书架，供民众阅读。大门对面，先前有个照壁，形成一个小型广场，专供卖柴炭农民用。农民来自四面八方，每天上午，挑着柴火，在此歇脚坐卖，柴火分枝柴、枋柴、松毛，冬天还有木炭。农民卖柴买米度时光，起五更歇半夜，非常辛苦。

往里走，两侧白杨挺直，冬青短矮。石柱高耸醒目，两面均刻字，一面"高峰入云 清流见底"，一面"杂花生树 群莺乱飞"，它立在我童年，也立在外婆童年。此时我才知晓，我小时所见，乃是重修，和外婆小时所见，也同，也不同。

小束。有人叫我。我回头看，是林。

林是同学，亦曾是我最好的朋友。你回来了？她说。见她并无生分之态，我把心里的尴尬轻放。陪外婆回来住两天，我说。她冲外婆笑，外婆，您可还认得我？

那年在桐城上小学，放学值日，男生作怪，朝我脸上扔纸飞机。我不敢言，只哭，一旁扫地的林，怒目圆睁，抓起扫帚指他，你敢再扔个试试？

男生嬉皮笑脸，却见林迟迟不肯放下扫帚，只得投降。林不依不饶，去告老师，亲眼见他当老师面向我道歉，才罢休。

那之后，我与林从普通同学，成为密友。我们住得近，上下学相约同路，捉蝴蝶，滚雪球，放风筝，吹肥皂泡，到彼此家里玩。林吃过老屋的枇杷，荡过树下秋千，和外婆混得很熟。彼时外婆身形苗条，我们得知，她曾在大小文艺汇演中，多次演七仙女，唱黄梅戏，便缠住外婆，要学唱歌跳舞。我和林恰是爱扮仙女的年纪，床单往身上一披，还恨不得窗帘桌布都扯来，衣袂飘飘，像在飞，闷一身痱子也步履不停。我们都学不出外婆的样，总是笨拙。

外婆看着林问，姑娘，你哪位？林报出名字，外婆笑吟吟，哦，是小林啊，小束跟你最要好。我们家小束呢，老是被欺负，还好有你一直陪她。

三人一道，漫步在两百余岁的巨大银杏树下。树后住宅楼，今已拆除，林说，记得数学老师吗，以前他就住这。我说，随身带把直尺，打手心那个？她说是，有次你差点挨打，我都捏出一把汗。我说，有这回事？林回忆起那件事来——

那天课堂纪律差，老师突然停下讲课，令组长起立，点出本组刚才讲话之人，至少一个，点到名的站，组长坐。可是，谁会刚好留意呢。你我都是组长，我三组，你六组。我看一组长、二组长，都点了差生，自己坐下。我就效仿，总得拽个人出来，找调皮捣蛋的，错不了。四组五组也是。被点到的人，掌心挨板子，龇牙咧嘴嗷嗷叫。到你，你红着脸，怯生生告诉老师：我们这组没人讲话。

对，你不说我都忘了，我对林说，我紧张得要命，不敢看老师，老师严厉声音响在耳边：那么吵，我不信就你组安静，你给我站着，再好好想想。

结果就你一人，站了一节课，林说，临下课，老师走过来，直尺晃来晃去，又问你一次。你还是那句话。听起来，你快要哭了。老师总算让你坐下，说下不为例，再这样，被打的就是你。

外婆听到这，哈哈笑，对林说，我听小束讲过，当时我夸她诚实正直又勇敢，宁愿自己挨打，也不乱冤枉人。但我心里想的是，你这傻子，你点个看不顺眼的，不正好？

我也笑，说我才没那么好，我其实更怕，万一随便点人，日后被找麻烦呢。

林说，有我在，你怕什么。

那几年，我与林几乎形影不离，连月经初潮都前后脚。之后我被父母接去N市，我们一直写信到高中毕业，彼此分享无保留。林寄来的信、节日贺卡和小物件，我装满三抽屉，迄今保存完好。

大学后，保持手机联络，偶尔见面。我埋头学业，她活跃于社团，尝试各种兼职，大方谈恋爱，一场接一场，基本没有空窗期。她说男朋友似衣服，不想穿了，就扔，永远要把自己放第一位。后来我和潘在一起，兴冲冲带他和林认识。林见过后，边祝福，边跟我说不着急，多感受。我只听进前半截。

婚后我与林来往渐疏，再次交流，是因宋。和宋相识于一次外出，他小我七岁，却与我意外合拍。我给林发信息，说说宋，说到自己一星半点的动心，但仅限于此。有一天，潘翻看我与林聊天记录，变得歇斯底里，对我发火。我低声下气，解释，保证，祈求原谅。以为到此为止，而不知刚开始。

往后，潘常借此动怒，半夜叫醒我质问，随时查看手机，开车中途吼我。那一阵，我极度敏感，一点动静就惊恐，时刻陷进自我怀疑，也不敢告诉林。

林过来看我，才知发生之事。他明天要下河湾！林怒斥。她劝我离婚，马上，我避而不谈，和她扯闲话。第二天，见我仍在朋友圈给潘点赞，林将我大骂一通。我回嘴，以后我的事，不用你管。

继而是潘提出离婚，我越认错挽留，越被他指责。拉扯不过，放手时满目疮痍。潘再婚，效率之高，令我困惑到回头寻迹，不敢不愿相信，直到潘亲口承认，是的，在看我聊天记录之前一年，他已和现任走到一起，身心皆是。

　　我盯着阳台上死去的花，良久，哭不出来。恍惚，暴瘦，长长地失眠，我方才又想到林，复与她发消息。林没再责备我，尽可能给我安慰。我日日大段倾诉，持续输出感情伤。林回话渐少，直至全然不理。我追问，终于她说，你让我很烦，我不会再当你的情绪垃圾桶。

　　我怪她冷血不体谅，她说，你必须自己好起来。我想辩解，发现她已将我删除。我们断联至今。

　　一路散步，在后操场，风轻扬，天空云层透亮。外婆继续做向导：昔日桐城公园，园内还有桐溪堨、半月池、放生池、后乐亭、两个单位——东边县党部，西边参议会，两个单位后即桐城中学。

　　那个时候，我尽是车轱辘话，难为你，真是抱歉。一直想说给林的话，在当下，我听见自己将它顺利归位。

　　事实上，当时我妈妈病重，我忙到心力交瘁，林说，后来我也自责，那样对你是过分。

　　你干吗不早说，阿姨怎么样了？

　　妈妈已康复，我尽量多陪她。对了，我其实已经恢复你的联系方式，只是你那没有显示。

　　我一试，果然。

　　林问起我和宋有无后续，我说，有，又没有。

　　与林断联后，我逐渐向宋靠近。他帮我走出阴霾，和我谈没人知道、没有承诺的恋爱，当然很快乐，从身体到精神。如此过两年，父母开始密集安排他相亲。他从拒绝到应付，再到当真，为此我们分合几次，我仍一腔孤勇抱幻想。某个晚上，宋给我发消息：我爱你，但是……

我电话反复问，他才吞吐表示，他即将结婚，和一个相亲对象。我说，你喜欢她吗？他说，不重要，婚姻就是任务。我哭着，听宋诉说压力——前途考量，父母催促，与他最亲的奶奶突发脑梗，被抢救过来……

让他走，林说。

我也以为自己可以，却仍没忍住，给宋发去许多话。最后一句，希望再见一面，有一个正式的告别。发出已过一月，未有任何回应。我天天等，人有如悬空。

天光渐暗，鸟儿飞来，一条路展开它的傍晚。我们往回走，外婆接连勾勒印象里桐城公园：早前，大门左右两个烽火台，东南角有假山一座，山上有一碑，记引溪作海，造大地球形成。东西两园，即东半球和西半球，五大洲四大洋，有流水沟通。我小时游玩，用纸折成小船，放入其中，就说漂洋过海了，不及一小时，便可绕地球一周，真是超声速。

我说，外婆你真棒，都环游世界了。

林接着我说，世界也为我们打开。

出大门，我们告别，各自归去。林说，我现在的工作，会常去S市。我说好，等你来，所有的路都是我们的。

回老屋，外婆果真做余肉汤当晚饭，味道与昔时无差。就汤泡炒米，喷香。收拾完毕，翻一翻手机，各类工作信息，一整天未理会，也没有怎样。

夹杂其中，有条宋的消息，只一句，他说，当儿子的不容易。

我轻轻点击删除—确认，动两下手指。与林的和解，使我霎时感到，执念变得不那么重要，以为无法承受之痛，亦不过如此。

洗完澡，天黑，月光白静，极远的鸟鸣入耳。我和外婆在小院，我荡秋千，她搬一张竹凳坐。外婆望月半晌，说有三个月亮。三个？转而想到，外婆如今又是散光，又是白内障，难怪。外婆说，我看就是三个月亮，三个层层叠，一下从南到北，一下从北到南，摇晃晃往上爬。

她再次念及往日：当年无电灯，居家与开店，都用煤油灯和灯盏窝。夏夜，家家户户把竹床、门板搬出门口，开户纳凉。一条街都在聊天，一个人讲笑话，满大街哈哈笑，街头笑到街尾，大芭蕉扇摇得啪啪响。有人走路带手电筒，灯光一照，大老远，几个老奶奶怕热，打赤膊，吓得赶快拿芭蕉扇来挡……

直至夜凉，我们进房睡觉。我说，外婆，明天早上我们回N市，好吗？下午我得回S市，假休完了。外婆点头，绽开一个温煦笑脸。绿了半面墙的爬山虎，随风摇漾，我心说，真想就在这里，虚度时光啊。

躺在床上，遥远记忆飘至眼帘，穿来掠去。外公到这头拿报纸，到那头看电视。外婆到这头倒开水，到那头铺床。外公到那头洗脸，到这头翻日历。外婆到那头检查煤气，到这头问外公：灯你关吧？而我已安于床，被窝如贝壳，给我一个珍珠的梦。

B

周至凤几乎整天不下床，女儿发信息给自己女儿赵小束：你请几天假，回来看看外婆。

小束来时，周至凤是睡着的，也许醒着，只不想费力睁眼，顺便节省一些呼吸。喊她不应，身边人交谈，似都与她相隔万里。

晚上，周至凤精神大好，不停说话，仿佛听不到旁人反馈，只顾自己说。小束也就只听。周至凤说，当年，我三伯要我一张照片，介绍给老头。老头一眼看上，把照片塞口袋，去跟我三伯说。老头那时，尖嘴猴腮，我哪看得上，以为不成，谁知还就成了。

周至凤一口气讲很多，从自身，讲到儿女婚姻。小束像在听书，或看电影，到很晚。女儿对周至凤说，都几点了，你白天是睡饱了，我们得回去睡觉。小束说，妈，外婆老说想回桐城，要不我们带她去住两天？

赵小束，你帮着她讲胡话呢？你多久没回来了，晓得伺候她多可怕？

妈，你先回去休息，我再陪外婆一会儿。

只剩祖孙二人。小束凑近周至凤，外婆，我带你回桐城，就我们两个，偷偷去，好不好？

周至凤点头，满脸笑。

明天一早，我们就出发。趁我爸妈没醒，我过来叫你。

A

又是一夜酣眠。已放晴，日光里还有未被蒸干的水汽。外婆买早点回来，我们仍吃朝笏包油条。我再次上树摘枇杷，分几袋装，准备带到 N 市和 S 市。

我们将老屋打扫干净，像来时一样。只留外婆采的野花，在小院盛放。我打房主电话，男人说他还有事要做，有东西要想，也许很久才回，钥匙放门口信箱。他声音模糊不清，恍若真声与回音交替。他背影骤然浮现，天地苍茫，我仿佛看着他，走进了远方。

返程，路过那一截分岔小路，我们看到，来时所见三只风车叶片，依然滞留原地，分毫未动。就好像这两天，未曾有过。

B

两天前的早晨，女儿照常来送饭，发现周至凤陷入昏迷。送医院，至今未醒。

A

我往医院走，拎一袋枇杷，刚在路边买的。年年此时，外婆都要吃枇杷，她如果醒了，一定欢喜。

我还带来软面抄，让它也做个伴。笔墨停留那句"日子过丢了"，其后是泛黄的空白。手机相册里，那三面文字与画，亦无踪迹。通讯录不见老屋房主，宋一直未回话，我还是无法联系林。

我像是走好久。明明一道矮台阶，轻易跨过，脚却悬于空中，似要花大量时间，才将身体落地。

来到病房，家人都在，沛沛也回来。我到外婆身边，见她平躺，表情温和，没什么痛苦。

窗外光照耀眼，一些透明的物体，轻飘在半空。像儿时吹的肥皂泡，五光十色，笼住风车和鸟的行径，我看到高天之下，大大小小的飞翔。

外地人

从北京南站坐上京沪高铁，张北辰就开始睡，睡过黄河，明暗间几个隧道，再睡过长江，下午4点22分，到南京南站。好久没这么睡一觉了，四小时，张北辰想着，背起双肩包下车。

12月的南京，并不比北京暖。太阳光线明着晃着，没什么热量，其间尘粒细微，天色浑蒙。他走得轻快，深吸冷气，发个消息：到了。

消息不是发给徐奕报平安的。昨晚他跟徐奕吵一架，正僵着，都不甘于先开口。张北辰和徐奕恋爱四年，准备月底结婚。结婚之于二人，本还未提上日程，只因徐奕父亲徐明，躺在医院，眼看时日无多，就这么个心愿。徐奕父母都快70的人，第一个孩子长到十几岁，车祸，没了，这才有徐奕。有朋友说，这个人命硬，好事儿，结了吧。张北辰说，命硬不会克我吧。朋友说，你傻，命硬是克别人，对你只好不坏。

张北辰不信这个，但又不得不承认，跟徐奕在一起，撇开感情事不谈，的确得到某些令人羡慕的东西。徐奕北京人，985大学金融专业毕业，进了四大行之一，如今通过竞聘，成为城区支行行长，周末在读MBA。张北辰山西人，南京念的二本院校，毕业来北京找工作，进入保险公司做销售，后来认识徐奕，成为男女朋友，业绩就一直不错。

因为上班近，张北辰平时跟人合租住大兴，周末到海淀，住徐奕那。最近大兴火灾，随后，数片区域成为安全隐患区，上面突然通知，要整治。张北辰不知，住处是否属于整治范畴，周遭风声不断，睡觉生怕人来敲门。徐奕说，你干脆别租了，搬过来吧，也好照顾我爸。

徐明住院快两个月，瘦成柴，躺或半躺，稍微动下就喘气，主要问题出在肺。前几年一场病毒性感冒，落下病根，近来恶化快，右肺纤维化，丝瓜筋似的，全靠左肺，左肺还有肺气肿。白天徐奕母亲和护工在病房，徐奕上班时间相对自由，抽空就来，晚上和张北辰轮流值夜。

搬来住后，张北辰值夜更多，徐明也更愿意他在，会照料人，上厕所也方便些。医生说，目前医院能做的，只是调整心功能，肺纤维化不可逆。张北辰半蹲床尾，握住摇手，转几下，徐明上身跟着缓缓抬高，说行了。张北辰到跟前，倒杯温水，插上吸管，递给徐明吸几口。徐明不爱接氧气管，觉得不自在，实在难受才用下。一喝水，费了劲，又喘几下，张北辰问，要不要放回平躺，徐明说，等会儿，先就这么着。

在夜里听徐明呼吸，有时荒芜，有时坎坷，偶尔爬个大坡。张北辰时常感到一房间的滞重，那种语焉不详的灰色，层层积压，拨不开，天总也不亮。

徐奕也被这滞重灰色压着，只多不少。每个人都疲惫，不开怀，尽量在对方面前显得舒展一点。这当然需要力气。吵架无非小事，小事击破苦心维持的力气，如丝袜被指甲一刮，向下扯出渐增的细洞。到徐奕值夜，张北辰会来帮忙，待到睡觉再走，或者就换他留下。这晚张北辰跟客户吃饭，挺晚了，徐奕发消息说，我这没事儿，你结束直接回家，明天还要出差，早点儿休息。

过二十几分钟，没见回复，看徐明已睡着，徐奕边往外走，边打电话。打一遍没接，第二遍，响七八声，张北辰说，在来的路上，喝得有点多，刚吐掉。徐奕不高兴他喝酒，说几句。张北辰也不高兴了，喝点酒而已，不还是为工作，你别替我安排。徐奕说，我替你安排什么了，不就让你少喝点儿，还不是为你好。张北辰说，根本没这个必要，你不用为我考虑，你早上被子也不铺，洗个内裤也洗不干净，我拿回来重洗，都从没说过你。

言辞相击，由此向彼，疆界无限扩展。包容变得可疑，大多时它令人相处相安，一旦褪去外壳赤裸相见，日常所容纳越多，用来相斥的例证就越多。宽路变窄，挤出不安和不信赖，冒出"大不了我回大兴"的话来，再由不欢陷入沉默。

一夜过后，沉默继续。早上，张北辰简单收拾好，出门去。徐奕等母亲来，去上班，看着时间，算张北辰该去车站了，本要提醒他，别忘买盐水鸭带回，现在也闭口不提。

张北辰这一句"到了"，是发给赵琪。这几年，他来过南京两次，一次出差，一次同学结婚。他常想起南京有赵琪，每次来，都还是没找过她。

早晨醒来，他尚有些埋怨与犹豫，这差出得不是时候，昨晚的争执悬了空，上不去下不来。马路一侧，吊车已开工，伸出黑色手臂向高楼顶，将安置半空的大厦字牌挨个拽下，积极响应这城市"亮出天际线"行动。一块块高耸大字，落地即残破不堪。张北辰抬头望去，没想过吊车可以伸展这样长，如一只变了形的巨大螳螂，挥舞臂膀，搅动上下。

耳边有施工、闲聊、叫喊声并行，他捂住口鼻，从混沌的光里快步穿过，来到另一侧，在稍稍放开的呼吸里，蓦地忘记出门前的顾虑，只想加速远去。

他迟疑片刻，消息发出去：在南京吗？

大学里，张北辰是市场营销专业，赵琪是英语专业，偶有交集，是因同在吉他社。幽暗里笼着的橘色光，张北辰坐中间，低头弹唱达达乐队《南方》："我住在北方／难得这些天许多雨水／夜晚听见窗外的雨声／让我想起了南方。"乐音漫开，赵琪看在眼里，忽感到寂寞，微弱拉扯，疼着软着，陷下去，想说来与他听，又无从出口。那年赵琪大三，张北辰大四。不久张北辰去了北京，赵琪就隔着手机或电脑屏幕，和他说说话。

在某一瞬间，像是过个看不见的坎，天陡然黑了。照对方发来的定位，张北辰出现在赵琪公司楼下。好久不见，他差点没敢认，赵琪瘦了差不多20斤，摘掉眼镜，脸上光净明朗，踩高跟鞋，身形是常去健身房的样子。

不好意思，下班迟了点，赵琪说。没事，张北辰说，我刚转转，鼓楼这一带变好多，又好像没怎么变。赵琪说，你想吃什么？张北辰说，辣的。

进到一家川菜馆，热火得很，窗上都是雾气。赵琪点辣子鸡，水煮肉片，麻婆豆腐，一人一瓶雪花纯生。菜陆续上桌，张北辰倒上酒，给赵琪一杯。赵琪拿起准备喝，张北辰举杯向她，说，来。赵琪淡淡一笑，与他碰杯。雾气渐变成水，顺着滑落。

　　赵琪看到张北辰身后那桌，一家三口，十七八岁大男孩，精瘦，吃红油担担面，吸可乐。一米八几的个子，人往椅背一摊，大咧咧笑的侧脸，真挺像张北辰。大四时，赵琪一门心思跑去北京，参加招聘会，结束后给张北辰发信息，没事可做，想去找你。即刻收到回复，别啊。赵琪说，我就去看看。对方回，真没什么好看。赵琪说，你忙你的，我就去看看，你不在也没关系。对方没再回。

　　赵琪不认路，当年也没智能手机，买张地图，打开，再打开，手臂张开到最大，密集搜寻，找他公司位置，找自己所在地。倒两趟地铁，两趟公交。在车窗看自己，头发乱蓬蓬，脸胖，鼻梁不够挺，又拿小镜子照，一脸痘，眼里有血丝，嘴唇发干发裂。

　　张北辰带她在附近吃盖浇饭，问，你从哪儿过来。赵琪说，人民大学那块儿。张北辰惊讶，说，从海淀到大兴？他叹气，吃饭，喝口啤酒，又自顾自重复道，从海淀到大兴，叹气，摇头，笑笑。

　　赵琪跟着张北辰随便走，日后回想，那是清淡平常的一天，只她心怀隆重，在虚妄感动里跋山涉水，以至于不记得当时走过什么路，聊过什么话，就连他模样，也是过很久才清晰起来。他说，你那么远，早点回吧。她眼睛就落下去，落到水下。他送她到公交站，车来时，他轻拍她的头，说了句，是不是有那么点儿意思啊。说得不经心，也不看她。她不能确定自己是否听清，没有答话，上车走了。

　　回程她想着这句，落下的眼睛慢慢浮升，在水上面，茫茫闪光。为这点光，她又把这段关系维持三个月，艰难且小心着，才终于承认，那样一份隆重，另一方接收不到。她留在南京，经由一段翻覆的过程，情愿也不情愿，算是把张北辰给翻过了。

少年又坐起来吃面，赵琪看着，叹气，摇头，笑笑，动作轻浅，一带而过，没什么动荡。

你回头看一眼，那男孩像不像你。

是有点，像我年轻时候。

你胖了。

何止胖，还老了。欸，你倒还挺好。

可能是一直运动，我还做了祛痘印手术。

还有这玩意儿？张北辰问完，突然变了表情，使劲张嘴吸气。吃到花椒了吧，赵琪说，快喝点。见他杯中空了，赵琪把自己的酒杯递去，张北辰接过，大喝两口。

赵琪接着说，就是从肚脐处吸脂肪，填充到脸上，一点点跟旧皮肤长到一起。这么神奇，张北辰说，疼不疼。当然，赵琪说，打的全麻，做完后满脸纱布，腰上也是，整个人木乃伊一样，止痛泵一直插在手上，15分钟自动注射一次，用了三天。住院一个礼拜，怕感染。嘴也张不大，只能吃流食。

张北辰从辣劲里缓过来，注意到，赵琪没怎么动筷子。你多吃点，他说。

我以前想吃辣，就喊朋友来这，辣子鸡越吃越辣，能把我辣哭，挺痛快，赵琪说，手术后，辛辣基本不碰。张北辰说，那你点些清淡的。赵琪摇头，我是易胖体质，晚餐要控制。

聊到徐明的病，赵琪说，我外公前两年走，也是这毛病，到最后，喝口稀饭，噎了，一口气上不来。张北辰说，真挺难熬，我就在想啊，我老了，要能得个急病，说没就没，最好，也不用人照顾。赵琪说，你要卧床不起，她会照顾你的。她，张北辰说，算了吧，真到那一步，她肯定就图省事儿，弄点毒药，把我毒死。

徐奕接盆温水，跟母亲一头一脚，把徐明斜过来，脑袋挪到床沿，由徐奕托着，母亲在他颈下垫块毛巾，将他头发打湿，挤洗发水，为他揉搓，按摩头皮，拿搪瓷杯舀水，边冲边揉，徐奕换两趟水。整个过程母亲一直指挥徐奕，你别抬太高，湿到衣服；你往边上去点儿，挡了；你别歪，水都进他耳朵了。后来说，就你这笨手笨脚的，跟你干个事累死。徐奕说，老说我有意思没。母亲说，小张今天不来啊？徐奕说，出差，去南京了。南京？徐明嗫嚅着，浑如江水的眼里起波浪，似有船帆掠过，极短暂，便又暗淡去。母女二人都未留意。

母亲说，出差几天？徐奕说，后天就回。母亲说，婚礼要准备，再简单也得弄下，你们两个，都不上心。徐奕说，办什么婚礼，麻烦，都忙呢。母亲说，你不办，就是给他家省钱。徐奕说，无所谓。母亲说，他家什么意见？也不办？本来就捡个大便宜，房子也是我们家的，现在更好，高兴死了。徐奕说，跟这没关系。母亲说，搞不懂你。徐奕说，我才搞不懂，当初反对是你们，现在催婚也是你们。母亲，当时给你介绍的，哪个不比他条件好，你非找他，说条件不如你更好，你说东他不敢往西，我们也就依你，看他人细心，是过日子的。现在好几年了，还不结婚怎么着？徐奕发力挤毛巾，说，不结了。

我想想看，咱俩多少年没见？张北辰说。

七年，赵琪脱口而出。

我靠，时间太快，张北辰说，一年又要完了。

你还玩吉他吗？

早不玩了，你呢？

一样。

两个工作人员在后台吵起来，在座的都朝声源望去。女的说，你有话好好说，至于发火么！男的说，你凭什么让我受气，你没资格听我说！女的说，有没有资格，不是你来决定，我钱也不是你发，有种你让我明天从这滚蛋！男的说，你还委屈啦，搞得好像你有理一样。之后是安静，女的可能在哭。男的开始爆粗口，像是要动手，几个服务生边拉边劝。

言语之冲撞，听来可笑。张北辰想起昨晚，也是可笑。看看手机，没有徐奕消息，他知道，到底是要自己先开口。那股念头又涌出来，好像眼下生活岌岌可危，稍一碰，极易全线松动。每次想到这，他就不再想，宁可浮于表层，回避深挖下去的可能。他打算晚些时候给徐奕发个消息，问徐明今天情况怎样，她该不至于不理。毕竟，在漫长琐碎的日常，去维持一种安宁，也没什么不可以。

出店门，赵琪问，你住哪？张北辰说，不远，龙蟠路上，下午就办好入住了。赵琪说，那去玄武湖走走。

湖边起风，天并不黑，有些云，细密飘着雾色。环卫女工站在一棵梧桐背面，把扫帚和簸箕搁在一边，跳起舞来。赵琪说，十六步还是十八步，过去看我外婆跳，我还学过。女工不连贯踩着步子，手臂摆动幅度很小，走两步想一下，走两步想一下。六七个人跑步经过，穿统一定制的短袖速干衣。张北辰说，好久没跑了。赵琪说，悦马跑团，我也参加过，中间那光头我认识。张北辰说，你记不记得，我们学校有个人，天天跑操场，跑姿很奇怪那个。赵琪说，记得啊，姿势很怪，颠颠的，但跑得特别带劲，还挺快，好像是我老乡，后来退学了吧。张北辰说，对，跟你一样也是安徽的。他也去北京，在送快递，还负责我住的那片区。赵琪说，这么巧。张北辰说，你知道吗，最近我们那儿火灾，火灾前一天，他老婆刚从老家过来看他，带着孩子，才一岁，结果都死在火里，他还活着。

张北辰点一支绿爱喜，吸进去，深长地呼出烟气。赵琪说，给我一支。张北辰说，你抽烟啊。赵琪接过，点燃，吸一口，嘴张开，不成形的白烟虚散，断续，上升，淡弱。她想说，是从那年起，在一次吉他社团活动，听你无意讲过，女孩子抽烟不好，但是手指细长，夹烟样子好看。话到嘴边变成：只抽细的，不过肺，也吸不了几口，主要是爱看烟飘。张北辰说，我准备戒烟，抽这个算过渡。火光一围一围，烟绕着转着，如一团谜，边界不明地交缠，缭绕，很快混入大的空气里，飘移不稳，幻惑不实，张狂而后消隐。

在一小片林边空地的亮光里，有人唱歌，声音被十来个观者围住，散落落地漏出来。走近看，那人坐在石块上，平头，圆边眼镜，松垮的深色棉大衣，斜抱吉他，身侧一只电音箱，一瓶矿泉水，面前一架话筒，和摊开的乐谱。刚唱完一曲，开始弹下一首。前奏响起，张北辰说，《热河》。

是节奏平和的说唱，音符缓缓流动，歌者低声念词，"热河路就像80年代的金坛县"。路灯光显得稀疏，在水上摇晃，两人眼底下很静，四散的来往都关了门，闭了户。歌者唱道"每天都有外地人／在直线和曲线之间迷路／气喘吁吁眼泪模糊／奔跑／跌倒／奔跑"，张北辰不禁打个轻微哆嗦，赵琪下意识靠过来一点。梧桐叶子又掉几片，残破干燥，大概是今年最后一批。

一曲终了，赵琪说，走吧。

两只狸花猫一前一后，飞速窜过。赵琪说，前阵子我还去过热河路，好多都拆了，再盖楼。张北辰说，我之前住处，其实挺像热河路。赵琪说，你命好啊，现在不用住那了。张北辰说，你也信命？赵琪说，不是说有多信，小时候我算过一次，被我妈拉去的。就记得算命先生说我，学习要努力，不努力就会落后。当时我想，这不废话么，还用算。现在我明白，这话是真，有些人天生拥有，有些人是好运气，但在我这，都得靠努力，稍一放松，就往后退。张北辰说，这也没什么不好。赵琪说，但还是会慌乱。我不想回老家，可南京，也时常令我感到虚幻。张北辰说，我是不知道往哪使劲儿，北京太大，有时我想要是没认识她，全凭自己会怎样，这还不能跟人讲，好像问题都在我，我不知福，我不懂事。

赵琪手机响，她接通，另一只手半遮着麦克风，还在加班，嗯，给调研组做翻译，不用，我自己回。张北辰问，男朋友？赵琪说，就，是吧，不知道。张北辰说，怎么都没听你说。赵琪说，没什么好说。张北辰回到刚才话题，说，讲到命，我想起来个事情。

事情是徐明告诉他的。那时徐明已开始喘，刚住进医院。徐明话少，平日里半天不出声，不知怎的，在张北辰值夜第一晚，硬是拉他磕巴一大通。徐明说，小张啊，别整了，让护士收拾去，过来坐，我给你说个事儿。张北辰把隔帘拉上，坐到床边。徐明说，你知不知道，徐奕前头那个，怎么没的？张北辰说，不是说车祸？徐明说，车祸怎么来的？张北辰说，意外？徐明说，那年过年，局里发对联儿，上联是春打头，下联是秋。人给拿错，弄成一堆儿，给到我这的，我一看，两个秋，我就知道不好，秋杀秋杀，得出事儿，结果就那年没了。

老爷子真能想，赵琪说，拿到两个春的同事，过得很好吗？张北辰说，我当时也这么问。徐明缓了缓，接着说，那个人啊，前两年死了，自杀。怎么会这样？赵琪问。张北辰说，据说那人儿子离婚后，成天不着家。六岁的孙女没人照顾，她亲妈也不管。他觉得这孙女命苦，看不到头，不如早点了断，就把她掐死，自己在屋里上吊。他老伴回来，看到这场面受不了，吞了药，没死成，被医院救活。后来就失踪，一直找不到，有人说她跑去南京，跳了长江。

赵琪深吸口气，慢慢低头吐完，说，我们今天怎么，尽说到这些。张北辰说，天天在医院，觉得到处是这些。他抬头一看，两边看看，说，欸，走过了，我住那头。

两人往回走一点，到酒店门口。张北辰说，要不上去坐坐？赵琪顿一下，说，好。

电梯里无旁人，上行至半途，忽听"咣当"一声急刹，两人瞬间失重，似要下坠。意识经短暂空白，归回现下，他们看到电梯停止，楼层显示处，变成两条红色横杠。

张北辰按下紧急呼叫按钮，说明情况。对方告知，不必紧张，电梯有安全装置，不要扒门，等待救援。

灯灭一下，即刻又亮起。四方尽是浩渺无边的静寂，漫至两人全身。第一次遇到，张北辰说，你怕不怕？我也第一次，赵琪说，倒没觉得怕。张北辰说，想起来了，要紧贴轿厢壁站好。两人于是背靠内壁，并排站，肩臂相挨。是不是有点傻，像罚站，张北辰打趣，触到赵琪冰凉的手，将它轻柔握住。赵琪的手，就小心蜷在当中。她眼眶有点辣，听得见心脏跳动，不知是自己的，还是对方的。

手机响，张北辰没想到，徐奕会先于他打来。铃音在这密闭空间，显得刺耳。他接通，"喂"字刚出口一半，就听徐奕冷冷地说，我爸要跟你讲话。

赵琪抽出手，手背还是凉的，手心已渗出薄薄的汗。她从包里掏纸巾和小镜子，照着脸，擦擦点点。如今对她来说，哭是奢侈的事，眼泪会刺激脸上皮肤，亦不能有大的面部表情，术后容易瘢痕增生。她一边轻拭，一边无处躲闪地听电话那头，话音分明。一小段呆滞时间过后，徐明浑浊嗓音断续传来。

小张啊，在南京？张北辰说，嗯，出差。徐明说，南京你熟，我之前说那人，你给打听打听。张北辰说，啊？好的，我试试。隐约听几声粗重喘息，徐明又缓缓说，到时候，我骨灰撒长江。

那头转为徐奕声音，我爸累了。张北辰问，还好吗？徐奕说，就这样儿，挂了。张北辰未及反应，通话被结束。

气氛落入空当。赵琪收敛语气，平静地说，老爷子和跳江那位，应该有故事。张北辰说，我也这么想。

外面有声音，是救援人员，要他们退后，不要靠在电梯门边缘。很快，电梯被打开。张北辰和赵琪从中走出，酒店人员赶来，连连道歉。他们茫然听着，像是重新被抛向这个面目含混的世界，转而礼貌又机械地回应，没关系。

赵琪说，我该走了，回去还要做脸部保养，得花不少时间。

张北辰点头，只说，我送送你。

他们从楼梯走下，重又走进黑夜，一路寡言。马路上，车轮与地面摩擦，白日喧哗留有尾音。卖炒饭的铺子，在成为网红店之后，总有人半夜排队来买。这一些零星热闹，令人更感疲惫。如果刚才，就一直在里面，张北辰说，有时我还真想藏起来。赵琪指方向，往那边。

那一小片林边空地，他们再次经过。灯已熄，没有一个听众，歌者正收拾器具。张北辰走上前，指着将要装进背包的吉他，能让我试试吗？歌者说，行啊。

张北辰抱起吉他，席地而坐，赵琪在他对面坐下。张北辰试着拨弄琴弦，却又记不起哪怕一首歌。赵琪轻哼一段旋律，张北辰一音一拍，生疏感随即消退，像是回到社团，彼时他弹一首练习曲，反复犯错，并毫无担忧。

此刻，他低头弹拨，眼前闪过一张张脸，从熟悉到陌生，甚至那个从未谋面的跳江女人，他看不清。一恍惚，竟是快递校友，骑电动三轮，向他挥手。而他定在原地，什么也做不了。

再一抬头，见赵琪，正认真看着他。

忽断忽续的乐声，行至末尾。歌者与他们闲聊，他是苏北人，到南京第十个年头，白天开出租车，跟家人说，在写字楼里上班。每晚，他来这里弹唱，用他的话说，这是一天最享受的时刻，不让我弹，就是要我命，被人当卖艺的，扔几块钱过来，也蛮好。他说笑着，背上吉他，与他们告别。

四野空旷，大地如黑色的河。张北辰和赵琪并肩行走，像两只不眠的鱼，往夜深处游去。

春日梦境

　　她发觉自己躺在医院，像急诊室，手背接着针管。天已黑透，自己如何来到这里，她一点记不起。此前还是傍晚，她逛完超市，坐在商场一楼快餐厅休息。靠她座位处的自助饮水机，一对老夫妇站在跟前，老头手握保温杯，眼望操作说明发呆，老太拉住路过女孩寻求帮助。女孩说，先按这个，是要热水吗？老太说，啊？女孩重复一遍，老太说，对，要开水。女孩说，按这个。老太指挥老头，按这个。女孩说，这样就行。老太说，这就行了啊？行了吧？

　　等他们离开，她到饮水机前，取一次性纸杯，接冷热水各一半。她把其余几个按键都试遍，包括防烫伤保护按钮。不过如此，不难，她对自己感到满意，捧着水杯回座位，像完成任务，欣慰地喝上两口。随后，有人接过水直接走开，她看见水还在滴，过去尝试几次，终于将不太灵敏的开关摆弄到位。她松口气，暗下观察四周是否有人在看，怕被误认为是她不懂操作导致。

　　我还不至于那么迂。她心里对假想的误解者说，我退休还不到一年，比刚才那一对至少年轻十几岁，你们会的,我照样会。

　　眼见都是青年人,三三两两坐一起,各自看手机。想是自己多虑,她照着身旁有些灰尘的玻璃墙,一张面目模糊的脸,在不被察觉的程度,轻扬起嘴角。她时常这样做,认为能减缓面部肌肉下垂速度,但又时常忘记。

　　记忆至此,接下来,怎么就晕倒在地,她全然不知。

　　晚间女儿赶到医院,简单了解情况,替她办理住院手续。女儿住省城,离她所在的县城不到100公里,通常在年节时回来看她,此外并不会无事回家,毕竟有自己小家庭要经营,再说她还不老,没到离不开人的地步。她也很少去看女儿,只在外孙女出生那两年,来往多一些。她养有一只已经11岁的金毛,名叫佑佑,身体还很健康。一直以来,她身体状况也不错,两次住院都是多年前的事,一次是生女儿,一次是阑尾切除手术。剩下便是些随年龄增长得来的小毛病,因为太普遍而显得构不成威胁。今天是意外,她一时有些慌,把女儿喊来。

　　检查指标均无异常,但仍需留院观察。她不要人陪护,把家里钥匙给女儿,叫她回去住,照看佑佑。一夜过来,再一上午,状态一切稳定,下午时女儿提出要走,最近单位事忙,孩子学习又不长进,得找人补课。才一年级就抓这么紧?她问。女儿说,你不知道,现在都这样,哪像以前。她说,我知道,对,现在是不一样。女儿说,等你出院我再过来,随时联系。照她的交代,女儿处理好屋里水电与食物,将佑佑送往一个男孩家,就赶回省城。

　　男孩和她住一个小区。早春时她带佑佑到附近公园遛弯,对男孩有印象。男孩二十二三岁模样,脚步轻快,光着上身跑步，与她擦肩而过，带起一阵风。风里一股气味扑向她，热乎着，她深吸一口，不是香也不是汗味，说不上来，总之是一股人的气味，她确信那就是一个年轻人活着的气味。

年轻真好啊，她想，自己也年轻过，够了。

后来她又碰到男孩几次，男孩也认得了她，确切说是身为佑佑主人的她。男孩爱狗，尤爱金毛，蹲下来摸佑佑脑袋，佑佑看来也喜欢他，扑上去要他抱。

住院后，在考虑为佑佑找个临时住所时，她首先想到男孩。他的信息她一无所知，抱着试试看的心态，她在小区微信群里查看成员。惊喜的是，男孩真在，头像即他本人照片。她去加他，备注"佑佑"，对方很快通过。说明情况与请求，她立马又觉唐突，明明和人家连认识也算不上。怕对方为难，她正欲将消息撤回，没想到男孩爽快答应下来，表示一定照顾好佑佑，请她放心。

她就在此住下，护士定时来输液，做常规检查，此外她一切自理，像被忽略的病人，又像个混进来的正常人。女儿只在她主动发起话题时，顺带关心下她现状。男孩倒是每天给她发照片，佑佑跟他晨跑，佑佑今天胃口超好，佑佑专心看动画片，佑佑看鬼片神情怪异，佑佑在他腿边睡着。收到男孩微信，她心头一热，那种暖烘烘片刻，总能让她回味一会儿，并在一定程度上缓解着住院引发的恐慌，得以与之抗衡，相抵。

隔壁床是个她能叫叔叔的老人，成天躺着，各项机能在衰竭，翻身也要人帮忙。闲来无事，她也会帮个小忙，不过这种时候不常见，因为老人总有人照料，几个子女和孙辈轮值。有时会有两个小孩子，跟她外孙女一般大，进来待不了一刻钟，就在房间或走廊嬉闹游乐，吵得很，便会有大人负责将他们带出去玩。

她害怕这种游乐，笼罩于病危下的游乐，她从中嗅到死亡将至的气味。她天生对气味敏感，比如感冒病菌蔓延，远方田间植物腐烂，前夫出轨时身上隐秘的女人味，她总能先人一步，通过嗅觉准确捕捉到。眼下她吸进这阴霾滞重、类似于重度污染天的气味，想起早在她儿时，这气味就与她相遇过。

那是爷爷。一个阴冷冬天上午，家人齐在医院，分散于爷爷病房四周，或抽烟，或闲聊。她还在念小学，请了假，被安排带领两个妹妹到外头大院待着。与里面的沉重不同，她们在外面游戏，一个妹妹随身带有跳皮筋的长绳，她清晰记得，她们跳马兰花开，柳树弯，数星星，三人未曾搭档过，配合却出奇好，每个人都没断，发挥出最佳水平。

临近中午，她要好的几个同学放学路过医院，和她打招呼，她向她们跑去，为了让她跑更快，她们喊着倒计时，十、九、八、七……这时，她与妹妹们被大人带进病房，去见爷爷最后一面。

四处是白色，家人哭作一团，仍喘着气、沉迷于游戏活动的她，并不能很快领会，一个人死去，究竟意味什么。妹妹们也哭，一个是聪明地从众，另一个则是被大人打哭。没人管她，她不太明白地享受着被遗忘的安静，所有哭声似乎都离她十分遥远，场景也模糊不可辨，她只是闻到了那样一种气味，她后来慢慢意识到，那是无法重复的别离。

那个上午给她留下奇异印象，像一种暗示，在一次次记忆里，她们玩得越是欢快，气味就越发强烈地覆盖上空。她与两个妹妹的首次默契组合，也是最后一次。她们再不曾如这般聚在一处，进行这般游乐，她在回忆中明确界定，童年正是随之终结。

24岁一场失恋令她痛不欲生，轻信永恒的年纪，认定情爱坚固不朽。及至力气耗尽，也留不住，仅换来一句：你是我见过最好的女孩。她在旧书摊闻出一股枯涩的衰败气味，顺其找去，那本书叫《遥远的星辰》，一个智利小说家所写。翻开来，气味出于夹在书页的蝴蝶，一只残缺翅膀但非常华美的黑色蝴蝶，平整铺在字句当中，破损双翅仍粘着粉末，看起来有光亮闪烁。不朽的只有这死去的蝴蝶，她想，只有死去。

她带这本书独自去海边，她对书中一段关于自杀的描写极其着迷。那个没有双臂的人跳入大海，在沉落的生命尽头，儿时画面如电影一幕幕回放，"突生的勇气让他决定不再轻生"。他浮出水面，"都快撑不住了，但最终他成功了。这天下午他学会没有手臂的游泳，就像一条鳗鲡或一条蛇一样"。她沉入海水，效仿那泳姿，这让她身体加快下沉，呼吸急促，换不过气，索性任自己朝深黑的、散发着咸腥气息的未知之境掉下去。

只是，到达意识消散的前夕，终究还有觉知，生的欲求胀满胸腔和大脑，逼迫她挣扎着用上两只健全胳膊。她狼狈爬回海岸，望向潮水涌动，圆月苍白，心里沮丧又庆幸。她从此知道，死去并不比活着容易。

很快她与一个追求者恋爱，平顺过渡到结婚，26岁生下女儿。那两年她渐趋安稳，既和过往纠缠断线，又无未来忧虑，手上也抓得住一些东西。而在另一层回顾中，她发现，大概也正从那两年起，她不再是从报道或他人口中获知，而是真切地看见，在与她产生各种社会关系的人中，每年总有一两个，活着活着，就不在了。除去衰老，更多来自疾病和意外，绝症，车祸，猝死，当然也有自杀，凡此种种，不论远近亲疏，无可阻挡地发生，乃至她对那种气味的感知变得麻木，逐渐生出抗体，抵御着徒劳的哀痛，让她和所有仍在活的人一样，脆弱却又一如既往地去和虚无抗争。

最近一次至亲离去，发生在三年前，是父亲。亲人自外地来看望，父亲还能认人，但已说不出话。病房留一人陪护即可，她不能叫其他人枯坐，得找个落脚处。她于是和他们去周边景区，拍照，谈天说笑，尽可能让气氛轻松。与此同时，童年那次经历，令她保持着谨慎与矜持，似乎不能开怀，否则，诀别又将骤然而至。两种心绪对立中，多年前的那股气味再度变强烈，她不得不对自己承认，父亲到底是要走了。

隔床老人静静躺着，那两个小孩子游玩归来，带回一盆蝌蚪。有十几只，在温柔的水里，欢悦地游来窜去。快到熄灯时间，老人身边人陆续散开，陪夜者也入睡。昏黄灯光下，她凑近来看蝌蚪，无意间目睹一场厮杀：一只小的，被两只大的活生生吃掉。起先是一只大蝌蚪死咬住小蝌蚪尾巴，后者拼命挣扎。接着，另一只大蝌蚪咬向小蝌蚪头部，两只大的头对头拉扯。大约过去20分钟，小蝌蚪几乎已不见，只剩尾部末梢极小一截。

这夜老人睡得格外平静，并于其间停止呼吸。一星期后，她被告知可以出院。她没通知女儿，自己办妥。她准备告诉男孩，接回佑佑。恰好这时，男孩来信息说，自己近期将出趟远门，暂无法顾佑佑，问她多久出院，要与她对接好时间。

她说真巧，无缝对接。

回到家，她舒舒服服洗个澡，分层次将头发吹蓬松。已是春深，气温往上走，她挑一套素色裙装换上。身形还算苗条，她侧身对镜看，只是住院这些天没练瑜伽，好像小腹又长肉，她下决心，回来得继续坚持。又觉镜中自己过于平淡，翻找出一支裸色唇彩，想不起几年前买的，看上去还很新，她嘴唇微张，认真涂上。

到达约定地点时，男孩与佑佑已等在那里。男孩一身单薄运动装，向她招手，佑佑乖巧地坐他身边。她谢过男孩，泛泛聊几句，与他告别。男孩很不舍，蹲下来抱佑佑，对它说自己用不了多久就回来，佑佑在他身上蹭来蹭去。眼见这股亲热劲，她心里又好笑，又不禁生出几分醋意，分不清那是指向佑佑，还是男孩。

把佑佑送回家，她出门买菜。饮食上她一向自觉避开高热量，不过今天，她专程去甜品店，来回转两圈，买小块草莓慕斯蛋糕，坐下来慢慢吃。一小勺舀进嘴里，冰凉奶油瞬时化为暖流，一种久远的香软与细滑，令她差一点盈出眼泪。

佑佑一直睡觉，午后时分，日光正浓，她也感到困倦，打算躺一会儿。她将出院消息告知女儿，女儿回复"OK"表情，无后话。她点开男孩朋友圈，想了解他动向，但如之前一样，没有内容。窗外鸟声渐隐去，她沉陷于睡梦。

不料在那里，她又见到男孩，面目不清，紧密缠绵的感知却相当真切。

她动几下，醒了。醒后她没动，得缓一缓。场景逼真如是，心跳尚未复原，脸颊热度甚至还在，羞耻感叫停不了她对细节之回味。怎么就醒这样快，还未抵达她的欢愉。意识蒙眬游荡于梦与真实两边，周身萦绕温热而潮湿的气味，令她口干舌燥。她分明嗅到，那是某种绵长的原始气味，像她到过的海中央，又像要唤起她更早远的追忆。

那时她不过几岁，一个独自在家的下午，心血来潮，好奇地脱下内裤，想知道里面有怎样秘密。她用双手撑开形同嘴唇的两片肉体，专注而耐心地观望。她忘掉洗手，那气味留在觉知里，自此仿佛成为身体一部分。十来岁时她见过一个小哥哥，背书包，系红领巾，衣着非常端正，她并不认识他，却窥见他脸蛋红扑扑、毛茸茸，他嘴唇鲜嫩通红，她不由自主地从中吸收到那种气味。

她想这最初的启示，人和所有动物一样，是从气味开始的。这气味在她生命中影影绰绰地暧昧几十年，直至终结于闭经，她清楚感受到体内悸动的消弭。在许久后的今天，好似一场复活，叫她疲惫又不可思议。

男孩出去第七天，她算着。期间他们有过几次简短交流，话题都是围绕佑佑，男孩总不忘对其饮食起居多加叮嘱，这让她有种奇怪感觉，男孩与佑佑建立起深厚的从属关系，而自己，则变为那个临时工。

周六时女儿过来，并于当晚返回。女儿在家仍像个小孩，窝在沙发上玩游戏。她出来买菜，拎着两大袋鱼肉蔬菜往回走，感到吃力，走走歇歇。在路边商店玻璃门前，她下意识照一照，到底是岁月不饶人，她想。时光之痕不可逆转，而女儿对此尚未领教，还当她与过去一样，扛得动大米，赶得上公交。她劝女儿别总是一个姿势打游戏，由此延伸至日常，多道几句，女儿不耐烦，不要把你的想法强加在别人身上。她愣在那里，不是生气，而是突然发觉，女儿说出的话，及至那神态语气，与她当年和母亲争执时如出一辙。

期待没有落空，两天后男孩告诉她，自己即将归来。而她隐约的担忧，也果真随之而来。男孩对她说，阿姨，我想继续照顾佑佑。

这怎么行，她第一反应，和我抢？她并未立即回复，她要想想。她没想到男孩这样直接，仿佛洞察她心思，吃准她对他心软，不行，她不上他当。可是，她又怎能断然拒绝，那可是男孩啊。她思索折中办法，假如轮流养，也不是不可以，往好处想，在男孩与她之间，倒生出一种心照不宣的关联来。

不能显小气，也不能显得好说话。她不偏不倚回复男孩说，听佑佑的。

男孩回来，约在她家门前见。她穿上新买的宝蓝色瑜伽服套装，男孩白衬衫休闲裤，这身装扮她还是头回看到。男孩身边多出个年龄相仿的女孩，神情带几分羞涩，初见佑佑，却似乎又对它很熟悉。

毕竟跟她这么多年，本想佑佑做选择时必定犹豫，她便有理由提出折中意见。怎料，佑佑兴奋地舔舔男孩，再舔舔女孩，跟他们朝远走，连蹦带跳，背影自在如风。她指望它回头，但一次也没有。

她愣在那儿，一时不知接下来如何。都搞砸了，她感到丧气，都不要我。先前的暖烘烘、湿漉漉，竟都像错觉，像一出无人知晓的笑话。

她脑海浮现多年以前，女儿在高一，作为家长代表，她有机会去旁听一堂课。是节语文课，老师并未照本宣科，而是先做个游戏，每位学生设想自己十年后的模样或状态，画在纸上。给五分钟，不准写字，更不可交头接耳。她坐最后排，见女儿立即动手画起来，有些孩子在思考，有些则不知所措。刚过一分钟，老师喊停，要求无论完成与否，每人将画纸交给右边同学，后者发挥想象帮前者继续画，禁止任何交流。又过一分钟，再交由右边，如此接力。五分钟到，画纸上交展示，每一张都很滑稽，引得哄堂大笑。老师严肃说，我们总以为时间很多，不着急，慢慢走，但如果你不及时主动把握，就会有别人替你规划，不管你愿不愿意。

当时她未有触动，无非心灵鸡汤，自己早已免疫。她也始终没问过女儿画的哪一张。而今想来，竟得到验证。自毕业分配回家乡，在体制内，也曾想要远去闯荡。几经迂回，脚踏原地，遵循大多数节奏。做母亲后，全身心为女儿，尽管女儿从青春期起，就不再与她有过亲密互动。当上部门领导，除了被夸体谅下属，亦无可炫耀处。将女儿抚养成年，离婚，再到退休。细数来，由一个个别人，甚至一只狗替她做了安排，如纸上所画，这滑稽的人生。

算了，她想。

男孩女孩和佑佑，几乎从眼前消失。两个月后，她意外收到男孩信息，约她见面。当他们再度出现在她门口，她闻到佑佑身上，一种松弛消散、不同以往的气味。它还是老了，她知道。男孩说，佑佑病了。她说，把它还给我吧，这病你治不好，我来给它治。男孩这次很听话，佑佑也是。

旅途

孟 雯

瑶姐姐离开那天，我醒得意外早，从房间往下看，硕大行李箱让她更显瘦小。她爸妈走在她两侧，她妈抓一只小塑料袋，像是早饭，往她手里塞，她不接，往她背包里放，她不让。几人都看不清表情，蒙蒙亮天色中，很快淡出视线。

没一会儿，我看见她爸妈往回走，她妈还抓着那袋早饭。

瑶姐姐名叫姚瑶，住我家隔壁。第一次见面时，这个大我十岁的姐姐在念高三。然后，我看她上本地唯一的大学，毕业在本地国有银行当会计，交往一个本地公务员男朋友。在我初中毕业这年，瑶姐姐辞职，去往高铁站，坐到邻近城市换乘，目的地是千里之外的北京，去读研。事实上，我也快走了，到更遥远陌生之地——美国——去念高中。

我睡个回笼觉，再次醒来，天晴得刺眼。我又叠几条短裙，连同最后一个 SD 娃娃装进行李箱。十多天前，我开始打理行装，似乎总也理不完。东西快摊满两个箱子，每一个都比瑶姐姐那个更大。

我妈不会帮我收拾，她腹中家伙，快八个月了，限制她大部分行动。不过，她看起来只是肚大，四肢仍修长，脸也没胖。她隐形眼镜被框架取代，面色稍显暗沉，但依然是好看的。

十几年前，她怀我时候，大概也这副模样，但听说那时，她毫不在乎，吃喝玩乐一样没少。有天朋友聚会，她干掉大半杯红酒，导致我提前降生。我生来比别的小孩哭闹得多，吃奶咬破她乳头。这些年来，她不止一次说，孟雯，你就不能学学隔壁姚瑶，有个女孩样。我听多了，知道她也就一说。反正她到现在，也没在乎过我的存在。

赵叔叔会把你送上飞机，我就不送了。我妈小心捧着她高隆的肚皮，跟我说，到那边，赵叔叔的表妹接你。我说，到那边，我要跟同学关系处不好，怎么办？她说，那你就发挥强项，跟他们打架。我说，我努力。她说，过两年，我们带弟弟去看你。我说，你怎么知道是弟弟，不是妹妹？她冲我一笑，有钱好办事。

启程当天，赵叔叔帮我搬行李上车，说，雯雯，走吧。我妈靠在床上数胎动，这是她近来雷打不动的事，每天早中晚三次，每次一小时，在此期间，杜绝任何干扰。她轻声而快速给我个飞吻，随即又将手放回肚皮。我想起瑶姐姐走那早上，他们一家真好，一直齐齐整整。

姚 瑶

出家门那一刻，我知道我不再回来。

　　前几天碰见邻居家孟雯，她要去美国读高中。我问她，还回来吗？她说，不知道，我没想以后的事，也想不出来。

　　真羡慕她什么都不想。我在她那个年纪，已经不怎么爱笑。还记得好多年前，一个傍晚，我看到她在楼下，和几个小男孩追着乱跑，她大喊一声"爬树！"自己带头，男孩子一个个跟着往树上爬，仿佛她的指令必须服从，这使她颇有几分将军风范。现在她初中毕业，个子长到和我一般高，一天一个造型，爱把自己往成熟里装扮，讨厌别人叫她雯雯，觉得太幼稚。她出落得越发标致，而眉眼里那股英气，仍看得出儿时踪迹。常常大老远就听她笑，可用豪放来形容的笑。即便是家庭变故阴霾，也不曾遮盖她天生的鲜活。

　　孟雯的家庭，一度成为小区广场舞阿姨的谈资——漂亮女人的不忠，沉默丈夫下落不明，多金男人旧情复燃——包括我妈妈在内，她们反复品味，乐此不疲，像嚼槟榔一样上瘾。又因与她家一墙之隔这个地理优势，阿姨们围着我妈妈，企图探取更为具体和私密的信息。其实，我妈妈知道得并不比她们多，我们两家极少走动，碰了面，彼此打声招呼，说几句有的没的，各自关起门来。但我妈妈乐得这种分享，她只需作出神秘姿态，凑到某阿姨耳边，悄声透露一个无谓真假的短语——"昨晚没走""好几天没来""动静有点大"——就天然激发出整个群体的编剧潜能。对事件本身的分析与推理，并不是闲话目的所在，她们期望获取的，是对当事人作出一番评断和感慨后，比照自家无可指摘的静好岁月，得一份心照不宣的满足。

　　她家刚搬过来时，孟雯上小学。她妈妈来敲门，端一盘咖喱牛肉，说做得太多，送些给我们。她穿一条酒红色吊带连衣裙，皮肤雪白，长卷发，眼睛亮亮的，身上散发好闻的果香味，和咖喱香气一齐盈满屋，让我顿时对"秀色可餐"这成语，有了具体体会。

过后一段时间，我妈妈包饺子，送一些到她家，回来对我说，这叫有来有往。她压低声音，又说，那女人长了双桃花眼，一看就不是安分过日子的，以后少跟她家来往。

两家果真就保持近距离的生疏，至多，是她妈妈来借我以前的学习资料，我妈妈找出一大摞，一起搬到她家，客气地说，不用还。

流传最广的版本，把孟雯爸爸的失踪，归因于谋杀——姓赵男人既是初恋又富有（搞不好还是孟雯生父），老实木讷的原配自然多余。想让一个人消失，办法多的是。

不知在此剧情的生成和传播中，我妈妈贡献有多少。总之她很得意：我一开始就看出她不是好东西，怎么样，我看人准得很。

说这话时，她面露微笑，头向右上方，昂起一个恰到好处的角度。这姿势和神态，让我想起她被评为市"三八红旗手"那天，特意要我和爸爸都请半天假，来参加她的颁奖仪式。作为先进代表，她上台发言，并让我全程录视频。会后我们三人合影，站在中间的她身披绶带，手捧荣誉证书，脸上就这副神情。她先后在朋友圈发照片、视频以及发言稿，获得一众点赞和留言："家庭事业双丰收""模范之家""令人羡慕的幸福之家"……

介绍王卓和我认识时，她也是一样神情：我替你把过关，我看人准得很。

孟　雯

这段时间，同学忙于中考，我倒很轻松。班主任把我放最后排，不管我在课堂干吗，不影响别人就行。去美国的事，赵叔叔全部安排好，不需要我准备什么。他当然很积极，这本就是他的主意，说是为我将来做长远考虑。别以为我不知他心思，早点把我送走，他和我妈，还有即将出生的弟弟，他们才是标准一家人。

那天课上，我闲来无事，又在脸上捯饬，把腮红当眼影，打在眼周。这是我妈教的新化法，她有孕在身，几乎不出家门，也不用化妆品，都给我拿来练手。我对镜看了又看，涂涂点点，满意为止。

课间，隔壁班体育委员被人一路推搡，到我面前。他不敢抬头，支吾半天，没吐出一句话。一边的同学不知从哪摘朵小野花，突然往我嘴唇上一碰，再去碰体育委员的，冲他说，你俩间接接吻！几个男生吹口哨，体育委员脸红到耳根，红到脖子。我说声，无聊。就走开了。

他喜欢我早就不是秘密，小学生才玩的把戏，实在没意思。喜欢我的人，据我所知，有那么几个。校草也给我写过情书。可我看来，一个个乳臭未干，压根不想搭理。我心里也有过某个人，他戴副眼镜，长得不算帅。但他物理考 95 分，我只能考65 分，他不可能谈恋爱，也不可能喜欢我。所以，我又把他从心里拿掉。只是从此，我偏爱戴眼镜的男生。

当天放学回家，我在楼下碰见瑶姐姐，和她男朋友王卓。

王卓变魔术一样，从袖子里闪出一朵花，送给瑶姐姐，一朵含苞的白玫瑰。瑶姐姐接过花，好像并没有很高兴。这也正常，瑶姐姐一向没什么面部表情。王卓看我一眼，我跟他们打招呼。瑶姐姐说，你今天很特别，一副楚楚可怜的样子。我说，看来我化妆手法还行，我先上去啦，拜拜。王卓又看我一眼。

到家后我查白玫瑰花语，代表天真纯洁的爱，一朵，则代表我心中只有你。我经常见王卓接送瑶姐姐上下班，看上去很般配。王卓是公务员，以前学习应该很好。他戴副黑框眼镜，总穿西服或衬衫，大概公务员都这身打扮。那时我还不知道瑶姐姐考上研究生，我想他们会结婚。

当晚我做个梦，我和王卓同时出现在一场聚会，其他在场的，我一个不认识。有人走过来问我，你是他老婆吧？梦里的我莫名其妙，我跟王卓一点不熟，甚至没讲过话，怎么就成他老婆？这时王卓看着我笑，露出洁白整齐的牙，有几分傻气，又有点像我暗恋过的男生。我突然想起，出于某项任务需要，我们确实在扮演夫妻，就对那问话的人点头。

姚　瑶

是从何时起，决心要离开呢？记忆流动，像火车沿路停靠，如果要找出那转弯的站点，我想是在我15岁，和现在孟雯一个年纪。我从昏迷中睁眼，看见自己躺在医院，昏暗病房，手背打吊针。妈妈见我醒了，起身去找护士，爸爸给我冲一杯红糖水。

在此之前，我和爸妈正逛超市。记事起，对于"爸爸"这一身份的认知，就几乎等同于加班、出差以及应酬。爸爸在家很少，被妈妈视为正餐的晚餐，大多数时候，只母女二人参与。我说，爸爸真忙。妈妈说，男人就该以事业为重。爸爸偶尔和我们吃顿晚饭，这对妈妈来说，是体现"一家人"的难得机会。仿佛不容错过的仪式，每次我们三人，要一起去小区门口超市买菜，最好在超市或来回路上，遇见几个熟人，妈妈挽着爸爸胳膊，热情地与他们聊上几句，也总不忘要我喊，叔叔好，阿姨好。得到对方"你女儿真懂事"的夸奖，她会微笑看着我，快说谢谢。

15岁那个周日下午，生理期疼痛比以往更剧烈，像一把钝刀，在小腹来回割，时而狠扎一下。妈妈拉起床上翻腾的我，一起去超市，因为爸爸刚好有时间在家，明天又要去外地。一身冷汗的我，疼到说不出话，妈妈给我热水袋，说痛经是正常现象，能有多疼，不要扫兴。

我强忍肚痛，一起出门，结果在超市，疼到昏厥，被送进医院。

这次以后，妈妈把重点放在我的痛经医治上，为此我没少喝中药。疗效如何，我已没有印象，只记得这个小事件，成为转弯站点。当然，就如列车不会毫无预兆地急转弯，我的决心也不是即刻下定，此前一定有迹，比如"叔叔阿姨好"的勉强，只是年纪尚小，模糊意识远不足以成形。那个站点过后，某一种声音渐明晰，要朝着另一个方向生发。

我成绩一直中等偏上，想去远方读大学。事与愿违，那年高考对我不太友好，只够上普通二本。爸妈认为，既然如此，何必去外地折腾，本地就有一个。我的坚持，像小石溅起微弱水花，只一下，就归于沉寂。临近大学毕业，爸妈事先铺好路，才告知我，我要做的只是笔试及格，面试走过场，就可以进这家国有银行，成为正式员工。

反感和抗拒，在心底汇集成愤怒，可我从没学会表达。我只是摇头。妈妈说，银行多体面，多少人想进进不来。我还是摇头。妈妈说，你爸找王行长好几次，人家才答应，你要不去，不是让我们难堪吗。我固执摇头，妈妈哭，辛苦这么多年，还不都是为你。

她越哭越伤心，边诉说自己辛酸，边数落我不识好歹。过了半晌，她缓缓止住哭声，去厨房做饭。我听到心不在焉的切菜声，伴随不太规律的啜泣声，接着，"啊呀"一声惨叫。她痛苦立在原地，菜刀切掉她半块手指甲，鲜血从指尖滴滴下落。我赶忙陪她去楼下药房，对伤口做消毒和包扎。

裹着纱布的手指，让我没有再摇头的力气。我顺利成为银行职员，整天和报表打交道，到点回家吃饭，有固定加班频次，与同事和平共处。

上班第二年，我对眼下所有感到厌烦。工作不出意外，会一直这样下去；妈妈永远穿松垮运动服，每天做一荤两素，把房间打扫得一尘不染，在我行踪超出她所掌握的范围时，打几个电话；以及我二十几岁了，每年仍被安排和爸妈，还有那些我喊叔叔阿姨好的人，跟团出游一趟。在路上我听朴树的《旅途》，这是我喜欢多年的歌，但歌里歌外的旅途，分明不相干。

得知我在考研，妈妈很困惑，你已经很稳定，你人生都规划好了，你一个女孩子。

光照进来，铺在天花板，风的作用下，那一抹日光正起着褶皱。我在想，容不得床单有一丝褶皱的妈妈，也有她阻挡不了的褶皱啊。

在我持续备考中，她渐渐不再说什么，而是在打算，如何将我被规划好的人生延续——真考上了，先别辞职，让你爸再找找王行长，争取停薪留职之类的政策。

她笃定我读完就回来，至于其他可能性，那不属于我，和我们家。

当然对妈妈来说，还有更应上心的事。她从孟雯身上展开。

小小年纪，浓妆艳抹，将来跟她妈一路货色。毫无疑问，这是我妈妈又一论调。与她同盟的广场舞阿姨附和，一点不错，还是你女儿最好，长得斯斯文文，性格又乖得很，工作也好，谁娶谁有福。

交流次数增多，阿姨们开始牵线搭桥，在这种事上，她们总会拿出十二分热心。和被安排工作一样，我本人又是毫不知情，直到微信里一个好友申请：王卓。妈妈这才挑明，并以那副我所熟悉的得意神色表示，王卓是她在若干"面试者"中精挑细选的，"我看人准得很"。

我很想反驳一句，你连自己老公都看不准。

我愣一下，没说出口，随手拿水来喝，虽然一点不渴。考研成绩已出，我正在准备复试。

等你读研回来，就不好找对象了，要趁现在。

我没有辩驳，出了门，关手机，在大街上游荡到很晚。我想起妈妈也曾离家出走，因为爸爸。但她很快原路返回，轨道照常运转，如同什么也没发生。有时她会把不离婚的原因落在我身上，让我听她话。但我知道，一切不该是现在这样。人生做点改变真难，就像此刻，我也只能回家。

不用说，到家是妈妈理直气壮的指责，并再一次演变成声泪俱下的哭诉。她告诉我，她已经和王卓妈妈见过面，也和王卓见过。你要是连微信都不加，你让我的脸往哪搁。

孟 雯

> 这是个旅途
> 一个叫作命运的茫茫旅途
> 我们偶然相遇然后离去
> 在这条永远不归的路

瑶姐姐练习册上，有她抄下的几句歌词。我上小学时，我妈带我到瑶姐姐家，想把她学习资料借来，让我提前看看。瑶姐姐上大学去了，她妈很客气，搬出一大堆，说反正也没用，都送给我，还帮着送到我家。她家里整整齐齐，跟她的字迹一样。不像我家，永远乱七八糟，那时我爸还天天闷在房间看电影。

那堆书本搬过来，就被打入冷宫，一开始我觉得，看它们为时尚早，后来发现自己不是学习的料，看也白看。它们就长年静悄悄待在墙角，歪的歪，倒的倒，经常被我的衣服和玩具遮住。一直到出国前夕，我收拾行李时，见到久违的它们，再不看一看，哪怕是意思一下，就像对不起瑶姐姐似的。

我随手抽一本，高一数学同步练习，懒洋洋翻，尽是些没劲公式和图形。不知到美国要学什么，应该比这有趣。我耐着性子，从头翻到尾，打算就此了事时，一眼瞥见最后一页左下角，几行工整小字，像是独立于这本书的一小块空间。

　　这几句歌词，在泛黄纸上，跟着一起旧了，被一堆数字包围，显出特别的气质。我认得这首歌，朴树的，但只有朦胧印象。我当下搜到它，想要完整听一遍。

　　听完觉得平淡，而且不大明白。我一般喜欢听快歌。但歌里有一句，"有一天爸爸走累了，就丢失在深深的陌生山谷"，倒让我生出几分说不清的情绪。

　　本来我没想去那里，我几乎要忘掉我爸。这个瞬间，突然觉得，应该去那里走一走，就当作与我爸告别，不管他看不看得到。

　　晚饭后，暑热褪去一些，我说我出去玩。赵叔叔问要不要接送，我说不用。我妈正聚精会神看一本《怀孕呵护指南》，头也不抬说，玩得开心。

　　来到老城区，沿着铁轨，玫瑰色夕阳一寸一寸低下去。我歪斜着踩钢轨，跳过一根根枕木。这是已废弃的铁道，在我爸消失以后，我还是第一次来。

　　四五岁时，我吵着要来看火车。我总把指示牌上交叉的"小心火车"念成"小火车心"，我爸就每次纠正我。都是在傍晚，隔着防护栏，一列长长绿皮火车，从身边延续着轰鸣和律动，有时还能见乘客谈笑或睡觉。在我目不转睛的几十秒，兴奋有几小时那么长。我目送火车远去，恋恋不舍回过头，发现我爸也朝火车开走的方向看，那儿空空如也，明明只剩天和地，太阳都落山，他还在出神张望，连我叫他也听不见。我奋力跳起，试图在他眼前挥手，总够不着，不过，也足以将他唤醒。他愣一愣，我大笑，你好呆哦。他便也冲我挤出一个面目模糊的笑。

　　他五官在黄昏里变得难以辨认。然后，某一次看火车的尾声，当我回过头，他不见了。

我一度相信，我爸有不为人知的超能力。在我的认识中，当时他默念咒语，就一下把自己从铁道旁，变进火车车厢，到别处。我妈夸我聪明，接着说，爸爸去施展超能力，这是他的工作，任务完成，他就回来。

我爸果真从生活里蒸发，我身边也没人提起他。我从幼儿园升入小学，逐渐开始对深信的事情产生怀疑，但又想不出更合理解释。我念到二年级，我妈告诉我，爸爸要回来了。

她这才和我说实情，我爸是因赌博，被关了几年。也就是说，他一直在此地，哪儿都去不了。那他又是怎么跟着火车消失在天际呢？我恍惚，对那天傍晚的事，仍然耿耿于怀，胜过对我爸监狱生涯的好奇。我妈则坚持认为，根本没有那回事，我爸是在赌场被带走的，是我太年幼的记忆不可靠。

我爸出来后，我们搬离住处，我也转了学。我爸模样没太大变化，只是更加寡言，吃过晚饭，就钻进房间，趴在电脑前看电影。我早已不再热衷看火车，他也很少再对我笑。一天又一天，我不得不认清这个事实，超能力只存在电影中，不会发生在我爸身上，也自然不会遗传给我。

这种认知持续到我五年级，直至再一次，铁道边，我爸不见。那是更为彻底的消失，以至于我重又怀疑起超能力的存在。我找不到答案。我妈说，人生本就没有答案。

我沿路走，落日余晖也淡去，天暗下来。走到铁路道口，紧挨铁轨的位置，曾经是农田，如今变成一家酒吧，名字就叫"第三铁道"。

我顶着新染的紫罗兰色头发，不去看门口"未成年人禁止入内"的提示，径直朝里走。没有人管。酒吧人不多，我找个角落坐下，翻看酒水单。小吃和软饮会显得小儿科，我浏览到鸡尾酒页面，被图片上迷人颜色吸引，点一杯"红粉佳人"。

这里布置蛮有趣，吧台当中，嵌有一道微型铁轨，一个绿皮火车模型在上缓慢行驶。旁边玻璃橱窗里，也摆放各样绿皮车模型。墙上贴有各时期列车时刻表，我试图搜寻，从前傍晚途经的那一趟，密密麻麻纸面，无从辨识，我也从没留意它车次，它被淹没在过去。我的目光挪开，一扭头，落到窗边一个熟悉身影上。

是王卓。他穿宽松条纹T恤和五分休闲裤，跟我平时所见的白衬衫相比，像是两个人。他对面还有一位，从抹胸包臀裙到尖头细高跟，一身黑，脸上彩妆很浓，看不出年龄。她似乎在和王卓不愉快地争论，看起来心情很差。没一会儿，她小声哭，浑身微微颤抖，胸脯随之明显起伏。王卓好像一脸无所谓，任她哭一阵然后拎包走出，他也没去追。

这时他也看到我。他有点意外，随即就向我走来，在我对面坐下，说，红粉佳人，这酒很配你。

姚 瑶

王卓接送我上下班，常在我家吃晚饭，周末出游连我父母一起，节日礼物和日常惊喜一样不缺，工作日给我点奶茶外卖，不忘把办公室几人带上。模范男友，他们说。

我家里不缺模范，客厅玻璃展示柜，摆放着妈妈"三八红旗手"和爸爸"优秀共产党员"证书，还有我小学几张"三好学生"

奖状。有人来做客，都会上前看一看，说几句称赞。王卓近来，在单位演讲比赛得二等奖，我妈妈很高兴，想着什么时候，能把他的荣誉证书，也放进我家玻璃柜。

这些奖状拼成一块遮羞布，尽善尽美，盖住身上疮疮孔孔。我是敏感的人，和王卓短暂相处几个月间，发现过蛛丝马迹，我知道他还在跟不同的人约会，就像当年发现爸爸的秘密一样。但这对我来说，都不重要，我从没想过和王卓真正在一起，至于爸爸，此刻正和妈妈一块儿散步，公共健身器材上，一个扭腰，一个甩腿，像一对恩爱夫妻。

我开始留意爸爸的细微变化，是在十来岁时。他下楼倒垃圾，特意换套干净衣服，而以前倒垃圾，他连拖鞋也不换。之后不久，爸爸突然多出一条样式好看的天蓝色针织围巾，明显与我们家衣柜里整体色泽不协调。妈妈追问它的来历，爸爸坚持说是自己买的，而妈妈坚持说不可能。汹涌追问步步深入，牵连近期每一次加班、出差和应酬细节。最终爸爸也没有承认什么，妈妈把围巾剪稀烂，连夜收拾衣物，摔门而出。

妈妈不在时，爸爸按时下班为我做饭。他不提及妈妈，我也就不问。我想假如妈妈从此不回来，生活会是怎样。但实际上，也就到第三天，我放学回家，看见妈妈若无其事地扫地，铺平床单褶皱。她从不提，就像那两天根本不存在。

一切回原样。爸爸出差少了些，能做到节假日家庭聚餐不缺席。加班和应酬还是多，回来晚了，展开折叠床睡书房，以后就一直睡那。

在他有限的居家时间里，总是手机不离身，偶尔躲进卫生间接电话，讲完出来，脸上还带着恋爱男女才会有的神情。有点好笑的是，有次在外吃饭，他和妈妈坐一边，我坐他对面，他正低头弄手机。角度和光线刚刚好，我无意在他眼镜片反光里，看到他手机私聊对话框，跳出一颗大大的动态红心，那是某款情侣专用表情包。

不晓得妈妈又知道多少，每次不小心地发现，我都替他们两个难过。我几度期盼小时候那场对峙再发生一次，等他们离婚，每个人才能松一口气。但看似摇摇欲坠的局面，竟日复一日维持，甚至看起来更为和谐，爸爸几乎没了脾气，爱上运动，开始清淡饮食。手机里那位也仍在，我不确定是不是同一位，那像是爸爸的出口，使事情保持某种平静。如果我没有走，若干年后，生活大概会与之相似。

我从来都不善于拒绝，去北京之前，我设想过提分手的若干场景。没想到是在动物园。当几只猴子没来由扑过来，王卓下意识推我一把，躲到我背后。其实当时，猴子还有一段距离，它们忽而调转方向，往另一边去了。

见我不吭声，王卓觉察到自己失态，向我解释说，那不过是本能。我说，既然是本能，那就更说明问题。他说，你看你，一点小事，用得着这么上纲上线吗。我说，我要走了，不用再这样耗下去。他说，我可以等你回来。我说，没必要。他说，我觉得我们挺适合。我说，你意思是，我是个适合结婚的人，是吗？他说，这有什么不对吗？

大概是猴子给我壮胆，我说下去，你应该明白，我跟你就是逢场作戏。他说，谁活着不是演戏，你想要不一样的人生，但是折腾一圈你会发现，根本没意义。我说，多年来，我一直假装幸福，现在我要吐尽嘴里的沙子。他撇撇嘴，像看猴子一样看我。

别再幻想了，最后他说。

时间是傍晚，我提前告别王卓。天边一轮落日，夕照悠长漫散，我忽然想再去儿时铁道边，散散步。曾几何时，我驻足在火车驶过的时刻，迷恋汽笛声轰响，随之而来那种空旷，令我眺望远方。

孟 雯

王卓点一杯威士忌，递到我面前说，没尝过吧。我一喝，呛得咳嗽。我说，难喝，辣嗓子。他笑笑，拿回去自己喝。我说，刚才那是谁，你不怕我告诉瑶姐姐？他说，你一个小孩，混进这里来，你不怕有人查？我说，少吓唬人，真要被查，你就说我是你老婆。他哈哈笑，你就不怕我告诉你瑶姐姐？我说，这就是逢场作戏，有什么大不了，电影里天天演。他说，你这小孩有点意思。我说，重申一遍，我才不是小孩。

他看着我说，你眼睛很漂亮。我说谢谢，很多人都说过。他说，那我说个别人没说过的，你走路和别人不一样，别人是两手前后摆，你呢，喜欢左右摆，像动画片里的人，而且你还爱用一只手抓着另一只手腕。我说，是吗，我自己都没发现，你观察真仔细。

他从对面坐到我身旁，说，为了感谢我的发现，说说你的故事吧。

他把酒杯挪过来时，有一滴溅在他眼镜上，从我角度看去，镜片那一滴酒，刚好与一盏橘黄色吊灯重叠，我看见水汪汪果冻般的吊灯，摇曳不止，像是先前的落日蒙上一层水汽。思绪又回到过去，小学五年级，我爸的第二次消失。

我们搬到这里，我爸没了工作，在家做微商，兴致勃勃加好友、发朋友圈。晚上他总在书房看电影，什么类型都看，点开哪部是哪部，不管多长，他一定会看完。他常常对屏幕发呆，任凭影像浮动，我也不确定，他到底在不在看。没有多久，他对微商失去热情，尝试几种产品，都不见起色。有时他连晚饭也不吃，很少说话，变得越来越瘦。我妈那时天天咬指甲，我知道那是她心情不好的表现，有一次我还看见她躲厨房，把家里白酒灌下一大杯。不过，我从没见她哭过。

后来我妈遇见赵叔叔。我知道小区里八卦，说赵叔叔是我妈初恋，其实他们以前不认识。但我妈无所谓，她说，随便他们，你赵叔叔就是我上辈子的初恋。

我记忆中，那几年就是这样度过，赵叔叔当时有老婆，他在晚饭后来我家，和我妈在客厅聊天看电视，待上一两小时再走。我爸在书房，没有一点声音，他和赵叔叔从未打过照面，仿佛处在两个没有交点的平面。我呢，照旧在房间写作业，有时往客厅瞄一眼，我妈和赵叔叔说笑，我妈像孩子一样，傻乎乎笑弯腰，赵叔叔摸摸她的头。我没觉得不好，应该说，是更好了些，赵叔叔不坏，我想要什么他都给买，我妈也没再咬过指甲，开始做各种美甲。

再后来我爸经常外出，三四天回家一次，而后是十天半月。我问他去哪，他也不说。有一回我实在好奇，就在他出门那天傍晚，偷偷跟出去。

他走到铁道上，我一直在后面，他也一直没回头。我们两个一前一后，像永远走不到尽头，天都黑了。

这时，耳边长长轰隆声，像是我熟悉的火车汽笛声。我不禁回头看，不见火车影子。再一转头，我爸就不见了。

你爸，王卓问，卧轨了？

我五年级时，那趟绿皮火车已经停运，铁道荒废，不然我们也不可能走在上面。之后我妈还报警，监控录像查不出头绪，身份信息显示，他既没登记过旅店、网吧，也没有购买车票，没有任何消费记录，手机始终关机。没人找得到他，他不在我们能看到的地方。

赵叔叔离了婚，搬来我家。我家变得很有钱，我妈的车从宝马换成保时捷，我高中就要去美国。但我爸丢了，我也没办法拿赵叔叔当爸爸。他们已经买大房子，等弟弟出生，就搬过去。当然，以后的事，跟我无关。

我认为你爸是自杀，或者被谋杀，我是说，不管怎样，你爸不会再回来。

你怎么跟小区大妈一样。有什么证据，证明我爸死了？

那你觉得呢？

他去旅行了，搭乘时空隧道。我查过资料，这种现象已被证实，是客观存在的。就是说，人完全可能被带入另一套时空体系。就比如，有天晚上，我在房里写作业，我爸走进来，说有一家网店零食不错。我拿起手机，进那家店铺。他让我挑，我滑动屏幕，跟他说哪些我喜欢，哪些不喜欢。

我看完，他就出去了。但是我妈和赵叔叔都明确表示，我爸没来，一晚上都没人来。我妈说是我写作业睡着，在做梦。赵叔叔说，你想吃什么，明天给你买。

我敢保证那不是做梦，因为手机上是那个网店页面，我挑的零食还在购物车。过几天，购物车被清空，你知道这说明什么？

说明什么？王卓漫不经心地说。

我爸买下了。我越来越确信，那是时空隧道偶然开放，不同世界被短暂连通。只是通道很快关闭，我爸的快递送不过来。你觉得不可思议？其实放眼全球，这事没那么稀奇，我给你举几个著名例子……

你是穿越剧看多了，王卓打断我，现实点吧。

我有点失望，还以为他会相信我。看看时间，已经不早，可我妈也没来信息，失望又多出几分。我想再拖一拖，看她到底什么时候找我。

你爱信不信，我不说了，换你说。

王卓说，你听过格林童话吗？我说，你又把我当三岁小孩。他说，真正的格林童话，不是你以为那样。他讲到白雪公主逃入森林，夜夜与七个小矮人交欢；睡美人不是被王子吻醒，而是被国王强暴；孩子们玩游戏，扮演屠夫的哥哥，拿刀刺向扮演猪的弟弟，弟弟死了，妈妈看到死去的弟弟，痛苦把刀拔下，插入哥哥心脏。

他说，这才是格林童话的本来面目，我们读的，都是美化版本。可你长大了，承认吧，你就是不愿面对真相，你一直在骗自己。

我要回家，我不想听。

别再幻想了，小姑娘。

我站起身，王卓摁下我，你说你是我老婆，你可知道，夫妻间要做什么？他眼里有一团火，危险燃烧。

我说，别想占我便宜。外面是黑夜，我两腿发软，这才发现，酒吧里除了我和王卓，已经无人，连服务生都不见，只有吧台当中的绿皮火车，还在铁轨上不知疲倦地行驶。

王卓一把搂过我，他力气很大，我拼命挣扎。正当他要撕扯我衣服时，吧台中央，突然传来一阵汽笛声，轰隆，轰隆。

他愣怔一下，我趁机抽出手，用力朝他脸上抓去。我的指甲，是新做的尖头美甲。

就在他疼得松开我那一霎，我看见火车离开轨道，从半空向我驶来，眼前顿时天旋地转。我不由闭上双眼，四周陷入寂静。

再睁眼时，一片玫瑰色，像是我没喝完的红粉佳人。不对，那不是酒，是太阳，是我从家来到铁道时，看到的那一轮落日。没有火车，没有王卓。时空回到几小时之前，我正在钢轨和枕木上走着。回想酒吧里一幕，我伸出手来看，尖头美甲刮花了，贴在上面的水钻残缺不全。

我看见瑶姐姐，在铁道另一端，迎面走来。她说，这么巧，你也在这里。我说是啊。她问我哪天出发，我说，五天后。你呢？

三天后。你还回来吗？

我不知道，我没想以后的事，也想不出来。

那么，旅途愉快。

我也对她挥挥手，旅途愉快。

莫奈的黄昏

"深度对话"是由光影艺术中心发起的艺术家访谈类专栏，每月独家更新。2023年2月嘉宾：崔粲。

艺术家简介：崔粲，1994年生，硕士毕业于Z美术学院油画系，曾赴巴黎进行艺术交流，现工作生活于北京。作为近年来颇受关注的青年油画家，崔粲已于伦敦、里昂、洛杉矶及国内多地举办个展，参与过威尼斯双年展、光州双年展等国际重要展览和德国文化艺术中心驻地项目，多幅作品被艺术机构和个人收藏。

光影：你是如何走上绘画这条路的？

崔粲：我爸爸曾是小学美术教师，对绘画特别是印象派油画非常爱好，也有些研究。我尚未识字时，接触的便是色彩缤纷的图画，爸爸教我看画面里光和影（就像你们的名字），告诉我风在画上跳动，纸是活的，纸上颜色也是活的，带我感受光线的舞蹈，让我学会在自然中发现美，在寻常事物中见到美。我觉得相当有趣，那时我就想，长大要当画家。所以，爸爸是我最初也是最重要的领路人。

看这阳光，树影，风让画面流动，纸是活的……崔明耀眼看一张风景画，指指点点，对身旁的崔粲说。年幼的崔粲看了看，目光便被墙角爬行的蜘蛛吸引，她盯紧它一脚一步。

崔明耀见状提示，蜘蛛形状很特别，你仔细看，想想如果让你把它画下来，你要怎么……未等父亲说完，崔粲瞅准时机，抓支画笔，冲到墙边，欲砸蜘蛛脚。蜘蛛仓皇沿墙壁上方逃，崔粲跳起，画笔扔向它。

你干什么！崔明耀大声道，捡起画笔，抓住崔粲一只手，重重敲她掌心。崔粲掉下眼泪，淅淅沥沥哭。

你干什么！妻子说，一只蜘蛛，至于吗？

何止一只蜘蛛，我每次带她出去亲近大自然，培养她发现美的能力，她呢，都干嘛了？捏碎蜻蜓尾巴，活埋蚂蚱，拧断螳螂头。崔明耀叹气，小小年纪，野蛮残忍。

爸爸，什么是野蛮残忍？崔粲抽泣着。

你看，她根本还不懂，妻子说，她回回说不想画，不喜欢，你非让她学，你把自己没实现的梦想寄托在孩子身上，你才是野蛮残忍。

你就惯着吧。崔明耀低头整理画纸，她还不到 5 岁，知道什么喜欢不喜欢？就得从小引导，趁早铺路。我是为她好，她长大会感谢我。

光影：小时候画画，有没有什么印象深刻的事？

崔粲：我七八岁时，有个孩子也在跟我爸爸学画。那孩子大我一岁，看上去有点笨拙，但绘画天赋极高。我爸爸很是喜欢他，我跟他一起学，也时常忍不住惊叹，他对于色彩有种天然的感性能力。我们知道塞尚对莫奈的评价，说他是一只眼睛，一只多么敏锐的眼睛。我觉得不仅如此，莫奈首先是诗人，既能准确抓住物象的本质连接，又拥有美而敏感的想象力。那个孩子身上就有这种特质。但是特别不幸，那孩子出了意外，没救过来。那时他学画不过一年，爸爸和我都难过得要命。我经常想起他，至今仍深感惋惜。

　　白天亮拾几片梧桐落叶，说，这是太阳。崔粲说，这是树叶。崔明耀看向白天亮，露出赞许的笑。叶子一片一片，被白天亮慢慢抛到台阶下面，他说，太阳下山了。他说话也是慢慢的。

　　崔粲记得，那天白天亮穿卡其色毛衣，崔明耀的风衣也是卡其色。从此就有一幅画面，在崔粲构想里频繁回放——崔明耀牵着白天亮，缓缓走在铺满梧桐叶的小路，他们的外衣有黄叶与夕光。她在他们身后，看那一大一小背影，像极了父子。她困在原地，动弹不得，而他们渐渐走远。她用力喊，爸爸！崔明耀听不见，他与白天亮讲着话，一同走进深秋日落里，不曾回头。

　　白天亮出现之前，崔粲在父亲任教的学校，读完一年级。在与女儿两年多的拉扯中，崔明耀终于失掉耐心，放弃将其培养成画家之想法。她根本不爱画，他不得不承认妻子的话，罢了，随她去。整个暑假，崔粲一直疯玩，以后再没人逼她画画，就算在美术课睡觉，崔老师也不会拿她怎样。

　　二年级开学，那个叫白天亮的借读生转入班里。瘦瘦小小，不怎么说话，说起话就慢半拍，课堂提问总也答不出，几次把

15加15算作20，少不了同学嘲弄。作为班主任的数学老师，将其父母喊来学校，遗憾地反映，他们的儿子无法专心听课，要么对窗外发呆，要么在课本上乱涂乱画。最后以委婉措辞，建议他们带儿子去做智力发育检查。

白天亮父母垂头离开办公室，被跟出来的崔明耀喊住。自我介绍后，崔明耀提出，希望他们的儿子跟自己学油画。在白家父母的迷惑和质疑中，他诚恳表示，他看过那所谓乱涂乱画，对其中难得一见的灵性颇感惊喜。这样有天分的孩子，应当好好栽培，日后成就不可限量。学习成绩绝非唯一衡量尺度，毕加索小时候也不会算术，那并不妨碍他成为世界艺术大师。

这一番充满激情的游说末尾，崔明耀加上一句，放心，我不收钱。

于是此后，崔粲视线里，白天亮不仅在班上，还频频在她家，与她的父亲待在一起。班上，白天亮什么也不是，可忽略不计。在她家，白天亮的存在，却几乎完全占据父亲。崔明耀不但不收任何费用，得知他家境不好，还掏钱为他买各类画具。崔粲看在眼里，不会忘记，不久前，这座小城有了第一家肯德基，同学已去尝新，在班里炫耀。她不服，赌气说自己也吃过。同学不信，反问她，那你说，肯德基里什么最好吃？她一时语塞，不耐烦答道，就是肯德基最好吃！同学哈哈笑，列举一长串，什么上校鸡块、鸡腿堡、薯条、土豆泥，都是她从未听过的词。之后好一阵，她心心念念要父亲带她去吃，父亲仍舍不得，而是将之许作她遥远的生日礼物。

传说大象和龙打斗，它们的血混在一起，就成了朱砂红；钴蓝又叫小鬼蓝，高温下容易变色，人们用它制作隐形墨水；

洋红出自胭脂虫的鲜血，紫色来源于海蜗牛的眼泪，象牙黑，铅白，湖蓝，明黄……她从未见父亲跟谁有如此多话，和教课截然不同。讲台上的崔老师一点一线一面，像个课本讲解员，而白天亮的崔老师，神气活现，讲起颜色故事，画家与画作故事，仿佛在周游古今中外。

这里的白天亮，也仿佛换了个模样。他听讲专注，善于记忆和思考。他练习勤奋，很快掌握素描，对明暗关系已有所想法，最亮部位，他以纯阴影来使之真实。色彩在于他，是纯粹感知，他说绿叶的影子近看是浅蓝，远看是紫色，他将蜻蜓翅膀的颜色，形容为大雨变小雨的天空。

可是爸爸，你说颜色并不存在，那只是光的振动。

没错，父亲说，但颜色又是最美丽的童话，不是吗？

从前她要听父亲讲豌豆公主和灰姑娘，父亲对照童书，磕磕绊绊念，她以为父亲是不好玩的。此时她看见，父亲带着白天亮，在童话世界里，玩得这样开心，他们与莫奈躺在干草垛晒太阳，游走于高更的塔希提岛，来到黄房子和梵高聊理想，他们周围满是光的振动。

崔粲看过去，光照刺眼。

爸爸，我也要当画家。

哦？崔明耀这才转向女儿，你不是一直不想吗？

天亮哥哥能做的，我也能。

光影：18岁时，你的艺考作品《莫奈的黄昏》获得满分，轰动一时。当年创作这幅画，是出于怎样的契机？如今怎么看待它在你人生中扮演的角色？

崔粲：当时考色彩风景，给定的主题是秋天，我一下想到家门口景色。我生长于江南小城，离家不远有片湖，我常去玩。父母离异后，更多时候我在湖边走走看看，熟悉那里各种季节、天气与时刻下的样貌和气质。秋天色彩呈现力最佳，尤其在黄昏，最能看见强烈的颜色对比、冷暖变化，大气的氛围，光的瞬间性与边界性。我也曾效仿莫奈组画，选定同一位置，面对同一物象，在画板上记录它们不同的光效状态。以此命名，当然有向大师致敬之意。

所以那时，我很多习作都关于那里，考试时就顺利默写出来。对我而言，这是自然而然的事，这幅画之前之后的每一次练习和创作，都同样是我全部投入，我不觉得它更特别。只是时机刚好——刚好是这个考题，刚好阅卷老师抬爱，又刚好碰上Z美院，让它得以展现在更高平台，为我打开更大空间。那是客观的一个角色，与它本身无关。

尽管一起学画，崔粲心里仍时时有野草和沙石——他们的崔老师，不是同一人。他教自己，永远在打基础，日日素描，以及令人烦躁的绘画理论。教白天亮，却是不要被理论条条框框限制，要抓住第一印象，毫不犹豫地画，画自身坦诚的观察和感受。对此，父亲给她的解释是，你要知道，这世上绝大多数，都是平凡人。

天亮哥哥呢？

他不一样，他是为画而生的。

可我是你亲生的。

当然。父亲短暂地笑，露出洁白牙齿。崔粲注意到父亲眼角流动的细纹,温和地漾开来。记忆里很少见到父亲这般温和洁白的笑,独属于她的笑。以后她想再见,却再也未见。

三年级的秋季,白天亮课余时间几乎都在崔家。崔明耀为他报名全国青少年绘画大赛,每天信心满满带他训练,做足准备。对崔粲,崔明耀说,快期中考试了,你抓紧复习,学画先放一放。

爸爸,考完试你带我去游乐园好吗?

崔明耀正在指导白天亮,目光不要集中于一个点,照顾全局,注意空间透视关系……听见女儿问话,头也不抬地说,等你天亮哥哥获大奖,我带你们一块儿去北京玩。

崔粲只想去游乐园坐海盗船,对北京并无憧憬,那于她还仅仅是个缥缈概念。此刻父亲的言语听来亦是缥缈的,恍若发自湖的另一端,她无论如何到不了。白天亮却在通向对岸,不费什么力气。

比赛一周前,崔明耀已零星在打点行装,他要陪白天亮前往省城,先参加地区赛。比赛三天前,白天亮突然不见了。崔明耀与白家父母多方找寻,崔粲眼见父亲那两天心神恍惚,没吃一口饭,不分昼夜外出,在家就守电话边,对她和母亲不理不睬,时而呆望前方,目光涣散。从他视线看去,是阳台,晾着几件秋衣裤,还有崔粲的白球鞋。那双鞋洗得雪白,新的一样。

崔明耀再次找向湖边时,角角落落,在偏僻潮湿的土路尽头,一人多高芦竹丛,隐约见一张卷边的画纸。拨开乱叶,崔明耀颤抖着取来,是白天亮的写生画,画面是暮色下,此处秋日湖景。先前崔明耀为之取名《黄昏》,白天亮画了很多天,为捕捉瞬息即逝的光,崔明耀总带他在傍晚同一时段来湖边取景,每次只画几分钟。近来因为备赛,接近完成的《黄昏》暂停,崔明耀说，等一等不着急，到赛后，秋更深，再来补上几笔，将是大师之作，堪比莫奈。

白天亮被打捞上来，还背着书包，鉴定为失足落水。见父亲失魂落魄回到家，崔粲小声问道，天亮哥哥死了吗？

光影：有评论说你后来的作品都没能超越《莫奈的黄昏》，对此你如何回应？你会经常去看有关自己的评论吗？

崔粲：我不会主动去看，毕竟没那个时间。有时无意间看到，或者是来自旁人反馈，比如现在（开个玩笑）。有些批评很好，我十分认同。具体到作品纵向比较，如前所说，无论是《莫奈的黄昏》还是后来的画，都是我自身某个阶段的精神自留地。别人怎么看，我不做回应。一幅画的产生，往往就像一朵花的生长，说不清楚。

从那以后，崔粲再没去过那片湖。

崔明耀也是。很长一段时间，他认定是自己的错。我要是不带他到湖边写生，要是不鼓励他去探索大自然的秘密，要是不教他学画，要是不叫住他父母……一连串个"要是不"，在崔明耀心里磨。他坚持要把家中积蓄拿出来，用以补偿白天亮父母。妻子态度已由安慰到厌烦，转而是气怒，都说了跟你没关系！事实摆在眼前，说好要比赛，他放学本就该直接到我们家，谁叫他自己乱跑！

母亲这番回应，崔粲也已见她对父亲重复多次，一次比一次大声。话未落音，只听这拥挤杂乱小屋，爆出一声巨响，空空的开水瓶，被父亲掼在地上。四周瞬间变极静，碎裂水瓶胆一片片陈尸在地，明亮得晃眼。

静默并未持续多长，母亲声音冷下来，你就是作死自己，又有什么用？这几个破钱，又有什么用？人家领情么，人家压根不想再看见你。

确实，崔明耀去过白家几趟，最后一次，白天亮父亲终于礼貌对他说，崔老师，不怪你，这一年来，你为他花费不少，钱我们不能收，往后请不要再来打扰我们。

白家人很快搬离这座小城，崔明耀留下那张《黄昏》。之后他又给白家人汇过两次钱，都被退回，这让他始终内疚。他变得更加寡言，不再教崔粲画画，也无法做与美术有关的事。他辞去教师岗位，成为学校一名后勤人员，负责管理仓库，做报表。

崔粲看到，父亲开始抽烟，神色黯淡，再无温和笑容与洁白牙齿。烟尘长久飘绕他周身，他整个人像一团漫漶的暗影。有时一觉醒来，见父亲枯坐，泪迹未干的脸，目光空洞。崔粲想起以前，父亲带她看太阳影像的拉伸、挤压和变形，她还不会表达，却明显感知到某种庞然到骇人的恐惧，又或是虚无，压在心底，一直不能散去。现在她眼见的父亲，就像那样，独自沉于巨大的光的暗面。父亲没有了天亮。

没有白天亮，爸爸只有我。

而父亲越来越远。

光影：你在研究生毕业后的首次个展中，展出的所有作品就均被售出。其后你作品市场反响一直很好。去年春拍上，你的作品拍卖总额位列第四，在女性艺术家中排名第一。你是怎样保持这种势头的？

崔粲：应该说，是这些年的积累有了回响。市场始终处在动态变化中，结果不是我所能把控的，创作过程最重要。

五年级时，母亲要走了。崔粲知道，有个叔叔。母亲说，对不起，你也看到你爸这样，我跟他没法过。母亲又说，对不起，我本想带上你，但人家那边不同意。崔粲说，我无所谓。

母亲定期来看她，每次都带充足抚养费，直接给到她手里。告诉她，钱怎么用，你自己拿主意，别交给你爸，那个死心眼，他就是给不了白家，也从来用不对地方。

崔粲拿钱报美术培训班，从此一直学下去。她要学给父亲看。

起初一两年，崔明耀对女儿学画当作没看见，他不能看见，否则只会徒增悲恸。渐渐，他偶尔看一看，就叹气，无非是些应试的东西，这里，基本构图都有问题，那里，色调偏离主题。崔粲说，老师就这样教的，你不当老师多年，不晓得现在竞争多激烈。崔明耀说，要是天亮还在，崔粲打断他，幽幽地说，爸爸，从前我不学，你说不对，我坚持学，还是不对，在你眼中我怎样都不对，哪怕白天亮死了，他也任何时候都在，都对。崔明耀说，爸爸只希望你能快乐。

崔粲在一天天长大，知道了要走的路，也知道了自己生得好看。在她看来，这些都比快乐有用。上课，学画，恋爱，分手，在与父亲死水般的朝夕里，她已熟练来到 18 岁。参加艺考时，色彩风景科目，主题为"秋天"，白天亮的《黄昏》骤然浮现她眼前。那张画她看过多次，早就烂熟于心，她清楚它的不可取代——于艺术性，于父亲。进而她看见取代的机会，两者都要。

　　她将《黄昏》默写出来，想到当年父亲对这张画的期许，便命名为《莫奈的黄昏》。很快，满分画作，媒体报道，"天才少女""最令人瞩目的画坛新星"，姓名前面，种种闪亮点缀，足以盖过文化课成绩不足，全国八大美院之一的Z美院破格将她录取。人人面前，她光芒四射，除了回到家，面向暗影里的父亲。

　　你偷了别人的人生。

　　爸爸，你就那么在乎别人的孩子？他已死去十年，你却还没能走出来。我也很努力，但你看不到。

　　你抄袭本事倒可以，还画坛新星，根本就是画坛耻辱。天亮如果活着，他本可以创造奇迹。而你，只把它当成自己升学的垫脚石。

　　只有死亡才能完成一个奇迹。爸爸，你说过他为画而生，后来他又因画而死。这是他的命，想想还很浪漫。

　　是因为你，对不对？这些年我想来想去，我虽然带他到湖边写生，但从没到过那个偏僻角落。倒是你，整天钻草丛抓虫，是你把他带去。

　　爸爸，你知道我爱玩，可曾一次提醒我水深危险？

　　天亮很听话，不会乱跑。要不是你，他怎么会放学没来找我，怎么会失足落水？

　　你想太多了，警方都证实是意外，是他自己不小心掉下去。他的溺亡时间，我在家，不是吗？

　　是，你在家，你一到家就要洗鞋。你妈洗一遍，说太脏，洗不干净。你不信，自己拿过来又洗。你拼命在刷，硬是把那双鞋刷得雪白。你在掩饰什么？

爱干净，不可以吗？

我就知道，你学画根本不是出于热爱，你别有用心，你这是谋杀。

天底下哪个父亲会说自己女儿是杀人犯？这对你又有什么好处呢。是不是可惜那时没监控？就是有，我可也是什么都没做。

我这辈子都不会原谅你。

也只有你，会去怀疑一个8岁小女孩。也对，在你心目中，我从小就野蛮残忍。

难道不是？

爸爸，这么些年你郁郁寡欢，难免胡思乱想。改天我陪你去医院精神科，开点安神补脑药。

光影： 近来你发起成立"璀璨助学专项基金"，不同于很多艺术家热衷于艺术领域公益，你为什么选择助学方面？

崔粲： 上学时我清楚记得，每到交学费，总有同学那愁眉苦脸的样子。当时我就想，将来若我有能力，一定要做点什么。因此，璀璨基金致力于资助家境困难的孩子，提供奖助学金、成长陪伴等关爱服务，助力他们获得更多教育资源，用知识改变命运。我将持之以恒把这件事做好，希望大家和我一起，让需要帮助的群体真正受益。

多年不曾回家，崔粲再见到崔明耀，他仍旧在从前小屋，那里显得更狭窄晦暗。他脸上松弛皮肤垮塌下来，像一座雪崩后的山。

爸爸，这些年我一直给你寄钱，你为什么全部捐了？

崔明耀继续抽烟，人比以往更深地沉没在烟雾里。你的钱不干净，我一分没动。别以为我不清楚，你是怎么考上研究生，又是怎么满世界办展、参展、卖画，名利双收的崔大画家。

想不到你还挺关心我。崔粲笑笑，轻描淡写说，各取所需而已，这就是艺术界的规则。你不是说，我长大会感谢你吗，确实，我如今的成就，都是拜你所赐。

成就？我只看到装腔作势的概念，没有灵魂。你在践踏艺术尊严，那些批评说得对，除了那张偷来的画，你哪有一件好作品？

她想起Z美院的W教授说，哪里有权力，哪里就有潜力。她喜欢这样不说暗话的交易。好看的皮囊，总该发挥作用。W教授将考题透露予她，成为她研究生导师。很快，作为最具潜力的后起之秀，她被推荐去巴黎参加交流项目。后来有美术馆H馆长、书画院F院长，她懂得每一步都靠争取，没人会平白无故帮忙。请经纪机构炒作，请名家点评，请舆情公司处理评论，逐步累积资本。功夫在画外，这一点她深有所谙，并深有所得。她对崔明耀说，没有白天亮那种天资，想往上走，就得把规则经营好。要不然，像你一样？

崔明耀知道她指什么。年轻时他有机会成为专业画家，名额却最终落到另一人头上。过了好一阵，他才想明白：论真才实学，自己在对方之上，论歪门邪道则反之。他摇着头，回到小城，成为一名小学美术教师。崔粲常想，如果父亲得到那个名额，他还是现在的他吗？

爸爸，你所鄙夷的歪门邪道，才是生存之道。你退出，又会改变什么？你过得就更好吗？我不怪妈妈，她离开的时候我就立志，不仅要当画家，还要当有钱画家。放心，妈妈不管你，以后我养你。

我不需要。

是在无意中，崔明耀看到一则山区孩童视频，他发现其中一个，长得酷似白天亮。辗转联系上，他将崔粲给他的钱，悉数捐赠给那个孩子。

崔粲说，白天亮已死去二十年。

我在赎罪，崔明耀接着说，替你赎罪。

崔粲说，爸爸，该吃药了。

想到母亲当年的话，父亲总把钱用错地方。还不留名，像什么样子，做慈善也该有做慈善的样子。崔粲想想，不如将错就错。"璀璨助学专项基金"成立，何尝不是好事。

光影：接下来有什么计划？

崔粲：筹办新个展，尝试影像、装置等新的创作媒介。另外，等爸爸退休，把他接来北京。

三年级的深秋，那个傍晚，崔明耀在隔壁班教课。那天是周三，学生们放学比平常早一些，老师们则要开例会，下班会晚一些。

最后一节课上完，崔粲从书包里抽出一张画纸，摊在白天亮面前，是《黄昏》。白天亮很惊讶，他还没画完，搁在崔老师那儿，崔粲怎么带来了？

天亮哥哥，我爸爸不是说，你这画还缺几笔吗，你想不想看它画好的样子？

可是快要比赛了，崔老师让我先练别的。

昨天刚下过雨，今天湖边色彩特别好，跟我来，你缺的东西就能找到。

那，那我先跟崔老师说一声。

不要告诉我爸爸，等你画好，我们一起回家，给他个惊喜。

白天亮背起书包，和崔粲走在通往湖边的路。崔粲抬头看云，一大朵，后头跟着几点小小的，霞光里泛红。她脑中浮现最近看过的武打片，觉得那云，如一个血肉模糊之人被拖走，拖出串串点点的血印。

湖上氤氲雨后潮湿气息，崔粲带白天亮踩进松软泥土，扫过茂盛芒草与开得绮丽的鱼尾菊，进入静谧而又凶险暗涌的秘密空间。置身一人多高芦竹丛，往前一步即是湖水，边际模糊的夕阳和云彩，落在水上，水的影子荡漾，流转，晕染。

天亮哥哥，这儿很美吧，像梦境。

白天亮愣了愣，说，像永恒。

这里没人，你可以专心致志画。我爸爸说，你这张画比得上莫奈，但是还少几分颜色。你可知道落日在水里是什么颜色？

白天亮摇头。

那种颜色，只有深入水下才能看到。

白天亮盯着眼前平静湖水，若有所思。

天亮哥哥，你怕不怕？

不怕，崔老师说，画画的人，要有一颗勇敢的心。白天亮想想又补充，可是，我不会游泳。

我爸爸说你是天才，天才天生就会游泳。

真的吗？

真的，我爸爸也说，画画的人，从不说谎。

白天亮向前迈去，崔粲说，等等，等太阳再落下一点，效果会更好。白天亮于是坐下，看天看水，看黄昏。过一会儿，崔粲弯下腰，哎哟，肚子疼，我得先回家。她皱着眉，对白天亮挤出一个笑，天亮哥哥，你一定要画完，我等着看你的永恒。

崔粲拨开叶片向外踩去，又回过头对他说，崔老师也等着。

是时候了，白天亮看见，暮色弥散全部的湖水，如同一团色彩失真的迷雾。他将画纸小心卷起，轻轻放在连片的芦竹叶间，独自走向水中央，去开启他伟大的探寻之旅。

崔粲抄小路，往家方向奔跑。到家楼下，她才留意，脚上的白球鞋，踩得可真脏啊。

1

夜深时分，我又迷路了。下方是一座岛，看起来规模不小，似乎有片旅游度假区。下去吃点东西，找间民宿先休息，这样想着，我向偏僻地带下行。确定四周无人，漆黑中我滑行降落地表，走向灯火明亮处。

"你好。"你声音从背后来，着实让我一惊。

你是一个阿姨，看上去 50 岁左右。你笑盈盈，走上前自我介绍：你姓周，本市邮政公司工会干事，带领一帮新入职员工——"都和你差不多年纪"，你对我说——外出团建至此。晚上自由活动，新员工全跑去玩剧本杀，你不知道什么是剧本杀，到这个岁数，对于新名词，通常要换两三种解释，才可能弄懂，有时也仍听不懂，就像这次。

你很早就回房睡觉，醒来是半夜，上个厕所，睡意散尽。出来走走，年轻人都还在沉浸式推理体验，情绪热烈，一点不累。你觉得吵闹，往夜静处走，越走越偏。双眼逐渐适应黑暗，你在一棵树下站定，

一夜飞行

125

抬头看，是令人眩惑的星夜。自小你就爱透过树缝仰望星空，树叶风里摇，星子叶间闪，千万只树叶就有千万粒星，摇摇闪闪，如一道密语。这星光满天，多久没见了，你想起小时候，头一回在树下望夜空，你记得是 5 岁。你从此记得，来到世上 5 年，这画面刻进你的最初。往后多少个 5 年顺着流走，此刻又倒着淌来，倏忽回转，你眼里风景近乎与幼时重叠：一样的高空，一样的风与星辰，以及，你又一次看见，那种飞。

"5 岁那年，我见一个人背着另一个人，在飞。"你说，"姑娘，你也是飞来的。"

"你看错了，要么在做梦。"我说，"没人会飞。另外，附近有吃的吗？"我确实饿了。

"那边一排都是饭馆，我带你去。"

2

1977 年，大周村某个夜半，万物沉睡，与往常没什么不同。5 岁的你被尿憋醒，来到屋外。你生来习惯这黑魆魆的寂静，四野无人，只一些风声，近似于无可言状的牵引。今夜风可真舒服，你慢慢吹，慢慢走，下意识朝着回屋的反向。

你来到一棵大树底下。对 5 岁的你来说，树都是大树，树都没有名字。很多年以后你才会知道，大周村那些树，名字都不好听，苦楝啦，臭椿啦，鸡爪槭啦，一听就泄掉半截心气，偶尔你也会迷信，将此与你一直在泄气的人生做呼应。可在当时，这是你见过最好的树，有一方浩瀚世界正向你展开，你不禁把头仰得高高，上空星河灿烂，在千万只树叶、千万粒星子的密语中，目光捕捉影影绰绰的缝隙，你看到有生第一道风景。是什么，从远处飞来，你依稀望见，赶忙从树下挪出，你从未见这般硕大的鸟。不对，你努力辨认，鸟怎么没有翅膀？飞机？还是不对，飞机你也曾目睹，有个把两次，从很高很高、被你认作顶点的天幕，直直划走，留下云做的细长尾巴，一会儿就变粗变淡，继而消弭。

而眼前这飞行物，飞得不算高，但非常快。行经你正上方，一只手臂伸出来，向下挥舞。你想这是在和你打招呼，就也伸出手臂，用力向上挥舞。你蹦跳，睁大眼，当空明明是人，两个大人，一个人趴在另一人背上，天空又黑又亮，你看不清他们的脸。

只几秒工夫，他们就飞离你视线，没入夜的远空。你呆望，一时收不回眼睛，也忘记放下手臂，恍惚和他们一同飞走。就剩风，把树叶吹得哗哗作响，就剩荒芜，直至你感到酸，脖子连同整只胳膊。脚下土地开始变可疑，你来回踩，觉得身体越来越沉，而心头轻飘飘，其内如云的气体，仿佛就此升空，将你丢掉了。

你只记得醒来是大白天，昏沉沉，躺在自家床上，裹紧被子，还是冷得发颤。大人都下地挣工分，"我们那会儿，发个烧，没人当回事，哪像现在。"你对我说。

中午，母亲下工回来做饭，你迫不及待讲昨夜所见，用你虚弱、零碎的语言。你不确定母亲是否真的听到，她平复如故，利落做完家务，拿热毛巾给你擦身，对你反复描述的奇迹毫无热情，不耐烦告诉你，那是做梦。日后许多个时刻，你都不免回溯当年奇妙感官，在脑海仔细分辨，你一直相信，它不同于你做过的任何一梦。尽管往后，在你大半生梦境里，飞行是最多见画面，各式各样都有，你仍能轻易从中拎出它来——假如它与它们同属于梦。而对这种归类，你始终无法给自己一个认可，这大约是你生平唯一的倔强。

发烧持续两天，仍无消退迹象，大人们这才抬着绷床，在傍晚，把你架到卫生院去吊水。你断续记忆里，再醒来已是又一个黎明，你感觉不冷不热，也不沉，周身清爽得很。卫生院不见一人，大概都已出工，你便独自卷了席子，夹在胳膊下，赤脚往家走。草上还有露珠，沾脚凉凉的，你看见鸡和狗，看见白色的鸟在田间走走停停，你看天看地，看白鸟振翅。眼前小小世间，你什么都不明白。

你当然一遍遍与人说起。小孩子的梦，没人当回事。不是梦不是飞机不是大鸟不是风筝不是发烧的胡话，你不断摇头，在他们屡次的笑或不以为意里，你的困惑自心间生长，放大，变得越来越辽阔。

后来你悄悄夜出多次，仰头张望，找寻关于飞的一切。你爬上树，坐在树杈上，双脚晃来荡去，你就是迷恋离开地表的感觉。盼啊盼，却再未见那夜景观，满眼星辰在你心里空荡荡。久而久之，你似乎明了，这是没有办法的事。

你上学了，识字念书，认得多一些人，继续陈述你念念不忘的那场见证。你被同学嗤笑，要不是成绩数一数二，你也会被归入智力障碍之列，成天受着欺负。如今你回望，几十年间，因这懵懂执念，你被多少人认作"怪怪的"，明里暗里他们这么说。对此，你早已习惯到沉默以对。

困惑融入血液，在你瘦小身体里膨胀。书本也不能赋予解释，你所学到的，确如他们所说，没有人会飞。老师亦给不了答案，只告诉你，一直学下去，才可能找到你想要的。

仅有一个同学相信你，他叫黄远根，个头矮小，和你同岁。在大周村，外姓人家势单力薄，本就不受待见，黄远根又寡言少语，成绩一般，人人穿背心裤衩的夏天，只他长袖长裤，还总把袖口扣严实，就更叫人笑话，笑他装城里人。他不加辩驳，一贯独来独往。你看他没伙伴，就和他说说话，不由得知晓了他的秘密，原来他偷摘人家玉米、麦子，袖子与裤腿是掩护，藏进去，走路上当真看不出。他分一半给你，你也都接受，那时已不用挣工分，能吃上白面馒头，可长身体的年纪，总是饿。你说你看见人在天上飞，他点头。你自语，飞在天上，什么感觉？他说，你学习好，将来肯定能坐飞机，还能开飞机。你认为这压根两回事，不想再搭话。没人信时你失落，有人信，你又嫌他不懂，只因你帮他保密，他才嘴上说信，丝毫无法稀释你的困惑。积年累月，当你确实有了学开飞机打算，才又想起当年黄远根的话，意识到他是对的，无论哪种飞，令你着迷的凌空感，其实是一回事。在当时，他给你的，是他所能抵达至高至远的信任。

你考上初中，要去镇上读书。黄远根不再继续上学，家里缺劳力。相比之下，你家境没那么窘迫，你是最小的孩子，书又念得最好，镇上工作的大伯告诉你父母，说不定你将来能上中专，那可了不得。对此你尚无认知，只是模糊感到，走得远些，天就更近一点。

初二那年，你回家奔丧，听说爷爷走那日是阴天。爷爷没有下地，中午还吃两块肉，饮一杯酒,过后突然胸口痛，未及就医，人就没了。下葬后，风水先生按惯例，为来生算一卦，说爷爷转世是飞鸟。你瞬间想到，变成飞鸟的爷爷，是否仍保有人形，像你5岁见到的那种生物？抑或你幼时眼见，亦是两个亡人的来世？尽管依然无从解答，但在多一重可能性里，你似乎获得安慰，自此你对死亡有了自己的体认。

中考你发挥很好，总分全县第三，上中专是最佳选项。说心里话，你对大学意往神驰，特别是航空航天类，你想或许，它是你解开儿时密语、通向另一维度之门。而通向大学之门，是高中。你小声表达想法，但这无关紧要，"当时普遍认为，考不上中专，才去高中，"你对我说，"中专更难考，成绩一流，才有资格进入。"我问为什么，你解释说，上高中，若没能考上大学，回家种地是唯一出路。考上中专，一下全有了，城市户口，吃商品粮，工作分配，干部身份，就此跃出农门，告别乡村泥污臭汗。这可是相当的诱惑，是莫大光环，是命运改写，全家一致主张不可错过，他们恳切又激奋，仿佛在填他们自己的志愿。考高中念头微弱一闪，埋没于众人。考大学，他们说，你这农村女孩，哪知天高地厚？你自己毕竟也感到迢遥。罢了，顺从建议，填报省城邮电学校，然后被顺利录取。

整个暑假，你几乎成为普天同庆的对象。你脸上时时挂笑，心里总不来劲，欢庆像是与你无关，径自吵闹着。临近开学，黄远根来找你玩，他早已不偷，穿起千篇一律的背心裤衩，个头抽得很高，更显瘦。他依然话少，你同他讲心事，讲你毕业大概就会进邮局，当邮递员，不能上天，只能骑自行车，地面上转来转去。他说他以后寄封信，地址写到外国，你就可以飞去送信。几缕感动从心底上升，又使得落寞加倍凸显。日光树影斑驳，你更清晰看见眼前的告别，人与物事，大周村从此远去。

3

你已带我走进一家小饭馆，我点三个菜，你本没动筷子，我说太多，根本吃不完，你才陪我吃起来。还有几桌客人，笑闹哄哄，却好像都与我隔绝，我只听见你述说。

第一次到县城以外，第一次坐火车，你的兴奋和紧张高昂，将落寞拂去。穿上最好看的格子衬衣，不再回头，拖拽行李往车厢挤。乘客早已坐满站满，座位底下，也躺着人。你从未见过这么多人，液体一般，稍微一点空间，都会流入。你学着样子，流到一处站脚，其后将近六小时车程，你站如定海神针。挨肩擦背间，挪动需要大费周章，胆怯和无措，令你无从费起，哪怕将手伸进斜挎黄布包，掏出水壶或作为午饭的烧饼，也会招来众多无处可去的目光。你想着，就感到脸颊发烫，缩回手臂，再无任何动作。

火车给你第一印象，仿佛一头大怪物，看起来细细瘦瘦，肚里却吞下人山人海，并在每一站点，持续吞个没完。起先你还能看窗外树，和你所熟悉的房屋农田，听身旁座上大妈与人闲聊，悲叹儿女不孝，陌生人七嘴八舌加以劝慰，像你看过的露天电影。而很快，剧情由家长里短转为战争，人与人穿梭于焦躁不耐，彼此推搡踩压，一丁点碰撞，就膨胀为暴跳如雷的争吵。你置身其中，也被踩过几次脚。你一声不吭，守着自己这狭仄昏暗阵地，脑中勾勒种种飞翔情境，以天空来平息地面战火。再后来，连幻想的气力也失掉，麻木站过后半程，接近窒息时，你终于到站，硬着头皮往门口钻，裹在人堆里，被怪物一把吐出来。

顾不上被酸胀、饥渴和尿意左右的身体，陌生感全然将你占据，你紧跟人群涌向出站口的步伐，生怕自己跟丢。省城铺展眼帘，来不及细细浏览，你看到一辆大车驶来，胖墩墩，蓝白相间，头上顶两条大辫子，你想这就是公共汽车，伸手去招。大辫子无视，掠过你，扬你一脸灰。过路人提醒，得去公交站台，并给你指向不远处。你惶恐道谢，低头就走，恨不得刚才那灰来得更猛烈，遮盖你大红脸。

仔细看站牌，未及找到学校名，一根大辫子进站，你见好几人上车，赶忙跟进。刚放下行李，售票员走来问你去哪。你轻声细语，到邮电学校。哪块？售票员大嗓门再发问。你觉得是自己乡下口音令人费解，感到全车目光聚集，窃窃私语。不同于火车上，缩回手臂，憋住不动，就能躲开窘意，此刻你不得不积攒勇气，再次开口，集中于发音，一字一字往外用力：我到省邮电学校。从此以后，张口讲话前，你总提醒自己说普通话，否则，方言趁你不备就暴露，格外刺耳。毕业后你留在省城，工作并且定居，逐渐意识到，普通话说得再好，也无可炫耀，操一口省城本地话，才更了不起。你去学去实践，随后练就一种多方融合的奇怪口音，听上去哪里话都像，又都不像。更奇怪是，练到这一步，你就再未精进，它已伴随你三十余年，纯正普通话和家乡土话都早被遗忘，你只会这一种，夹生饭似的，回大周村也无能切换。

售票员不耐烦说，坐反了。你愣住，一时不知所从，售票员已绕过你，转向其他乘客，四下如深渊薄冰，你大脑空白。

呆立漫长，其实不过一站路，到站停靠，售票员粗声粗气冲你喊：后门下车，马路对面坐！你这才如梦醒，慌忙拖带行李，无暇顾及与人擦碰，莽撞埋头跳下去，你多想就地飞走啊。

畏畏缩缩上另趟车，畏畏缩缩再开口。你绝望得知，又错了。售票员比上一位多出点耐性，这在你看来，是极大的善意。她告诉你下站下车，转几路，坐几站。你才晓得大辫子和大辫子不同，额头数字是不同"路"，去往不同终点，那么整个省城究竟多大？你茫无头绪。日后你坐公交，事先必确认清楚，直至你对各路线都已娴熟把握，才发觉，原来本地人也会坐错，但错和错亦是不同，众目睽睽下，他们可以自顾自发声：哦哟，搞错了。大声也好，小声也好，总之都无不妥。他们错得漫不经心，错得毫不慌张，尔后从容换乘，甚至回过头还拿来说笑。

上第三辆车，你报校名，售票员终于没再抬眼看你。平稳付了钱，你得到一张粉蓝色长方形小票，揣进口袋，才稍定下心，一站站数着。车拐大弯，你摇摇晃晃，急忙抓紧椅背，好奇售票员怎能行走自如。车上几个空位，你已站立将近八小时，眩晕感此时猛兽般攻击，你太想坐一坐。更何况，只你一人站着，孤零零杵在坐着的人中间，你顿觉这一双双眼睛里，自己又是突兀的。可你不知座位是否要另买票，只得铆劲死守，偷偷观察后上的乘客，接连看人坦然落座，只剩最后一空位，你才心虚地轻轻坐上，屁股一挨座椅，恨不能三天三夜不起身，一边又仍在担心售票员向你走来。

所幸风平浪静。你总算能将眼光流转窗外，看楼房各有各长相，看绿荫大道，人一批一批，一浪一浪，脸朝各个方向，走路或骑车。骑车的挨近，售票员伸手向外敲车窗，大喊"靠边！

靠边！"而自行车，竟也有专门停放点，一排排密集，何等汪洋。

　　新奇只在短时，即刻让位于更加本能的生理反应。体内的空与胀，先前因神经紧绷而被忽视，当下一并复苏，旋即又悉数让位于晕车。你有几次坐车到县城，有过晕车体验，但每次都会经由一段较长酝酿期，期间你不断咽口水，抑制胃里翻腾，咽到口水的质感微妙改变，就意味着抑制至极，呕吐一触即发。往往这时，目的地已到，下车又能忍回去，或者蹲路边，土坑里吐掉，也不起眼。即便还在途中，你也不是个例，总有那么几人，随时招呼司机停车，下去一通吐，或车上就地解决，也不觉难堪。而此时此地，你没想到，吐意涌现得如此干脆、迅猛，不给你时间去和它周旋，也没想到空了一天的胃，竟还有劲纠缠。汽油味、转弯和停停动动，越发翻搅着你，使你几近喷涌。你拼命往下收，心慌一站一站，熬不到尽头似的。而四面乘客，无人与你同病相怜，人人坐得舒服，偏你怎样也不是，像一个异类。吐车上，万万不能，提前下车你又怕，你已见识售票员好记性，怕她喊住你：喂，下错了！

　　又是错，且无法启口解释。若是一张嘴，秽物明目张胆喷溅，恐怕你得马上逃回家，再不踏进省城半步。况且，下车又如何，路面洁净平整，照样容不得你凹凸脏污的难受，和冒昧的错。你不由滔滔怀想大周村，想这时节，父亲在地里拔花生，母亲把山芋削成片，又想金黄麦秸昂头挺立，玉米地大片如绿海，再想自家灰落落矮屋，重复的日与夜，也有着快活。

　　讲到这里，你帮我把骨碟中残渣倒进桌边垃圾袋，说，"要是那会儿，塑料袋这么普遍就好了。"而彼时，你再也把持不住，一把扒开随身黄布包，往里垂头，闷久的烧饼气味一冲，你当即呕出声，脑袋失控摆颤，吐，一个劲吐黄水，眼泪也不听使唤被呛出。你恨透自己，之后一直佝偻身子，绝不敢抬头，仿佛整车人都在把你观看。更糟的是，那该死的黄水已渐渐渗出布包，眼见欲滴，你只好将包抱在腿上，像护着宝贝。直到售票员喊，邮电学校到了！你不得已站起，仍是弯腰低头垂眼，一手抱包，一手拖拽大件行李，浑浑噩噩，算是滚下车去。

其后这些年，大庭广众下，你都在尽力回避被注意。恐惧和羞耻，你终归没能克服。逢上磕磕绊绊光景，你总不免记起这初到省城的错，及至假设上高中会怎样，上大学会怎样，没离开大周村会怎样。尽管当时的不堪与往后人生相比，简直微不足道，但你就是记得清楚，细细倒数，认定生命旅途正是在那天被打了底，着了色。

"突然想喝点。"你说。你已多年不喝酒，也一向喝不惯，难得起兴，招呼服务生上一瓶，问我要不要一起喝，我说好。

4

说来也怪，你接着道，本以为这辈子跟汽车无缘，很长一段时间，出行都靠自行车。工作后不久，某次你出差，坐长途大巴由昼及夜。你正受胃的翻涌折磨，无法入睡，眼闭闭又睁，直视前方，比侧头看窗要好过点。大巴行驶疾速，车道一侧是山，你凝视夜路，一团昏黑，绵延无边，没有其他车辆。就在眨眼间，一物横空，袭入视线，当你面抛出一道弧，又极快地，倒头栽下，在车前砸出震耳一轰。是一个人，赤条条，直通通。

你来不及叫喊，大巴猛一急刹，强烈冲撞感令你思维顿失，残存意识里，真当死神擦身，自己已灵魂出窍。司机最先下车，几人随后，半晌你反应过来，也下去看。原来是虚惊，那不过一副光溜的塑料模特道具，摔得四分五裂。司机推测，这途经之地，本就以乱闻名，许是一伙人刚实施抢劫，躲山头分赃，将无用之物随意抛掷。

想来后怕，而意外的是，经此一大惊，与生俱来的晕车竟从此被治愈，再不来扰你。其后渐渐，你变得不畏惧坐车，甚而热衷，将自身装进流动载体，眼见景物涌入与撤离，颠荡与游移，无数地标组成时点，你感受分明，从而留存进记忆，不似平日，被既定状态消磨得眉目不清，一晃就溜走。甚至专挑后排座，越颠得厉害，你越痛快，震动从脚尖到鼻翼，再冲向头顶发梢。

又过些年，你考驾照，有了自己的车，得空就开去兜风。犹记当年，你一路开，刚上高中的女儿从车里站起，头伸到天窗外，风往瞳仁和双唇间吹，一头长发乱舞，疯了似的。地面被夕光照耀，一眼望老远，如鲜榨橙汁铺就的一条大道，你们俩都快乐得欢呼不停。但似乎也就那一回，女儿不像你，新鲜劲一过，还原成不爱出门的老样子。开了几年，一场事故使你落下阴影，卖掉车，久不敢碰。好不容易缓过劲，眼看这城市车辆骤增，无论上路还是停靠，都得卷入轮胎与轮胎间斗智斗勇。你索性继续不碰，日常出行，骑上电动车，倒更省心。

"将来的车，都是悬浮车，分层行驶在空中，离地几十米到几千米的立体空间，不存在拥堵，"你对我说，"以当前科技水平，不久就会实现，到那时我再开车。"

"一切皆有可能。"我说。我们碰杯，干了杯中酒。

相比展望未来，当下更令你期待的，是学轻型飞机驾驶。动念已若干年，何时可行，你仍在等待。

你为数不多的飞行经历，仿佛注定，每一次对应的，都恰是命途某一节点。在天上的时刻，你隆重做过一些决定。所有流动载体中，对于你，飞行始终生发着更为炽热的能量。

第一次坐飞机，是参加单位交流学习。此时你已从中专毕业，分配在本市邮电局，并没有当邮递员，当然也没见到黄远根说寄往国外的信。你每天坐柜台，卖过邮票，办过储蓄，对各项业务勤恳负责，受客户好评。你已成家，女儿就快要3岁。千禧年才过不久，浩大的狂欢氛围仍在弥漫，你暗自灰灰地活着，沉于谷底，渴盼站上山顶，纵身一跳。你要像那个模特道具，一丝不挂，袒露百孔千疮，与人间做了结。你要飞上一会儿，跃入空无抑或另界，完成多年无解的终极答案。无数次想象，到底是欠狠心和决心，人世还在拽着你。

作为先进职工代表，你获得一个外出学习名额。乘坐飞机，倒没出丑，一进入机场，你便小心跟从同事，不单独行动。等待登机期间，你四周环顾，乘客多漂亮优雅，越发衬得自己灰不溜丢。不过，眼下的灰，从平日的灰里剥离，些微有了亮度，阔大停机坪上，升降起落，令你恢复几分活生生的憧憬和怅惘，尽管伤口仍在作痛。

坐进客舱，你心里张皇着，一直到起飞瞬间。耳朵里轰轰，炸出短暂的疼，你略皱眉，深长呼吸。心脏倏地一悠，像坐汽车颠陡坡。而后平稳下来，你已身在云天，原来坐飞机是这么回事。一时间，残破日子被补上一块，你觉得，和刚补过假牙的心情类似。

　　你位子靠过道，外头又是阴天，望不见什么。你安静坐着，飞机上人都不说话，飞机上食物很好吃。美丽空姐送上花生酥，你细致咀嚼，避开新装的门牙，尽管医生保证它够牢固，你还是谨慎，歪咧着嘴，用另只门牙和侧牙咬动。以这副蠢相面对飞行，你感到有点抱歉。

　　要不是为这次外出，被丈夫打掉的门牙，你本不想补。痛不欲生的人，哪里在乎一颗牙。你也不明白，怎么就活成这样。想当初，其实不过前几年，多年轻呵。你在卖邮票，他走进营业大厅，到隔壁柜台寄包裹，大高个，一身军装笔挺，你不自觉多看一眼。倒没多想，谁知数月后，热心同事为你牵线，线的另一头，竟连到了他。更奇妙是他先开口，说他记得你，有一天他来寄包裹，你在卖邮票，他忍不住多看一眼。

　　你们都意会到相当的缘分。他带你下舞厅，熟练地教你跳交际舞，慢三，快四，你在晕头转向的笨拙里，心跳与脚步一样，撞得乱七八糟。你向他形容5岁时的奇观，他双眸尽是彩色变幻的光，大声宣告，此生要带你飞遍全世界。他再教你跳贴面舞，你半推半就，他脸庞和身体里有火，要如何扑灭才是？灭不掉的，它已烧在你大好青春。他拳头里也是火，烧向掀你裙角的无赖少年，护你红彤彤幸福。你万不会想到，同一双带火的拳头，将要次次落在你身，烧得你如枯木，如死灰。

　　婚后不久，熊熊火焰便蔓延至暴力。没有特定缘由，不小心打落筷子，也会招来他愤怒耳光。你的眼泪非但不能缓和，反倒惹他越发激烈，揪住你头发，将你拉扯在地，用脚踹。他的眼泪却起作用，总是在伤害过后一两天，他醒悟一般，声泪俱下，向你道歉。你就原谅，接着能有一阵安稳时日。

尔后再来，如此反复。你用衣物遮盖创伤，没遮住的，被人问道，还有语言协助掩饰："一不留神，摔一跤。"你未和任何人提起，骨子里不愿承认现状糟糕。跟你最要好的同事，大约是猜出你境况，你不提，她也不问，只是隔三岔五邀你来她家坐坐，无形中帮你躲过一些时候。平息不多久，他又因此火势凶猛，怀疑你和对方丈夫有私情，拳头冲向你鼻梁。你正怀着第一个孩子，抬手朝他回击。他一把将你按倒，一拳"婊子！"一拳"贱人！"重重砸在你头上，你已不觉疼痛，艰难爬起来，更大的绝望来自下身。

你肚里小小生命的流失，叫他痛哭流涕，好像受苦的是他。一遍一遍，他下跪求饶，使劲自扇巴掌，发誓悔过自新。你从未见谁哭得这般难过，让你念起初见时柔情，心一疼，便又软。度过一段安定期，到你第二次怀孕生产，他抱女儿在怀里哼唱歌谣，你当真以为，一切皆向好。

那个最要好的同事，与其丈夫双双下岗，二人离开此地，到北方投靠亲戚。你没有其他朋友，便往书本里寻觅同伴。你到图书馆借书，一本接一本看，文字向你敞开，予你宽慰。你最爱《小王子》，那是你看过最为孤独的书，至今记得书中字句，你背给我听："我想小王子是利用一群野鸟迁徙的机会跑出来的。"那种孤独，有天然的迷人气息，对你莫名吸引。作者圣埃克絮佩里，同时是一名飞行员，曾为法国邮政航空开辟邮航线路，说起来，倒和你的工作能攀上极其微弱关联。"当然，这太牵强。"你付之一笑。

你说不清为何，会和这生于一个世纪前的法国人，有惺惺相惜之感。你找来他其余作品，《夜航》《人的大地》，让你似懂非懂的飞行描述和故事情节，跨越长空万里，抵达你面前，令你为之心神沉入，浮想漫天。你羡慕他短暂却壮阔的生平，他满世界飞，他与风沙星辰、黑夜大海的冒险。当时资料显示，二战期间，圣埃克絮佩里应征入伍，执行空中战略侦察任务。1944年7月驾飞机从科西嘉岛起飞，进入地中海上空侦察，从此无影无踪。对此你并不意外，本就该属于天上之人，是回到了他的B612星球。

"有病啊，满脑子天上，我看你是想上天！"风暴又降临，火气卷土重来，较以往更甚，将你重重摔回地面，打落泥沼。微光再度被掐灭，你继续无尽忍受。最近一次，因你第一部手机刚用不长，不慎被偷，本已够心疼和自责，他大发雷霆，拳脚说来就来。你像一只沙袋摇摆，桌角迎面撞上，你摸到磕掉的门牙，看见软的血，硬的疼，耳边是女儿不住啼哭。

为期一周交流学习结束，回程飞机上，你座位靠窗，窗外大好晴日。你看天在脚下，也照样在头上，天边还是天。云似乎触手可及，而远的还是远。风光都慢着，恍若悬停于高空，包括你自身。你忽然觉得通体透明，淤塞的死气散去，你想到换一种活法，决定离婚。

离婚是漫长拉扯过程，最终你只坚持留下女儿，其他的，都松了手。所幸女儿尚年幼，没落下创伤，正在全新生长。抚养费他断续支付，不到一年，就无声息，你也没再去要，争执太累。你一点一滴填补着空，耗散许多心力，待复原些，又是几年光阴。这时你才有点工夫眺望远空，并关注到新闻——失踪近60年的圣埃克絮佩里飞机残骸，在法国南部马赛海底被寻获，结合此前被打捞的手镯等物证，法国文化部宣布，圣埃克絮佩里死于飞机坠毁。

"你有没有想过，圣埃克絮佩里或许没死？"我说。

"想过，"你认真点头，"况且他本人遗骨，始终下落不明。"

5

夜晚摩天轮烁亮，投影仪作用下，巨大转盘表面，几组影像轮番放映。有一组是对男女，翩翩跳起交际舞。你望向那熟悉舞步，恍如隔世。往昔已逝，目下四时有序。邮电系统经数次分营，各自为家，你留在市邮政公司，从柜台升入机关，成为业务骨干。女儿即将升初中，成绩不用操心，你常带她来此。这是省城新建的大型游乐园，晚上和白天一样生机盎然。你们身边多出一个他，女儿叫他叔叔，你私下问过女儿："他做你爸爸可好？"女儿盯着你坏笑，弄得你倒害羞不已。

他是经人介绍与你相识，大你不少岁，离异，儿子已工作。处下来，方方面面都舒适。当下对你来说，舒适，就是最好。

过山车，海盗船，摇头飞椅，流星锤，样样好玩，你一点不觉骇人。偏偏女儿恐高，连摩天轮也怕，只敢坐旋转木马。你又不好撇下女儿，好在有他，放心把女儿交由他，放心沉进一张张缤纷座椅。你最爱从徐徐到陡然那一霎，直冲云霄，身旁大人小孩啊啊尖叫，你不出声，只把自己整个倾注，身心全被打散，飞开来了。

升空，翻倒，急速下坠，你随之心魄激荡，通身爽快。待一轮完毕，你缓缓起身，四面景致都淋漓。他在底下指给女儿看，"看妈妈多勇敢。"你明知这和勇敢无关，却着实好开心。

"你可知道，小王子一天是看了43次日落，还是44次？"
你突然问我。

"嗯？"我顿一下，"还真不记得。"

你告诉我，圣埃克絮佩里43岁写《小王子》，所以他在书中，为小王子安排43次日落。44岁时，他随飞机陨落，人们为纪念他，此后版本都改成44次。

后来你单独去过游乐园，向晚时分，把自己关进摩天轮一格小屋，犹如身处小行星，那里只你一个居民，运转极其缓慢。你注视天边落日，小行星每上升一寸，落日就下沉一寸，看似无限接近，实则渐行渐远。待你升到最高点，落日已隐遁，仅余霞光，将天空划开。几群鸟飞离，几批影子掉下，你狠狠落泪，俯瞰这色彩充足的繁华，人人像被抽空，剩副躯壳，竖着在晃荡。他模样不断闪现，或虚或实，或明或暗，差一点，你就要和他结婚。前妻重病消息如一记闷棍，适时袭来，他儿子扑通跪地，求你放手，求他回去照料。该怎么办，要是可选，你情愿病的是自己。能怎么办，亏欠的旧情被他念起，天平偏向那一边。你深知他是好人，你也是好人。

运行过半，你从顶点慢慢下降，无力再想，望向暮色渐深，被小行星带回地表。到家楼下，天色已全黑，气温骤降。你看见菜农，守着一摊没卖完的菜，寒风里哆嗦。尽管你并不需要，还是将菜一把买下。菜农道谢，满足而归。

他亦已归去，背向你，只留下感激。

我们又喝几杯，你夸我酒量不错，我说你也是。你自知这一点，可打他离开后，你再没畅快饮酒。有段时期，部门领导有意培养你接班，频繁带你应酬。饭局上的酒，清一色刺鼻涩口，难以下咽，你次次勉强。酒桌那套，实在非你所长，一番番参与，也毫无长进。每个人在说话，既像谈工作，又跟工作状态天悬地隔。他们句与句之间有黏性，使得气氛不绝，唯独你，偶尔应一两句就冷场。有时你看一人尚未说完，听众则被另一出话题截走，前者正讲在兴头，忙寻找新听者，你好意接上其目光，却被逮住不放，不得不无休止听下去，也弄不清，此人究竟说些什么。你便越发沉默和走神，打量那些面孔与笑声，一张脸也记不住，只见五官零散，各行其道，变出花哨的形状加音调。有苍蝇来回绕，你希望它别走，让你能够不时赶一赶。

敬酒与被敬，你直通通起立，硬邦邦吞下。这一举动你总是僵滞，学不会花样，只看着他们周旋，进退都显得圆润，你默数，一场吃喝过程，敬酒在百次以上。最多一回，从头到尾话题只围绕喝酒，人人都在找由头，巧语劝他人喝，如此颠来倒去，待到散场，你共数出216次敬酒。

你还有个毛病，每每此种场合，坐久了，就莫名腹痛。无法归类的痛，像是五脏六腑在轻微炸裂。体检指标并无异常，这种腹痛只来自冗长酒席，也无缓解之招，硬靠忍。而一出酒店，疼痛就像有所感应，自觉摁下关闭按钮。

有时你不用喝，任务则是饭后开车送人。车中几人吃饱喝足，烟酒肉经由体内脏器粗略搅拌，挤挤挨挨着，向外发酵，弥散浓杂二手味，乃至其后好几天挥发不尽。有一回，你开远距离，这气味一路向你连连逼近，将你笼住。阔别多年晕车感来袭，它蠢蠢欲动，你强压，而乘坐者仍有说有笑，你简直怀疑他们嗅觉失灵。终是按不下，你不得已停靠路边，下车吐进草丛，倒像是喝得最多的一个。其他人惊讶：自己开还晕车，从没见过。

你只得报以礼貌歉意，继续开车。

渐渐，部门领导很少再带你外出。之后被提拔的，果然另有其人。同事都表示庆贺，你也是。少数人替你可惜，说后者业务能力远不如你，你也就顺应着表现些许失意。但一走出单位，你发觉，自己其实没有态度，庆贺或失意都转瞬即逝，免去肚痛和呕吐，落得自在。

同年暑假，你报团带女儿去海边玩。女儿爱和海浪嬉戏，欢蹦乱跳。行程过半，旅行团安排有潜水，女儿期待已久。你望向另一边，有几人乘滑翔伞，飞在海面之上。你将女儿托给同去潜水的团友，自己朝另一边去。

天与海相连，滑翔伞像一只大红鸟，带你飞上广阔之境。你听教练讲自己滑翔历险，说起曾在西藏飞，因空气稀薄，没能算好降落距离，失速摔下，断两根肋骨。教练说来轻巧，你听得心如浪潮。你问他是否见过真正会飞的人，他说，不借助工具，人类不可能做到。你略感失望，但更多是振奋，你从他那里得知，你这样一个普通人，也可以学习飞行。

教练告诉你，通过理论培训和实飞训练，考取私人飞行执照——准确说是运动类飞行执照，驾驶范围包括自转旋翼机、小型飞艇等轻型机——便可租飞机或加入俱乐部，实现跨区域自驾飞行，在全国各飞行营地起飞降落，乃至参加全球旅飞计划，玩转世界。你蓦然记起多年前，黄远根说过你能开飞机。你想跟他说，这是真的，才发现并没有他号码。

旅行回来，你便开始关注：航校，飞行基地，航空俱乐部，培训课程和费用。听闻你有此打算，人多是不可思议，飞行员，万里挑一啊。待你说明一番，对方倒更加不解：学来做何用？

再说，怎么敢？略有了解的，则说，那都是大老板去玩，成功人士，社会精英。然后眼光投向你，照样不可思议。

你打算了不少年。期间女儿考上重点大学，出国读研，毕业回省城，被招进省日报社，正和一个公务员男友交往；你再未升职，默默做事，默默听人高低议论你的异想天开，随年岁渐增，被调出业务部门，成为一名工会干事，本应闲下，又因你工作勤勉，所以依然忙碌。到如今你已五十出头，没几年就要退休，还是没能飞起来。

"真不知要待到何时啊。"你笑着叹气。

起先你等女儿上大学。录取通知书寄来那天，你比女儿还高兴，为她，也为你自己。你陪她去吃烧烤，看见收废品师傅从店里往外推小车，小车上厚厚几叠纸板，再上面一大捧色拉油空桶，扎在一起，胖乎乎一团，像街边卖气球那样。多么轻盈，你望着它们，简直要飘上天去。你想，很快你就有时间，可以飞了。

大学之前暑期，女儿报名驾校。她说这在今天是必备技能，不如趁早掌握。说做就做，理论考试她一次过，100分，而到科目二科目三，则各补考一回，勉强过关。拿到驾照，女儿开家里车，上路练习，你坐副驾驶，比她紧张得多。任何一个细处，你都按捺不住一再提示，也看不出她是否听进，只换来一次次烦躁回应：知道知道！可你不说，又眼睁睁看她出岔子，该胆大时怯懦不前，该心细时稀里糊涂，路上磕磕碰碰，停车永远失败。你的怒火再强忍，也在向上蹿，她的，则比你蹿更高。正彼此抱怨，然后，车开至那个叫你此生难忘的路口。

前轮滑入斑马线，那老伯正过马路。你忽地反应，停停停！被你一喊，女儿也方才惊醒，猛踩刹车，嗞嗞声刺耳。在同步的时间里,老伯应声倒地,当即人事不省。

直到今日,你也无法有效描述,那一瞬究竟如何汹涌。老伯被送进ICU,面对交警,你和女儿慌乱比画,像两个拼命要解释的哑巴。过好半天,你好像才听见自己话音,听起来很费力,夹带哭腔,不明内容。回头瞥见你车,它是黑色的,两侧前门大敞,你看过去,觉得它貌似展翅的巨型蝙蝠。

老伯因脑出血,躺医院再未苏醒,三天后去世。那三天你守在病房外,丢魂似的,也不吃饭,光知道跟对方家属赔不是。女儿比你先恢复理智,问你还有多少存款。

很快,女儿开学离家。早些时日,本还想送她去学校,去看一看大学,多少弥补心中缺憾。时下心思全无,这一摊,要你来收。整个过程,你听凭判决,对方家属也算通情达理,没为难你,毕竟是老伯闯红灯在先。倒弄得你过意不去,提出应赔尽赔。除去保险公司,你自己贴进一大笔,包括为学飞行攒下的钱。那只黑色大蝙蝠,你不想再多看一眼,赶紧处理掉。恍惚多日,你才像是缓过气,没了天上,只有大地,一切复归原点。

事隔不久,你再到那家医院,是随工会领导去慰问住院职工。期间你去上厕所,蹲在卫生间隔间,无意听到两人讲话,一人声音从洗手池边来:"欸,告诉你个事,你别跟人说。"另一人声来自你右侧隔间:"好,你放心。""你可记得,上次送来那老头,被车撞成脑出血的。""听说过,没几天就死了,车主赔不少钱。""对,当时我给做的CT,头部并没有创伤。""什么意思?""他不是因为被撞。""那是?""极大可能是,他在被车撞前,刚好突发脑出血,就这么巧。"

后头话你听不清，隔间在冲水，开门，洗手。其后你又听到句"我一个小技师，能怎么办"，便是两人离开脚步。你蹲在原地，大脑混乱，空气僵至可怕。电话铃声响，是领导催促，你一惊，才感知到脚麻如刺。

你左思右想，心下波澜不已，进入新一轮失眠。你不愿却又不由猜测，对方那令你自疚的通情达理，原来背后有因。翻覆几日，你才渐渐冷静，自己咽回去，事已过，不如不知。你无论如何不能告诉女儿，依她脾性，必要去闹，还要怪你没用。光是想想，你就脑袋生疼。你已精疲力竭，只求翻篇。

等你再攒够飞行学费，女儿大四，忽然通知你，她要出国读研。你猝不及防，女儿是有考研规划，却从没说在国外。女儿对你讲，她想去，同学都在往外走。你只得随她，你的学费，尽数变成她学费。

一晃又几年，女儿学成归来，进入省报，你终于再下决心，这次总可以吧。那个周六清早，躺床上你就在计划，先去最近航校看一看。你习惯用旧时蚊帐，边想着，边见蚊帐持续被牵动。你忽觉怪异，没有一丝风，像是有人用手在拨，可又分明无人。与此同时，父亲模样倏然显现，一个虚像，转而不见。你似有预感，一种就此别过的心情渗入肺腑。果然，不过半小时，你接到来自老家的消息。

你回大周村。父亲跟爷爷很像，说没就没。这会儿，大周村已经不时兴测算来世，风水先生按部就班念完下葬词，就赶去下一场丧礼，又逢疫情期间，大家很快散掉，没人关心下辈子的事。你留在原地，想了一会，在心里将父亲托生于一场飞行。

父亲走后不久，你又接到坏消息：母亲中风，后果是半身不遂。你将她接来省城，送进养老院，每天下班去看，哪天你没去，她就像稚童般哭闹。你又飞不起来了。只好再朝后谋划，等几年，到你退休，就能一边学飞，一边照顾母亲。待考取执照，若想参加俱乐部，偶尔请大哥二哥或大姐过来——他们都在外地，只会说小妹辛苦，妈多亏你，就好像自己不是亲生——帮衬几天，也不是不可以。

"就是这样，"你对我说，"我52岁了，还有三年。"

"祝贺你。"我说。

你笑着摇头。就在上个月，女儿提出下步规划，几时与男友结婚，几时备孕，她都有明确安排，当中严丝合缝纳入你：等你退休，正好来带娃。

你也说不清是从何时起，女儿开始凡事规划，错不得。你佩服她有主意，不像你，似乎总站不稳。可你又有点怕。你已到老花年纪，看近和看远要换不同眼镜，明明食量不大，腰身却变粗。女儿叫你少油荤、多轻食，叫你去健身房，叫你放下不切实际的想法。你回忆过往，女儿追星，逃课，欺负同学，早恋，你都是从老师那听来，女儿从不主动同你讲。如今，她却要你事事汇报，让你时常生出错位感，好像她正逐渐扮演起你的母亲；而你生理上母亲，越来越像你的小孩。

喝得差不多，你抢先去结账。刚付过款，我们朝饭馆外走，你就接到女儿视频电话，"你是不是又和老黄在一起？"你说不是，在外带队团建，和一个新朋友。你将镜头移向我，我配合招一招手。女儿于是叮嘱你早休息，关掉电话。

你向我解释，手机绑定女儿支付账号，她今天上夜班，实时看到支付提醒。我问老黄是否黄远根，你点头。

6

走出小饭馆，你见不远处，单位那帮新员工刚结束剧本杀，三三两两回住处。你问我，到底什么叫剧本杀？我说没玩过，真不晓得。你说照你理解，就是演戏。你感慨他们太年轻，演一出别人的戏，高高兴兴收场，还未曾切身去扮演自己。你说你活到这岁数，也依然演不好自己。

你问我是否要休息，我不困，你说你也仍无睡意。我们便再走一走，慢慢步入星夜。你与我说起黄远根，女儿工作后，你才和他又取得联系。这些年他未曾离开大周村，早早娶妻生子。妻子跟人南下打工，一去不返。儿子由他独自带大，现今也定居省城，接他过来同住。他将家里土地交给亲戚打理，在儿子住所周边，做起保安，与你相隔亦不算远。你们见面，在街心公园散步聊天。他依旧高瘦，比从前黑，你看见他笑开的皱纹，在话语之间，被一褶一褶向昨日拂去，抚至光洁如初，大周村历历在目。

他带来信，那是你进邮电局工作不久，他当真践言，寄出能让你飞去投递的信，后被退回。多年来他将其压于箱底，白信封完好无损，也没怎么发黄，只显得极薄。你轻轻捧住，上面钢笔字迹淡去，依然可辨，正中几个大字，是过于简单的收件方：美国邮电局（收）。右下方寄件人信息，字体稍小，住址后注明：黄远根（寄）。笔迹稚拙，又相当工整，不同于你印象中，他歪歪扭扭字形。他不好意思挠着头，承认是为写这封信，刻意练字，照书本一笔一划誊抄，"人笨手也笨，没法子"，他哈哈笑。

你将这留白过多的信封翻面，左上贴有小块改退批条，纸张薄脆，蓝色长条章戳内四字：退还原处。原因一栏，打勾在"原写地址不详"。旁侧黑色圆章，为日戳，刻有地点和日期。你看那年月日，已是三十年前。

"我不晓得国外能寄去哪，好不容易才想到，兴奋得睡不着觉。"

"你是不是认为，都是邮局，相互就有往来，我就能飞美国去送？"

"当时真这么想。"

你小心翼翼打开信封，抽出一张纸片，巴掌大小，边沿明显是从笔记本上裁下。黄远根说，笔记本是你"三好学生"奖品，在你离家去读中专前夕，将之送与他。经他一说，你才记起。他一直收藏，仅用过这一张。纸面几乎空白，只在最上一行，顶格四字：朋友你好。

他说，实在想不出写什么，憋好几天，就这句，也不会翻译，干脆便如此，心想只要你能飞去就行，内容不重要。"那时候，你是唯一拿我当朋友的。"他说这话时，不觉天色向晚，新月初起，淡远的一点微光。"月亮"，你指过去。他抬头看天，你看向他，不知是否错觉，他竟像比这新月先一步，眼里已泻满月光。

"那时候啊，谁要跟你做朋友。"你也哈哈笑。

此后，你们常抽空见面，多是一起散步，有时吃个饭。你爱看电影，他也乐于陪你去电影院，虽然他往往看不到一半，就直打瞌睡。听你说可以学飞行，他比你更得意，"我早就说过吧"，并怀有和你一样的好奇心，向你问这问那。他让你尽管去学，你母亲的料理，交给他就好。

听你提起，女儿起先只当你一普通旧友，并未在意，后见你口中"老黄"出现越渐频繁，才认真生起气来，"你也不嫌丢人"，女儿说。你吃惊，自己并未想多想远，女儿却已考虑至"以后怎么办？他就是一个农民"，表明态度，不会见他，并就养老等一系列事项，分析你将有的额外付出，像在教育不懂事子女。你不知道，女儿怎懂得这样多，大周村她没去过几次，去也只当做客。她向来自我介绍为土生土长省城人，眼下讲起农民，竟像是比你还了解，头头是道，让你有种不透风的密闭感，吐不出像样辩解。之后你便不再当女儿面提，话语里小心掠过。新上映电影，女儿喊你看，你明明前一天刚和老黄看过，不敢讲，也懒得讲，索性装作头回听说，再看一遍。

不经意间，我们又走回到那棵树下。浓夜渐长，万籁无声，只有温软的风，默然流放。天的黑，星的亮，此呼彼应更鲜明。

"所有的星星都好像开着花，"你说，"小王子这么说过。"

"我跟你讲个故事。"我说。

7

1944 年，44 岁的圣埃克絮佩里驾飞机从科西嘉岛起飞，进入地中海上空侦察。飞机在高空被敌机击中，拖着滚滚浓烟，正坠向海面。与此同时，圣埃克絮佩里从中一跃而出，并非跳伞，而是孤身凌空，开始了不用任何载体的飞行。他面朝未知之境，收紧躯体，一个俯冲，转眼绝迹于世。

光束与尘埃自他体内穿过，他来到我们那儿——至于我们那儿是哪，后头再和你解释。我用手划出一个方位，在你眼中，那儿该是一个乌有的方位，好在你并未追问——那儿的人都会飞，他也不例外，天然具有了御风飞行的能力。他大展双臂，恣意翱翔，以往多次飞机故障带给他身体不可逆的创痛和僵硬，也变得舒展轻逸。他兴奋非凡，放声欢呼，要知道为了飞行，他几乎已抛舍一切。有人认出他来，他报以热情回应。

自此他在我们那儿，日日空中漫游，也照旧写作、画画、聚会，他结识新朋友，亦重逢了几个昔日伙伴。虽然他在1977年后，再未现身我们那儿，但这么些年，他的光芒与名声不减，人们总在不断提起他，想念他。我很小就听说过他，那时我还没看他写的书。

"他又去了哪里？"你问。

没人知道。1977年，77岁的圣埃克絮佩里想飞去老地方看一看。由于体力不支，无法胜任长途飞行，他的一个年轻朋友，也是其崇拜者，拍拍自己后背，愿意全程背他飞行。

此次飞行历时几个昼夜。年轻朋友背着他，飞过他在法国的童年城堡和花园，曾坠机的利比亚沙漠，在美国写作《小王子》的白色房子。他兴致极佳，一路说笑。他还对中国感兴趣，说起自己早年，曾想到那里当飞行员，因为中国当时正招募飞行教练。

年轻朋友带他飞往中国，正值深夜，星群分外美丽。途经一座村庄时，他们见下方大树旁站有一名幼童，正仰头朝他们所在位置凝望，就好像看得到他们。"这极不寻常，"我对你说，"你们这里，是看不见我们那儿人的。"

他们都感到十分有趣，行经正上方，圣埃克絮佩里向幼童挥舞手臂。幼童竟也跳着挥手互动，这令他们惊喜。尽管相遇仅几秒钟，幼童即刻淡出视野，却仍叫人难忘。圣埃克絮佩里对年轻朋友说，他要留下这一幕。说罢掏出纸笔，他素来喜爱随手涂画，还在做邮航飞行员时，就常常边开飞机边画。正如画下那个长翅膀或没长翅膀的小王子，那只孤单微小、耳朵却大得出奇的沙漠狐，他以年轻朋友后背为垫，于飞行途中画下这名幼童，在挥动双臂。模样全凭想象，距离太远连男女也辨不清。年轻朋友建议画成女孩，因为已有小王子。他便又为幼童添上一条蓬蓬裙，一根飘扬的长辫。

那晚之后，我们那儿无人再见圣埃克絮佩里，谁也说不准他是如何消失的。年轻朋友后来为他修建纪念馆，至今慕名参观者不绝。"我去看过，当中就存有他最后手稿，那个挥手的中国小女孩，"我看着你笑，"实话说，他画画水平很一般，线条简单潦草，真看不出是你。"

"哈，其实我5岁时候，头发很短，还没穿过裙子。"

"你相信这故事吗？"

"当然。"你诚恳点头。此时此刻，你自觉从未有过的安宁，仿佛用大半生漂泊得来。你说，如非真心所信，无从抵达。

我蹲下身，示意你到我背上来。

"我有点胖，怕你背不动。"你不好意思。

我说不要紧，和背人行走不同，飞起来，几乎感受不到重量。于是你趴上我后背，扶稳我肩膀。

我双脚蹬地，腾空。

这一霎，像是繁星中刮起大风。

待你醒过神，我已背着你缓缓上升。一切又都复归静默，风也细软，星空如谜。升至七八百米，身体逐渐放平，俯卧于下方的气流之上。

"我只能到这个高度。"

"飞吧，无所谓去哪，东南西北任你飞。"

"那最好，我是个路痴。"

载你在半空，随意飞荡，亦如一场微醺的徜徉。时高时低，时快时慢，我们飞过几重山，孜孜奔流的河水，工地，废墟，成排楼宇，被一些痕迹摩擦过的空阔雪地，农田，公路，街巷，桥，棱角分明的赤裸石块，深山老林和一片海。我们都不清楚所在何处，不过是地图上一小点，地面万千故事与是非，都那么小，从诞生到消亡，也无非一瞬一息。你说，虽悬空飘流，不知怎的，心底里反倒尤为稳当。我问你比起坐飞机，感觉如何。你说，如同褪去外壳，以本来面目，与幼年旧景坦率相见，时光一路往回倒，这大半浮生，场景一帧帧，竟也都似剧本演出，比不得此一刻来得更赤诚。

你忽在存念之中，想起早年隐约一幕，一直迷离难辨，如同虚构，倒是在当下，拥有了某种确证的真实感。那时女儿上小学，二年级暑假，正外出参加夏令营。你获得久违的清闲，下了班，泡进图书馆。看什么书，你已淡忘，只记得自己坐在靠窗拐角，埋头看进去，管理员喊清场，你也浑然不觉。粗心管理员同样未留意，到点锁门，关掉灯的光线在悠长夏昼里，并不曾暗下几分。待到暮色将尽，你才发现身陷困境。时候尚早，偌大场地静悄悄，你不觉得慌，反而有感于独享的隐秘乐趣。挨排书架，如延伸的旷野，你来回走动，简直听得到书中人物嬉笑怒骂，看得到字符飘飞不落边际，你跋涉，摇拂，孤身流浪，迷失于不相干的风景。

须臾，窗口进来一小阵风，将你唤回现时。天已黑下来，你想到拨打图书馆值班电话求助，却又试图自己找出路。你翻出窗子，来到走廊。这是三楼，走廊连接到另一间阅览室，进不去，黑漆漆。借着手机亮光，你又试其他道，都遇大门紧锁。你在走廊徘徊，沮丧渐渐涌上心。斜下方马路上，是一个热气腾腾的晚间，吃过饭的小孩们出来戏耍，《新白娘子传奇》火了很多年，依然是过家家首选，身披床单疯跑，就当是飞，煞有介事。口中嘿哈，手指绕几个圈，再一点，法力无边。

你怔怔望着，自身恍如被困在一个结界，忽而有雾弥漫，足迹消隐。

谁没有过关于飞的臆想呢，你顺带忆起，自己也曾寻求法力。那是在邮校念中专的日子，气功很是流行，大街小巷都在练，你也想一试，只为传说中飞行术。你跟随一伙人，参加气功强化培训班，专心练习，就地打坐，拿一口锅扣于头顶，用于接收宇宙信息磁场，达到天人合一境界，可练成飞天之功。你跟练数月，次次在学基础功，尚未进阶，师父却突然不知去向，再也联络不上。

你向天际凝神，天比地黑得朴素，雾歇，星出，只一颗。朝那星子看，你发现越是看得专注，星就越大越亮。你下意识起势——气功早已成过去式，这套最基础静功，却在当年反复习练中，烙下印记，常自发活动于你一些时刻——舌抵上颚，腹式呼吸，意守丹田，玉液还丹。你感到口内生津，肚子发出咕咕叫声，丹田位置有节奏跳动，掌心发热，这便是练功人所说的气感。你又朝天上别处看，陆续看出来好几颗星，在变大变亮。你一转头，在墨黑虚空，望见一红色发光体。

一个圆，气球样的物体。你盯住它，眼光随它向外推移，浮浮荡荡，被推到极目处。你看它迢迢远去，悄寂而独立。你看它时隐时现，看它踪迹飘逝。不知缘何，你心内怅然，似也随它到极其遥远的地方。半晌，又恍若所有遥远在迫近，撤退至脚下。你看小孩子仍在嬉戏喊叫，大人们摇扇闲聊，无人注意天空的动静。你再仰头，只见月明星稀，和多数夜晚相同。你又怀疑，刚才大抵是幻觉。

终于你只能动用电话求助。管理员边开门，边对你骂骂咧咧。你赔着笑脸，匆匆撤离。

不小心，我撞上一股疾风，咳嗽几声，放缓速度，下降些高度。

"可以带我去你们那儿吗？"你问。我没有回答，就当风声含混了话音。

8

自有记忆以来，我就身处那儿，在那儿一天天长大。除了飞行，我和你没两样，同天同地，活法相仿，喜怒哀乐皆类似。只不过天地间，并行着多个分支，你我属不同分支，对你来说，我们那儿不可见，但我看得见你们，因为我们那儿人，都自你们这里来。

"可我能看见你，还有圣埃克絮佩里。"

有研究表明，这是因两个分支发生折叠所致。但由于概率极低，至今仍无人解答，折叠究竟出现于何种情境。即便发生，也非人人可见，据说在你们这，庞大的人口数量中，能看见的，拢共不过几百人，你是这千万分之一，也是我遇到的第一个。

"刚才你和我吃饭，其他人看不见？"

这不一样。当我在你们这儿落地，就能被所有人看见。但对他们来说，这种看见，仅止步于肉眼，浮浅而短时，进不去记忆，没有人会再想起。更何况每次落地，只能持续几小时，我必须离地，否则身体变透明，回不到我们那儿。

"那会怎样？"

大概会到其他分支，我不知道，至少我们那儿，我还没待够。

"所以圣埃克絮佩里去了另一个分支，你我都看不见的分支。"

我也这么想。

"你很早就离开我们这里了？"

我出生在你们这，长到两三岁。还太小，关于这里、我家以及爸爸妈妈，我印象全无。在我们那，曾有人目睹，我被气球带走的意外场景。听说那天，爸妈牵我在广场玩。广场上有庆典，到处是彩色，站着很多人，也站着几只特别大、特别高的空飘气球，发散出耀眼红光。"妈妈你看"，我指向中间那只最大的。妈妈听不见，她又和爸爸吵起来，一吵就很投入。我脱开他们的手，自己朝大红气球奔去，眼睛自上往下，看到固定它的粗绳，在地面松动晃荡。我抱紧粗绳，用力拽。绳索牵拉几下，猛然脱离地表，升高，将我一并带起。

被人注意到时，我已由气球领入上方，人们够不着，救不到。风越来越高，越来越大，没有方向，我随之飘零，很快失去意识，不明去处。

等醒来，我就到了那儿，已与你们这里彼此相隔。我被好心人收养，过得不错，喜欢夜间飞行，常来你们这旅游，落地逛一逛，时而迷路，误打误撞也很好玩。

9

我们飞过好些路途，你说抱歉，想下去方便一下。正好，我也有此意。我们寻一处下落，走不远是个夜市，一家家琳琅小摊，明灭闪烁。沿路走过面馆，排档，路灯管理所，足疗店，旧货市场，远处有烟花盛放，近处店铺淌出被改编的流行歌。你记起，此处你来过，你指向斜对面那家熄灯的中国邮政，曾来开展业务交流。你说这里距大周村不算远，我说，一会儿飞去看看。

找到洗手间，才发现我们都没带纸巾。你去旁边小卖部买两包，递给我一包，清风牌的，你说。我随眼一看，扑哧笑，极相似包装和字形，却是拙劣模仿。你再一看，也笑开，哪里是"清风"，分明是"请凤"。

再次起飞，你指路，我带你飞往大周村上空。星子此时更明朗，我尽量飞低，乃至望得见碎布片做成的稻草人，干草堆，悬于墙头的拖把。一切仍是沉寂，你趴在我背上，向我描述着你的住处，人和猫狗，庄稼，上学走的路，及那棵大树。你说这几十年间，眼看省城日新月异，大周村面目也有了些变化，但没那么多。你又说回眼下，等天亮，单位那帮新员工，不知能否按时起床，得去拓展训练；女儿下夜班回去补觉，希望邻居小孩别吵闹；养老院护工昨天打来视频，母亲在那头哼哼唧唧要吃饺子，你答应回来就送去；老黄又感冒，让他吃药就是不听，硬扛，还当自己多年轻呢……

你声音越来越淡弱，然后静静睡着。我打开手机导航，飞回岛上团建区，将你背回房间。我悄悄带走你口袋那包"请凤"，正欲离去，你醒了。

"我睡了多久？"

"挺长。"

"啊，像没睡一样，像是你背着我在飞，飞了一夜。"

"怎么可能。"我笑说，"你喝多了，吃完我扶你回房休息，你挨床就睡。"

"原来是大梦一场？"你尚在回味，止不住疑惑，"太真了，比醒着都真。还记得中途下来上厕所，我买两包纸巾，结果是山寨的，我找找看。"

"你想象力太丰富。多谢款待，我该走啦。"

你送我到房门口。我让你再睡会儿，早上别忘叫那帮新员工起床，"后会有期"，我说。

浮出水面

那只小船可怜兮兮在湖心打转。环望四周，每个家庭都在说笑间划桨，动作轻快自如，有的已划到终点，孩子站岸边，大呼小叫。只有他们落后，赵畅坐这头，康群坐那头，各持一只船桨，六岁的小朵坐两人之间。

康群很卖力，赵畅也尽量配合，小朵甚至充当起指挥。但就是怎样都不对，前后不对，左右不对，费很大劲，偏不往一处使。小船摇荡于硕大湖面，晃啊晃，晃成一叶孤舟。四面水声与人声，越发叫人沮丧。岸上孩子们大喊：康小朵加油！是的，在这里，她不叫赵畅，他也不叫康群，他们叫康小朵妈妈和康小朵爸爸。

这该死的亲子活动，满身大汗的赵畅心里骂，不会再有第二次。她深信，哪怕自己一个人划，也比和康群好。她恨不能把他推下水，或者被他推下。

她脑海骤然浮现另一张面孔，如果对面坐的是章燚，一定顺利得多。

想到这里，像抓住救命稻草，赵畅一发力，与康群协调起来。小船不再徘徊，径直往一个方向驶去，总算没被看笑话太久。

船靠岸，脱下救生衣，赵畅找一处树荫下草地坐倒，就再不想动弹。太阳无精打采缀于天边，发出闷闷的光，康群已带着小朵，和其他家庭一起，开始搭帐篷。眼前一团欢笑，赵畅掏出手机，给章燚发消息：我这种人，大概就没什么快乐可言吧。

过几分钟，章燚回：怎么了？亲子活动没意思？

尴尬透了，我把他想象成你，才好过一些。

无论是谁，我都希望你开心点，好吗。

赵畅回个"嗯"的猫咪点头表情，章燚补充道：你开心对我很重要。

靠章燚这句话，赵畅支撑起身，走入妈妈们的气氛。聊一聊，抓几根肉串在烤架上翻滚，跟她们一块儿被呛得咳嗽、流泪。康群带小朵把帐篷搭好，又去帮助进展较慢的家庭。透过缓缓上升的烟气，赵畅恍惚感知着眼前场景的虚无。平日里，她有时点支烟，并不吸，只是看它自己烧完，细细的白色气息向上伸展，再四散开来，她喜欢目光与它们交缠，沉溺在这种虚无，像一个游离幻境。也就一刻工夫，若被父母公婆和康群看见，总免不了说几句，先是对身体不好，后来是对孩子不好，开始她还声明，自己并未吸入，很快发现声明根本无效。特别是康群，在外面被问到有无打火机，他总要说，没有，我不抽烟，没有打火机。赵畅听来心烦，没有就说没有就是，不抽烟，有什么好炫耀吗？

肉串一烤熟，即刻被孩子们哄抢。烟气飘散，眼前又清晰起来，赵畅看见仍在大人和孩子当中穿来穿去的康群，走路低着头，明明空间足够，非要侧身从最边上削过去，像个罪犯。

他永远这个样子，赵畅心里铺了一层灰，他到底不是章燚。

又看见小朵，跟随康群穿来穿去，忙碌而有耐心。赵畅远远打量，小朵走路姿势像是康群的复刻，点头也一模一样，脖子不是直接朝下，而是先往后仰，从后向前再向后，画一个椭圆。平常没注意，倒也觉察不出。今天这一番细看，发现小朵举手投足间，乃至讲话时面部表情，全然是康群，找不到一处像自己的。

如果离婚，她承认，小朵自然是给康群更好。不止因为相像，更是各方面综合考量。就算让小朵自己选，恐怕也是康群占优势。赵畅默默叹息，小朵还有漫长人生要经历，自己还没到调教她抬头挺胸之时，在她月经初潮给她指导，和她共用化妆品，当她遇到爱情与她分享秘密（如果她愿意），就已经想从这个家抽身而出。心头有拉扯的不忍，可一转念，赵畅又心疼起自己，如果不离开，日子就如刚才划船，过去是，现在是，将来更是。而这，同样是漫长的。

离婚是由来已久的念头，一直说不出口。和康群的每一天，于她都是忍受。她用冷水洗脸，他说该用热水，不然刺激皮肤；她拆开的快递盒，他捡回来，把个人信息撕成小碎块，分开扔进不同垃圾桶，防止不法分子利用；每天早上给她倒杯温开水；在她痛经时给她煮生姜红糖水，灌热水袋；看预报有雨，叮嘱她出门带伞。凡此种种，让她恼火得要命。她曾试着与他交谈，希望他放松些，自己就爱冷水洗脸，不习惯早上喝水，下小雨懒得打伞，也不在乎那点微不足道的个人信息，至于痛经，一片布洛芬就解决的事，谁还抱热水袋在那忍痛！沟通总以失败告终，康群一句"都是为你好"，让她所有辩论都像是无病呻吟。

当年康群在她家人面前承诺，我知道赵畅是你们的掌上明珠，请放心把她交给我，我一定加倍照顾，不让她受一点苦。这么些年来，他果真严密践行承诺，不容许自己有丝毫疏忽。可是她呢，她分明觉得，自己在受苦。

更悲哀的是，这苦无法与人说。说出来，本意被曲解，倒像在炫耀自己有个十里挑一的模范丈夫。上哪儿去找对你这么好的人？人家言语里，都是羡慕。

不是这样的，她解释着，跟我没关系，他换个人结婚也一样，他本就是这种人，在他眼里，对老婆好是天经地义的事。

这还不够？有什么区别？

区别太大。她尝试进一步解释，而听者并不具备与之对应的耐性和诚心。酗酒、赌博、家暴，出轨，与别人妻子那些直观、具象、可确认的正当痛苦相比，她的近乎玩笑。她多希望康群能沾点什么，可他偏一无所有。哪怕是发胖、秃顶、打呼，她连这点抱怨的凭据也没有。简直过分。

可她的苦，明明也是真切的。

她早就生厌了。他拖鞋趿拉声，他咀嚼饭菜的声音和拿筷子的姿势，他破几个洞还在穿的内裤，他在床上一成不变的流程和体位，他开门时把钥匙转得哗啦响，他将用剩的水攒下来冲厕所……她厌恶，连同他整个人，面目愈发可憎，她不想看到听到，不想有交流触碰。某个晚上，他端一大盆洗碗水，从厨房去卫生间，准备倒进坐便器旁边的桶里再利用。她刚洗完澡出来，想要避开，却和他撞上，漂着菜叶的水溅出，洒到她新买的丝绸睡裙上。她气不打一处来，你就不能正常冲厕所？省这点水干吗！他慢条斯理，很多山区孩子还没水喝呢。她一脚踢翻他的盆，就缺你这点水！

情绪的崩塌瞬时袭来，脸上泪和地上水，同样势头汹涌。水的蔓延，又似乎助长着她的悲伤，她放开哭腔，乃至大喊。他不搭话，沉默递给她纸巾，她抓过来撕粉碎，砸一地，狠狠指向他，我的人生都被你毁了！他仍不答话，沉默拿来拖把，把地弄干净。这叫她更恨，她巴不得他跟她大吵一架。可每次无论她怎么发火，他都默不作声，使得她所有情绪统统还给自己，更显得是她在无理取闹。康群，你太可恶！

这便是眼下日子，好比一场持续不退的洪水，她身陷其中，水就快要漫到胸口。刚好这时，章燚来了。相隔十二年，重又出现在她生活里。字典上说，"燚"读音"yì"，两层意思，一形容火剧烈燃烧，二用作人名，有平安之意。十二年前章燚告诉过她，自己名字由来，正因出生时发大水。十二年后某一天，在她觉得快被淹死时，她需要浮出水面，呼吸，燃烧。

要不是重装微信，重设朋友权限，系统推荐手机联系人，章燚名字赫然显现，赵畅真当此人早已安放记忆一角，如同其他很多波澜不惊的名字一样。可章燚又是不一样的，一旦再次被看见，赵畅就莫名知道，二人曾短暂上演的剧情，要有续集。她心里跳几下，去点"添加"。

等待对方通过期间，她努力回想章燚样貌，记不清，实际上也没看清过。他们只见过一面，十二年前，还是晚上。只有模糊轮廓，个子比她略高，偏瘦，尖下巴，眼睛不大，皮肤挺白，头发蓬松。

她和章燚虽在同一所大学，但不同系，此前四年从未相识。直到毕业季，吃散伙饭，在学校周边闹哄哄小饭馆，她这桌和他那桌有人相熟，彼此招呼，后来进同一间KTV。光线昏暗大包间，有人伤感茫然，有人尽情狂欢。那时她没有恋情纠葛，父母已托关系帮她找好工作，她说不上喜欢，但也不曾去想更好的选择。身为本地人，她没有多余留恋和期待，甚至羡慕其他人拖沉沉的箱子奔忙往返。她并无他们那般强烈情感要表达，反倒在种种情感的漩涡中心，觉得安宁。

她看到章燊，他唱"你当我是浮夸吧，夸张只因我很怕，似木头似石头的话，得到注意吗"，她有点吃惊他会唱且敢唱。当时这首歌推出不久，多数人还欣赏不来，却是她私自的心头爱。她至今记得他唱功一般，不标准的粤语发音，每一字都吐得分明，拼了命，要顶到最响，唱破声也不停歇。那样声嘶力竭，搅扰着她的安宁，令她有对他掏心掏肺的冲动。

散场之后，也不知怎的，先前一道的同学，纷纷找寻不见，只剩章燊和她同路。简单聊聊各自，章燊说，你看起来跟其他人不太一样。

怎么说？

他们身上，都透着一股慌里慌张的劲儿，你没有，你好安静。

她又是一惊。此时此地，此人此话，于她都仿佛正中靶心。她反问道，那你呢，你慌张吗？

章燊想了想，诚恳回答，我不知道。

在宿舍楼下告别，他们交换手机号和QQ，自此没再见过面。第二天章燊便去往S城参加面试，之后留在那里工作。

有大半年时间，他们几乎每晚聊QQ。她与他分享日常，谈论音乐和电影，聊自己小时候，在除夕夜边陪长辈看春晚，边和他嘲笑一个个节目。她还时常向他描述起一些空荡而柔软的感受，比如暗黄中泛着晚霞色泽的落叶，楼梯拐角光和影，或是台风过境的晚上，自己一人躲在雨衣里面，踩水慢慢走，一路看云朵飞快游动。

现在想来，她多怀念那时，有完整自己，还有一个能说说话的人。这么多年过去，她再没遇见章燊这样的人，可以让她舒服袒露自身的幼稚、脆弱与恐惧。赵畅望向镜中，一点也不喜欢自己现在的样子。倒不是因为日渐显现的眼纹和法令纹，而是她变慌张，困在日复一日疲惫和消耗里，她再不是安静的了。

她于是又恨起康群来，连带她自己。不知多少次后悔，要是当初再坚持一下，就不会和康群结婚，也不会活成现在这样。从开始交往那会儿，她就意识到，康群是个好人，但不对。康群的好，无法给她快乐。康群听到的歌，都是她几年前就听过，如今早已烂大街的。康群买花只晓得大红玫瑰，巧克力也总是同一种，吃到她再也不想吃。

尽管意识到问题，她还是做鸵鸟，彼时她尚未从上一段被持久伤害的恋情里真正走出，需要比快乐更加稳妥的东西。何况她还反复让自己相信，日后经磨合，会有改观。接下来就越发不可收拾，康群见她家人。踏实靠谱，会过日子，脾性好，工作也好，收入是她两倍，家人们像面试官，挨个打出高分，爷爷加上一句，而且他还是党员。没过多久，爷爷身体就不好了，希望看到她和康群尽快结婚。又没多久，康群爷爷身体也不好了，希望尽快抱上重孙。而到今天，两位爷爷依然活得好好的，早上结伴去公园散步，一起数落儿女不称心。

赵畅又看一次微信，章燊通过申请，给她发来龇牙笑的表情。她没有马上回，先翻看他信息，头像是烈焰中的字母"Z"，所在地区仍是S城，朋友圈仅三天可见，当下是空白。面目模糊的人，十二年的沉寂，她一时又心生犹豫，不晓得，存在她记忆里的温柔底色，是否留得住。

当年他和她并没有谈恋爱，有阵子，她工作总要处理无法改动的文档，她次次发给他帮忙转换格式，他都很快反馈回来。之后有天，他教会她转换方法，她说，原来这么简单，你怎么不早告诉我。他说，那样的话，你就不会找我了。这是他们最暧昧言语，此后走向并未顺势发展，而是几乎在同一时间，他们各自走进一段恋情，二人关系就此过渡为安全的友谊。章燊对那个姑娘展开热烈追逐，她没觉得嫉妒，因为她也在倾心关注一个男生。不同的是，章燊经受重重考验，最终修成正果，而她，却在长期卑微与纠缠间，耗尽力气，终是伤得一败涂地，以至于落到康群手里。

在此期间，她与章燊的热络自然降下温，聊天越渐稀薄，缩减至只剩节日祝福和生日问候，再到连这些也显得既寡淡又刻意，就默契睡着在彼此通讯录里。赵畅记得和章燊倒数几次的对话，那时她仍在苦情挣扎，明知那男生回老家，不愿再见她，还执意要坐六小时长途车找过去。她知道章燊熟悉那里，便向他打听汽车班次。章燊对她感情状态有所知，但并未多问一句，只在告知她后，又说，坐火车吧，舒服点。当时她心不在焉，对这话不以为意。而在此后多年，她想起来几次，觉出那是章燊的温柔，尊重她一意孤行不打扰，又力所能及让她好过一点。至于坐车去看的那个人，如今只让她羞耻和不屑。反倒是章燊，温柔底色长久驻留，令她心存感动。

赵畅给章燊回复同样表情。聊起近况，章燊已于一年前离婚，没有提及原因。赵畅反复把垂下的长发缠绕在手指，随手揪下两三根，揉成团。身下的地面，已可见大把乱发，蜷缩，扭曲。她多想明确发出：你也离了？再轻松回答：是，我也。

可她没办法的。康群正弯腰低头使着扫帚，在她眼前晃。他扫地样子也像罪犯，他打扫房间次序和路线从不变，她知道很快就要扫到她这边，只需轻轻挥动一下，就把她一地的心事变作垃圾。她烦躁地走开。

在亲子活动和那只小船较劲的时候，赵畅已与章燊持续三月有余的微信聊天。像从前一样，没有电话和视频。尤其是视频，赵畅向来心怀抵触，突兀而变形的脸，占据满屏，空间被压缩到令人局促。他们只在文字上交换彼此心思，话题比从前更为具体和坦白，包括身体欲望，仅和他话语缱绻，就让她双腿发软，暗地里开出湿润的花。她很久不曾体会这种战栗，在康群面前，她总是干涸的。那个可以说说话的人，回来了，也带回一部分的她自己。她又获得一点快乐。章燊把头像换成他们共同喜欢的一张小众专辑封面，偶尔发条朋友圈，即便只是工作相关，也令她心头欢喜雀跃。家里像是多出一个透明房间，只她看得见，只她在里面开窗透气，康群永远打扫不到。

章燊参加部门团建，给她发来一张合影。照片上八九人，个个挂笑，身着统一白T恤，站成不规则两排，各自摆造型。她一眼认出，第一排最左边，那个竖大拇指的，有点瘦，一头蓬松短发，眯眼睛，笑起来下巴尖尖。没错。尽管章燊长相未曾清晰过，但凭这些特征，已足够准确辨认。她凝视他面容，那样眉目，那样神情，一会儿感到陌生，一会儿又熟识得不容置疑。

唯一偏差，是照片里他皮肤黝黑，而她记得他挺白。但这不是问题，偏差本就客观存在，当年他样貌呈现，是在 KTV 包间和那一小段夜路，现在他们头顶蓝天白云，背后是明媚清洁的公路。再说，就是长期日晒所致，也完全说得通。这样想着，赵畅打消了把他圈出来去跟章燊确认的念头，不想让章燊认为，自己连他模样都还要分辨，这对不住他们的关系。

你还是老样子，赵畅说。依旧是你的少年，章燊说。

赵畅把照片保存至相册，时常点开，放大看。皮肤黑点更好，康群就白，白得叫人讨厌。十二年，整整一轮，岁月当然也在他面庞刻下纹路，但重要是当年那股诚恳傻气，还留在他脸上。就像他曾看出她的安静，此时的他，看起来一点也不慌张。看着看着，赵畅就笑，被窝里笑出声。听见康群进房间，当即收回笑意，她要保护好章燊。

但她其实又隐隐盼着康群看见，她有意无意做过几次尝试。比如那天划完船，她手机搁在近旁草地，屏亮着，页面停留在章燊对话框。只要康群走近，轻易就能瞥见那段"我把他想象成你"的对话。哪怕是被其他家长窥见，去给康群一个添油加醋的暗示，也可以。到那个时候，婚姻生活总该有所改变。一切可以坦荡说出，你看，是因为有别人。就算被人唾骂，也总比一再去表达无人理会的厌烦感，要干脆便利得多。

从康群反应来看，至今仍未被觉察。这又让她暗自庆幸，毕竟她的章燊，还未肉身实体出现在她面前，不足以叫她攒够摊牌的胆量和决心。

章燊提出见面时，赵畅愣一下，考虑片刻，便答应下来。在从前，让她享受的似乎只是密集而纯粹的聊天，S 城离她不过两小时车程，但她一直不曾有强烈的见面愿望，章燊也没表示过。如今赵畅想来，要是当初见面，很可能就是完全不一样的故事。

当下就是故事改写机会，这一面，迟早要见的。

他们约见在周六，当天来回。地点选在她和S城中间的一个城市，他开车一小时，她坐高铁一刻钟。她从周二就失眠，周三在想大后天穿什么，思来想去总觉单调，下班赶去商场，物色相宜的配饰和妆品。周四琢磨，总该给章燊带份小礼物，要够浪漫，要小巧不显眼，要自然随意不能贵重。思量一天，下班又赶往商场，选中一款300多元银河投影灯，装进手提包。到家告知康群，后天要值一整天班。

周五是坐立不安的，眼前尽是和章燊重逢，无数帧画面，照片上的他，有模有样，有血有肉。直到傍晚，康群来电打断她遐想：临时通知，周末到省城出差，明天一早出发。她心一沉，怎么这样突然？康群抱歉地解释原因，及其不可推脱性，并请她值班把小朵带去公司。在平时是没问题，她以前就这样做过，何况小朵也不吵闹。父母和公婆不巧又都脱不开身，她没有拒绝的道理。

周六一大早，康群走了。赵畅仔细梳妆，故作轻松对小朵说，妈妈要出去一下，你自己在家好不好？午饭爸爸已经做好在冰箱，你自己放微波炉热一下，好不好？

我一个人在家害怕，我想跟妈妈一起。赵畅没料到小朵的反应，用近乎哀求的绵软语气对她说，妈妈晚上就回来陪你，我们小朵最勇敢，对吗？

小朵却是一副哀求表情，妈妈不要丢下我，我怕鬼。小朵边说,边四处比画,她指向电视机,鬼会从里面爬下来;走到窗口,鬼会从外面飘进来;站在衣柜边,鬼会从衣服里钻出来。

赵畅本想说,那都是吓唬小朋友的,根本没有鬼。可她随即想,难道自己心里没鬼?小朵一脸认真和倔强,以至于泪眼汪汪,显得非常无辜,把赵畅的心打得湿漉漉。赵畅看着小朵,发现她无辜起来的模样,倒是和自己有几分天然相像。终于在小朵身上,找到一点像自己的。

她无论如何也狠不下心,除了对小朵妥协,别无他法。只好趁章燚尚未出发,赶紧发消息,如实告诉他自己的难处和歉意。好在章燚表示出十分体贴的理解,他们约定下周六再相见。

这让她稍感安慰,可接下来呢。她想起小时候学游泳,好不容易探出脑袋,未及真正换气,却又被教练按进深水。现在她家里,满屋子都是这感觉,实在待不下去。

于是这一天,她真的带小朵在公司度过,呆坐电脑前,胡乱刷网页。小朵捧着平板电脑,玩游戏,看动画片,她还不会明白,以后就不能和妈妈在一起了,赵畅每每想到这,只能叹气,心绪摇摇晃晃,跌落于晦暗不明的水下。

到第二个周四,赵畅又已是满心酝酿。正想这次该编排什么事由,去跟康群交代,却收到章燚信息,S城出现疫情,自己被封在小区。章燚给她发来详细的官方通报,还有物业群通知截图,和封控现场照片。赵畅望向窗外苦笑,这个多雨时节,空气是灰蒙蒙的暗色调,她顿感周身湿冷。平静一会,只得回复:没关系,你多加注意。

S城疫情所幸并未继续扩展,一周后,章燚小区解封。他们再次相约,下周六见。

赵畅没再预备心力和勇气去铺垫情绪，它们已在前两次期盼中，所剩无几。这次就随便吧，她索性想，倘若再落空，就到此为止。至于康群那边，她也懒得再找借口，以免又面临要去圆谎的可能。

这一回，人与事都老实得很，没有节外生枝。周六到了，还是难得的晴好天气。赵畅醒得很早，待一切准备就绪，才轻描淡写和康群说，我有事出去，晚上回。康群神态有些错愕，他点点头，又张口似乎想说什么。不等他说，赵畅已匆匆出门。坐上到高铁站的出租车，终于长长舒一口气。

她在约定城市出站，章燚也已在停车场等她。按捺住躁动不已的心神，循着车牌号，她走向他的车。

打开车门一瞬，赵畅呆住。驾驶座的人，是谁？他朝她露笑脸，赵畅，好久不见。

章，章燚？她愣在那里。眼前人，肥胖躯体像只苍老的熊，油亮硕大脑门，耷拉几缕稀发，脸上肉太多，以致鼻梁被左右拉扯得模糊不清。赵畅努力克制内心的翻江倒海，强迫自己坐进副驾驶，关上车门。

怎么，不认得我？你不是说，我还是老样子吗？

声音是他没错。赵畅翻出那张照片，全然忘记先前那些顾虑，直指第一排最左边，他不是你？

哦，那是我同事，我在这里啊。章燚指向第二排中间，那个举着拳头的。赵畅一看，果然，白得像一头猪，笑比不笑还难看。而在此刻之前，她压根未曾注意，照片上还有这么一个人。什么叫视而不见，她一下子有深刻体会。这，少年？见鬼吧！

正哭笑不得，章燚已拉住她的手。这画面她当然在脑中预演过，光是预演，就让她心底一点一点甜上来，可以甜到近乎融化。出发之前，她也已在包里备好避孕套。然而万万没料到，近在咫尺这副嘴脸，让她一阵恶心。她赶忙掰开手，问道，可你为什么不告诉我？我说你是老样子，你为什么答应得好好的？

我不知道你认错人啊，我本来就是这个样子，顶多比过去胖点，头发少点，这也很正常，我想你不会介意。

赵畅冷冷地看他，他下嘴唇像个大瓢，说话时动来动去，像要随时托住不稳定的上唇。她不知说什么好，只能强撑着僵在那里。

这时，章燚微信电话响起。赵畅分明看见，那上面显示的是：老婆。

你接，赵畅命令道。

电话那头，女人在用章燚银行卡转账，问他要短信验证码。章燚报给她，说自己正在开车。那头说，注意安全，早点回来。赵畅还隐约听到婴儿啼哭。

章燚挂掉电话，赵畅再也顾不上什么情面，一把夺过他手机。点开老婆对话框，快递单号，买菜种类，接孩子时间，家庭聚餐地点，物业账单……平淡而烟火气十足的字里行间，是她与章燚从不可能涉及的聊天领域。虽然她和他每日对话都比这长好几倍，可相比之下，简直轻飘得如同过家家，风一吹就消散。她突然难过至极，什么温柔体贴关心感动，多打几个字的事，而已。甚至在他手机里，累积几个月的字句全已消失无踪，从没存在过一样。和她的对话框，只有刚才一句：我到了，停车场等你。

他发的朋友圈，远不止她所见寥寥几条工作内容。原来他的生活比他描述给她的，要丰富得多。被设置为她不可见的，是他一家三口去沙漠看骆驼，在海滩捡贝壳，他给老婆拍摄艺术照，结婚纪念日的心形焰火，他儿子练滑板和跆拳道。以及最近一条，他刚刚拥有第二个孩子，母女平安。

她顿时想到什么，再次确认他女儿出生日期。果不其然，正是他说小区被封那天。当时她还为他牵挂，担心他一个人，生活物资是否充足。

一时间，太多话堵在心口。赵畅深呼吸几下，只吐出一句，你根本不住那个小区。

章燚低头沉默。

你为什么要这样啊？

我只是想让你心情好一点，再说这也不影响我们的感情。现在这样，不是很好么，我也喜欢跟你在一起的感觉。章燚靠过来，试图抱住她微微发抖的身子。你看我们今天怎么安排，是先去哪逛一逛，还是直接去酒店？

赵畅慌忙拉开车门，头也不回地跑开。买最近一趟高铁，逃回她的城市。

下了车，日光明晃晃，眼下是一整个白天，等她熬。她没有出站，像个流浪的人，飘飘荡荡寻一处角落，靠墙瘫坐。她呆呆看向一批又一批走下列车的人，看他们广大的迅疾的流动，她看见每一张戴口罩的脸，她看着密密麻麻的空。这个早晨，反复闪现眼前，像挥不去的噩梦。她已哭不出来，心脏有如被灼烧，她听得见阵阵爆裂。她感受到从未有过的荒芜。

坐完一个白天，直到暮色笼罩，她用最后一点力气回家。

餐桌上，蓝莓慕斯蛋糕映入眼帘，康群正握着小朵的手，小朵握着塑料锯齿刀。见她进门，他们停下切蛋糕动作，小朵迎上来，妈妈你回来啦，爸爸今天过生日呢。

小朵的声音，像是从遥远地方飘来，又立刻变得极近。赵畅随即想起来，对啊，今天是康群生日。

康群笑笑，我无所谓，主要是这只小馋猫想吃蛋糕。又对赵畅说，吃了吗，我们刚吃完面条，要不要给你下一碗？赵畅灌下一大杯水，清清嗓子，不用，吃蛋糕就行。一天没有吃喝，她现在才有了饥渴的觉知。

妈妈，我想点蜡烛让爸爸许愿，爸爸还不好意思。

小朵，妈妈有更漂亮的礼物。赵畅艰难展开笑颜，从包里拿出藏了好多天却没送出去的银河投影灯。在小朵满是惊喜的期待下，赵畅关掉大灯，打开手里小小魔法。

霎时间，头顶上方变作璀璨星空，宽阔的银色长河，闪着梦幻之光。哇哦，好好看！小朵欢呼，那个最大的星星是爸爸，旁边是妈妈，底下那一颗小的是我。爸爸快许愿！

康群于是双手交叉胸前，闭上眼。小朵拍手唱歌，祝你生日快乐，祝你生日快乐。赵畅也张开嘴，小声和着，祝你生日快乐，祝你生日快乐。她有一些眩晕的感觉，恍若星空倒转，自己如同那只可怜兮兮的小船，孤单地跌进银河里。

她非常想念照片第一排最左边那个人。

白马

天还没亮，来人到齐，屋里屋外闲聊，把清晨弄得聒噪。我换好黑西服套装，和爸妈同时出门，兵分两路。我与几人一道，往这边，车头扎鲜花，玫瑰百合郁金香，看着挺庄重，我整整领结，坐进车里。看那边，爸妈皆是灰色调着装，与另一伙人上车，车头也扎花，是一大朵白花。

我家到闵婕家，走路只需五分钟。今天是大日子，必须开车，他们说。他们边讲节哀顺变，边道恭喜恭喜。他们喊新郎官，我总要反应一下，才意识到，是在叫我。

闵婕坐在床中央，一身金红嫁衣，下摆摊开，几乎覆满床面。我献捧花，她的伴娘和姐妹只稍起哄，就放过我。摄影师拍照片视频，跟妆师帮闵婕换装，很快，眼前闵婕简约白婚纱，外裹黑色长羽绒服，由堂弟背下楼，与我坐进婚车。她父母等一众随后，大家前往公墓会合。

天放亮，沿途已然热闹，一辆大货车，挂车载满满当当黄色树叶，不知用什么制成，黄得晃眼。前些天大降温，刮风下雨，今年最后一拨秋叶几乎

176

落尽。为迎接文明创建检查，县里觉得，主干道上，两排秃树不好看，于是想到人造。看工人们正往树上一片片安装，我都替他们累。接亲这就算完成，我默默舒口气，很顺利，没被折腾，这点我真心感谢我奶奶。

奶奶走得毫无征兆，坐沙发看电视，还说笑着，突然一头栽倒，人事不省。送去医院，颅内大面积出血，抢救无望。我和闵婕从H市赶回县城，直奔病房，家人已在走廊集聚，面色凝重。我爸说："进去看看吧，就剩最后一口气，在等你。"我到昏迷的奶奶床头，我妈说："你喊一声。"我说："奶奶，我小远啊，我来看你了。"

不多时，奶奶正式没了。第三天告别仪式，遗体火化，骨灰暂存殡仪馆。之后买墓，刻碑，请人算日子下葬。大师多方测算，给定时日。那个日期，正是我和闵婕的婚期。

大师言之凿凿："老人家正日子，错过要再等一年。"老家讲究入土为安，等太久，是为不敬。而婚礼改期，同样麻烦，还要付违约金。

"一天就一天。"我说。

我想的是，两头一把解决，流程都简化些，省事。爸妈第一反应是，这哪行。转念一想，倒也行。再一想，还挺好。我爸说："天意啊，你奶奶最疼你，她这是地下有知，特意来看她大孙子结婚。"我说："奶奶还没到地下。"我妈白我一眼："得看小婕家意思，怕人家嫌不吉利。"

闵婕同意，说很有意义，而且奶奶高寿，又没受病痛折磨，是福，我们也沾沾福气。我把闵婕话转述，我妈眉开眼笑："小婕就是明事理，裴远，你这人样样不行，倒是给我讨个好儿媳。"

我爸说:"你奶奶看到,不晓得有多高兴。"

我当过伴郎,见过接亲对于新郎,是多不友好。哪天轮到自己,光是想想,就仿佛浑身散架。今天过程干脆,没被堵门外答题,没找鞋,没被灌大桶雪碧,因为要赶去参加奶奶下葬,闹腾环节都略去,正合我意。

其实,如果新娘是金鸣鸣,我还挺愿意跟她闹一闹,哪怕她把我往死里整。

前女友那么多个,不知为何,就最想金鸣鸣。婚礼现场要发表感言,昨晚我在背词,"一个人的一生,就是和几个人的关系",词是闵婕帮我写的,我边背,边想,要是金鸣鸣没把我拉黑,我还能问问她,第一,我是不是你一生中留有印迹的人?第二,我明天结婚,你有什么意见?你要不答应,我就不结。

我也就随便一念,反正没机会了。

出殡途中,车队本应半路停靠,所有人下车,披麻戴孝跪马路中间,默哀三分钟。这在县里约定俗成,其余车辆见状,都自觉让路。今日考虑有婚车,这一步也省去。一路只撒些纸钱,放几声电子鞭炮,直达公墓。这点,我又真心感谢闵婕。

到达墓园时,爸妈一行人也已从殡仪馆取骨灰过来,正和大师讨论及确认。大师面阔腰圆,胡须似藤蔓,一袭黑色风衣,长及脚踝。我妈塞给大师一包香烟,大师又要两包,说给司机和助手。其余亲属陆续到,闵婕那边也来不少。县城这点大,人几乎都相识,一连就成串。我奶奶跟闵婕奶奶是同事,我爸跟闵婕爸是同学,我跟闵婕在高中之前,一直同校不同班。两家住得近,走动多,但都是大人之间,我对闵婕,真没多深印象。早年唯一记得的事,是香港回归前夕,我们6岁,闵婕把圆周率背到小数点后 1997 位，为此还上过电视台。那是我第一次听说圆周率。

这些年，似一晃眼，说不清发生什么，就弄到结婚这地步。青梅竹马，天造地设，两小无猜，百年好合，耳边尽是这些字眼。婚庆公司发来照片，酒店门头 LED 屏，一行大红字缓缓滚动："恭贺新郎裴远 新娘闵婕 新婚誌禧"。我想，下一次自己名字再上 LED 屏，应该就在殡仪馆了，怎么打都行，横竖我看不到。

来不及恍惚，我跟随一大群人往里走。墓园如今扩建，放眼望去，三面山坡种满墓碑，灰白成片，其间穿插郁郁团团的绿，是刺柏，都不大，一人身高，四季常青。上十几级陡峭台阶，与一个个亡灵擦身而过，到奶奶墓碑位置。碑上嵌有奶奶照片，正中一排竖字：先母王月华太君之墓，将碑面一分为二。右半边刻生卒年月日，左半边是家人名，从右向左刻：子，女。往下对应：媳，婿。再往下：孙，闵婕名字挨我左侧。再往下：曾孙，裴国正，裴国昌。其他字均为白色，这俩名字为红，表示未出生。我靠近我妈："这名谁取的？"我妈说："大师。"我问："以后真得叫？"我妈说："不一定。"我暗暗松口气。

大师告知程序，先放骨灰盒，摆供品，待时辰一到，封穴同时他念下葬词，并指导我们，他念完第七句，要大家齐声念下句：富贵万万年。

身为长子的我爸，将墓碑墓穴擦拭干净，先在穴内烧纸三张，俗称"暖穴"，让奶奶别冻着。穴底垫一块黄布，再将骨灰盒安放其上，盒面盖白布，叫"铺金盖银"。随后在碑前放置灵位牌，我和闵婕帮忙摆上奶奶爱吃的香蕉、橘子、桃酥，还有她水杯，满了一杯她最常喝的茉莉花茶。

我看身旁，我妈已在酝酿情绪。我问她："不是说有个白马，在哪？"我妈不耐烦："晚上才用。"园内两个工作人员过来，与大师闲聊，大师又找我妈要两包烟。而后，我妈继续专注于准备眼泪。我想起前些时候，遗体告别仪式，对着躺棺材里、妆容古怪的奶奶，我妈下跪时，哭得喘不上气，差点晕倒，被人扶到侧面等待室。

大家感动于她的孝心，知道她心脏不好，安慰她切勿哀伤过度。等缓过劲，奶奶已化成一盒灰。我妈回到家，一改悲恸神色，对我说："人死不能复生，要向前看。"她神采奕奕，即刻投入我的婚事筹办。

奶奶是疼我，但这种场合，我哭不出来。从前爷爷去世，我还在小学，对于死别尚无知，不懂如何悲伤，生平第一次参加葬礼，我杵在那，像个呆子。我妈见状，把她本就响亮的哭声转为号啕，边哭边喊："爷爷以后，再也不能送小远上学，再也不能给小远讲故事了，爷爷，小远想你啊……"在她努力下，我终于淌出一些眼泪。

不知为什么，我妈每次都能如此伤心。记忆里，我妈和奶奶常闹矛盾，我初中后，奶奶就从我家住到小姑家，一直住到最后。在此期间，我妈和奶奶见面，仅限于年节，也说不了几句话。

我妈泪汪汪，对旁人念及她与奶奶相处的祥和时光，语气真诚动人。旁人听来，也不禁抹起眼泪，包括闵婕。这让我再次恍惚，我妈所说，和我记得的，哪个是真？可能我记忆有偏差，这也是常事。就像我妈老说，她心脏不好，源于我七八岁那会，我太闹腾，下手不知轻重，一拳打她胸口，她都被打蒙，那以后，心脏就频出问题。关于这事，我如何也想不起。我妈说，你那时小，不记事。她说过很多遍，讲给不同人听，人人都说，你看你妈为你，牺牲多大，你要对她好。

时辰到，工作人员开始封穴，盖石板，固定完好并塑封。与之同步，乐队声响，唢呐呜呜咽咽，奏"今天是个好日子，心想的事儿都能成"。我心下好奇，环顾四周，个个面容悲戚，无人质疑。身旁闵婕拉我衣袖，示意我严肃点，别东张西望。我小声问："这曲子，是不是弄错了？"闵婕低语："没错，奶奶是喜丧。"

我不再讲话，随大家依序跪一排。大师站在最前，昂首挺胸，熟练地念下葬词，五字一句，吐字含糊不清，加上《好日子》伴奏，我一个字也没听准。嘟哝到某句，大师手指向我们："答！答！"大家这才反应过来，忙像小学生一样，不整齐地喊："富贵万万年！"我妈声音最大，我还没来得及说出口，就特想笑，用劲掐自己大腿，才忍住。

大师往下念，后面变成七字一句，再往后更长。我终于听清一些，大师一直问候到奶奶后辈多少代，大致意思，奶奶在天之灵，福佑子孙万代。我只觉得，奶奶太辛苦，死都不安稳，还得护佑那么多人。

念诵完毕，大家轮流上香、磕头。我和闵婕跪拜时，我妈在一旁念念有词。她脸上满是泪痕，挂着微笑："妈啊，小婕也是你看着长大的，你总夸她好，眼下你都看见，圆你心愿喽，你安心走……"

我妈又说："你们也讲两句。"我说："奶奶，一路走好。"气氛就此冷场，我实在没话，好在闵婕救场。她哽咽："奶奶，我知道，小远是您掌上明珠，您放心，我一定对他好。以后，我们带您重孙、重孙女一起来看您。"

我顿觉一阵恐惧，鸡皮疙瘩泛起。但我也承认，这话奶奶肯定爱听，她要真听到，能乐得还魂。这点我不得不佩服闵婕，她说话，人都乐意听。果然，我妈也欣慰地拭去眼角泪。我又想，换作金呜呜，不知会是何种场面。

金呜呜只来过我家一次，平时都是我去她的出租屋。之前我谈恋爱，我妈没多过问，她清楚，我长得帅，爱运动又会做饭，招女孩喜欢，反正每个都处不长，我没那耐心。但是跟金呜呜，从大学处到上班，好几年。

我妈于是对她挺关心，问得我都烦。我说："不用这么复杂吧。"我妈说："裴远，你多大人了，还稀里糊涂。这金呜呜，就是有所图。""她能图我什么啊？""所以说你傻，她一个乡下小姑娘，又黑又瘦，哪点配你？""我们家也在县城，差不多。""差多了！"我妈提高音量，"我们是 H 市第一大县，H 市又是省会，我们省城人，跟她那犄角旮旯咋能一样？""一样，她工作跟我一样。""你少偷换概念！""妈，你还知道这词。"我妈叹气："亏我们还给你取名'远'，你最远就想到明天早饭吃什么，是吧？她父母都没个正式工作，做点小生意，将来没保障，全靠你养。""妈，饭还剩不少，可以留到明天中午吃。"

我带金呜呜来家时，我妈挺客气，做一桌菜，让她多吃。金呜呜说："阿姨，你吃你的，我自己会吃。"我妈问："你跟裴远，处得怎么样？"金呜呜喜眉笑眼："经常吵架，总是我赢。"我妈又问："你们下一步什么打算？"金呜呜说："也许一辈子，也许明天就分手。"我真替她捏把汗，但一想，说得也没毛病。我俩前一天刚闹过，每次吵完架，她心情都特别好，我也感觉不错。但我妈显然不想和她吵，而是选择沉默。

挨个磕完头，大家从墓碑往下走，下至集中烧纸区。我爸拣一支粉笔头，在属相马的黑板上写奶奶名字，黑板有点潮，粉笔字迹非常淡。大家点火，往里扔黄表纸，火星零散散蹿上来，又倏忽消散。渐渐，黑板被烘干，奶奶名字变明晰，如同显灵。大家因此而肃穆，面孔在火光映衬下，都显得隆重。

在这肃穆时刻，我不知怎么，越发想一些无聊片断。学校里，金鸣鸣专心上自习，我在她旁边坐，玩游戏听歌。"老婆，以后你负责赚钱养家。""你想得美！"她瘦嶙嶙的手给我一拳，还不轻。与此同时，她眼睛一闪一闪，里面像有星光。

我们都是会计专业，毕业我回老家，亲戚帮忙，进了一家银行网点。她随我来本县，考进另一家银行，也在网点做柜员。两个点都在人流密集区，从早到晚，顾客黑压压满大厅，一天喝不到两口水。稍一停歇，我俩就躲换衣间，互相打电话、发信息，说同事八卦，骂领导，分享见到的奇怪客户，聊不够。明明下班就能见面，非要挤这点空当。见了面，在她狭小出租屋，又是讲不完的话。

此刻想来，的确都没什么意义。但我突然冒出一个感悟：这世界，本就是由无意义堆成的。我觉得悟到真理，可我一点也不兴奋，因为没人想听我说。除了金鸣鸣，没人听我说话。

很快，大家完成烧纸这一工序。在墓地烧纸，只是意思一下，按本地风俗，重点是晚上，有个烧屋仪式，我们要去大师居住的山上。大师已用纸扎成一栋豪华别墅，将由我们烧给奶奶。

上午到此为止，大家去酒店吃中饭。酒店靠墓园近，主要做白事饭，多是家常菜。看来这时节丧事不少，酒店生意兴隆。在一道田园小炒里，我随手一捡，带出一根头发，正准备拈到一边，继续吃菜。身旁我妈看见，当即喊来服务生理论。服务生连连说："实在不好意思，今天人多，厨师忙不过来。"我妈说："那是你们管理问题。"服务生无力应对，我妈要找老板，诉求是这桌免单，否则投诉。我低声说："算了，他们也不是故意的。"我妈正要说我，闵婕拉住她："妈，我支持你，是该维权，服务生做不了主，我陪你去前台说。"我妈说："就是！"在座亲属也都赞成。

我心说，至于吗？如果讲出来，又得接受一番教育无疑，我懒得烦神，低头默默吃菜。我记起那时，跟金鸣鸣吃路边摊，炒青菜里发现一只菜虫。她说："敢不敢吃？"我说："有什么不敢，还是高蛋白。"她夹起菜虫，递我嘴边，我毫不犹豫，一口吞下。她问："味道如何？"我得意扬扬："超级棒，忘分你一半。"

我们又在隔壁烧烤店点烤肉，店员小哥送来时，多两瓶冰红茶，说一共42元。我们说弄错了，没要饮料，并指给他看，桌上已有大瓶可乐和啤酒。小哥收回冰红茶，算："那就减掉6块，42减6等于多少？"他自言自语，没算出来，又问我们："42减6等于多少来着？"我也一时卡住，不会算，却爆发大笑，人都看过来，我笑得肚子生疼，压根停不下。

我真不解，自己笑点在哪，和金鸣鸣待一块，这症状常有，她也早就不稀奇。现在想来，和她分手后，这般没头脑的傻笑，我就再没有过。我妈说金鸣鸣像个野人，"还当我不存在，故意气我"。我说没有，她一直就这样。"干什么你都嫌烦，对她，倒是耐烦得很，你也故意气我。"我说妈啊你想多了。

我妈和闵婕交涉回来，成果是这桌打八折，再送一盘田园小炒。我妈不甚满意："小婕低调，不让我说，不然，他们要知道我儿媳妇是法院的，保准乖乖免单。"闵婕说："妈，犯不着，和气为重。"我妈对她和颜悦色："还是你识大体。"

吃好饭，坐上车，往婚礼酒店去。再次途经主干道，我看见改造后的行道树，已缀满黄叶，过于茂密。车外在刮冷风，叶子丝毫不受影响，被固定很牢，全都摇来晃去，没有一片从树上掉落，路面分外洁净。这令我感到虚幻，好像一切完全不真实。随即，疲惫感裹着困意袭来，我闭上眼。

就这一小段路，我当真睡着了，还做梦。奇怪的是，我既没梦到金鸣鸣，也没梦到闵婕。场景是电梯里，我才几岁，爸妈在，还有几个陌生人。我跟我爸在说什么，没顾上我妈。中途，那几人下去。电梯门再关上时，我妈不见了。我和我爸出来找，我妈正从电梯缝往外爬，我们把她拉上来。此后，我跟我爸发现，一旦没注意到她，她就会莫名消失，我们必须把她找回来，陪在她身边。她对我说："小远，你已经长大，是男子汉了，要保护妈妈。"

婚礼酒店是县城最大的，明显比中午富丽。一进门，与我同高的展架映入眼帘，大幅婚纱照占满面，旁边一块红底黄字指示牌，上写：祝裴远、闵婕新婚快乐！下写：宴设一楼真爱花园厅。再下方一箭头，又长又粗，十分醒目。跟妆师带闵婕到化妆间，我妈和闵婕妈也一起进去，她们都要重新化妆、换衣，等到晚上，还得再换。

我最轻省，从头到尾就这一套。其实要我说，我服装根本不用另买，就穿银行标志服，齐全。闵婕要我量身定做一套全新的，我说："行服也量身定做的，也不旧。"她有点生气："性质能一样吗？"我立刻照做。结果新皮鞋磨脚，我脚后跟正贴着创可贴。

创可贴是前天的，当时我跟闵婕还在 H 市没回，我陪她取戒指，走在地铁站，脚就疼，磨破一大块。最近不光县里，H市也搞创建，随处可见戴红袖章的志愿者。一志愿者看我这模样，相当热情，坚持要为我找创可贴。几分钟后，志愿者带来一人，看样子像领导，笑容可掬，对我关切询问，从医药箱里缓缓取出创可贴，往我手中递。其间，志愿者不停拍照。

此事当晚发在 H 市地铁官方微博，配图，加标签"暖心 H 市"，点赞数挺多。所幸照片里，我跟闵婕的脸都被打上马赛克，我逐一点开，确认看不出是谁。此前我是纳闷，领导询问我时，还蹲下一会儿，看图才明白，那是在为我"处理伤口"。

不过话说回来，创可贴挺好用，我贴到现在。闲来无事，我在酒店溜达，头一次细看自己的婚纱照。不知原本如此，还是展架喷绘有色差，看上去亮得过分，以至于白惨惨，倒不如墓碑上奶奶照片，面色红润。我和闵婕发型都一丝不苟，我像是在网点站大堂，西装衬衫领结，扯出笑脸，身体立直，双手相握，左手放右手上，置于腹前。双脚被闵婕婚纱下摆遮住，往上看，她手捧洋桔梗花束，面容精致，微笑挺美满。我越看越感到迷惑，这是我吗？这是闵婕吗？又一想，究竟哪样是我？哪样是她？思绪绕几个圈，坠入云雾，罢了，哲学问题，没能耐解答。

我顺着箭头，来到真爱花园厅，婚礼现场已布置完备。八盏椭圆吊灯，灯光透过每一粒水晶球，落于镜面地毯，上上下下，通体闪耀，灿若星河。厅堂正中，粉色绣球花拱门，配以同色系鲜花路引，洁白T型台铺展，延伸至主舞台，背景板的粉玫瑰，其上一行金色"Wedding"。老实说，闵婕审美不错，大厅高贵大气，又不失喜庆。本来按我妈意思，花全部是红玫瑰，布景都要大红，闵婕说毕竟还有白事，反差别太大。我妈一想有道理，就叫闵婕看着弄。现在这成果，想来她是满意的。

在婚庆公司租的仿真白马道具，也已摆放T台一侧。这个安排是，闵婕挽着她爸进场，我要骑在马上等候，然后下马迎接。

白马是我妈提议的，我说："不要吧，太傻。"我妈说："大喜事就要氛围感，不能太寒碜，委屈小婕。"我说："那弄点别的。"我妈分析，选择白马是用心考虑："第一，我儿子这么帅，当然是白马王子。"我点头认同。"第二，你们是青梅竹马。"我说："那是说拿竹竿当马骑，不是一回事。"我妈不搭我话，接着说："第三，马是和你奶奶的连接。"

跟孝心扯上边，便无法再拒绝。就像晚上的烧屋仪式，大师告诉我们，孝不孝，全在此一举，说得我们不敢怠慢。一同前往的亲戚补充道："这个一定不能少，我亲身经历，我母亲过世时，我就没烧，没必要整这些形式。我向来少梦，偏那几天，老梦见我母亲，她看着我说，没有钱。我赶紧去给烧纸烧屋，果然，那个梦再没做过。"

照规矩，烧屋要论属相，奶奶属马，到时会有一只纸扎白马，立在别墅中央，确保我们烧的，奶奶能顺利收到。

我走到白马道具边，迈开腿，小心翼翼坐上去。我身高一米八，生怕马承受不住。还行，马挺结实，就是矮，我得蜷着腿。

自我感觉比较滑稽，随便吧，应付过去就完事。

就这么坐着，想起有次跟金鸣鸣出去玩，路过一片草地，四下无人，只见一匹白马，头上套着绳，在吃草。我们靠近，摸它鬃毛，它非常温顺。

它又密又长的眼睫毛，让金鸣鸣羡慕不已。它头顶一撮毛，白里透红，柔软又美丽。金鸣鸣说它刘海好漂亮，我说这叫鬃毛。她说不对，脖子上才叫鬃毛。为此我们讨论半天，一查，这叫门鬃，也就是脑门上的鬃毛。金鸣鸣不服，说就叫刘海，生动形象。

白马高大，背都齐我肩了。金鸣鸣用自拍杆，我们三个合影，白马在中间。我和她正好穿着情侣装，我说："这当婚纱照多好。"于是策划起婚礼剧本，就在这草地，现场演一出，我是白马王子，她是灰姑娘。金鸣鸣撒娇："那我要穿水晶鞋。"我说："没问题啊。"

我没力气再想，低头刷手机，玩消消乐。工作人员来回穿梭，搬椅子，套椅套。我换排数，28桌，也就会有200多人，拖家带口，"购票入园"，团团坐，观赏我。

"男主角，到处找你，原来你在这。"我妈和闵婕走过来。她们又都是全新的了，闵婕一身粉色缎面拖尾礼服，我妈酒红色长袖连衣裙，跟我说："小婕帮我选的。"我说："好看。"她们都一脸喜气，和上午判若两人。

看到闵婕，我自觉关闭消消乐，不然她又要提醒，注意眼睛，注意颈椎。闵婕从不玩游戏，有时间她就在看书考证，督促我与她同步，玩游戏不超过半小时，一天喝到八杯水，按时运动和吃水果。这正合我妈的意，她常跟闵婕说："你好好管教，把他交给你，我放一百个心。"

见我骑在马背，我妈又讲起多年前，我学说话不久，指着一只大土狗，直说"马！马！"我妈每次说来，都饶有兴致，她就爱念叨我幼年事，念来念去就那几件，她乐此不疲。我听得耳朵生茧，那会的事，我压根没记忆，只觉她在说一个陌生人，我完全无法参与她兴致。闵婕肯定也不止一次听我妈说，可她表现得像头一回听到，充满好奇，笑得那么自然。

这就是闵婕的好处，她总能跟我妈保持一致，就算偶有小出入，她俩自己就能调和，不用我出面。我妈一直说，以后搬来跟我们一起住，给我们做一日三餐，照顾小孩，闵婕很乐意："那我们享福了。"这要换成金鸣鸣，不可想象，我一提我妈，她就要说："我觉得很可笑，我俩的事，干你妈屁事。"这点最烦人，我真恨不得把自己劈两半，我没办法啊，我很抱歉。

那时在网点，我和金鸣鸣都是轮休，时间不固定，为跟她同一天休息，我常跟人换班。出去玩，就只是和她两个人的旅行。而到了闵婕，我其实有点怕和她单独待一起，也许跟她职业有关，感觉她随时会审判我。如果我妈能在，不论是住一块儿，还是出游，多数时候是她俩和睦相处，我乐得轻松，皆大欢喜。

下午按惯例是游园，基本上，又是整新郎和伴郎的环节。再次托我奶奶的福，因晚上还要赶去烧屋，婚礼提前到傍晚，下午也相应简化，只需去附近小公园，拍些外景，就搞定。我妈和闵婕走前面，我跟后头说："你们就穿这点，不冷吗？"没人理我。

比起之前拍婚纱照，今日拍外景已简略很多。即便如此，摄影师还是挺磨人，想着法子摆弄，我都出汗了，难怪她们不冷。我妈在一旁跟闵婕妈聊天，不忘指挥我：你挨小婕近些、笑容灿烂点、手别那么僵硬。陌生游客见此情景，上前讨红包，我妈慷慨相赠。

熬过一个多小时，总算完工。任务栏又划去一条，我鼓励自己，再坚持一下，离通关不远了。

回酒店，我们得先彩排，熟悉婚礼流程。大厅在放轻音乐，音量不大，《天空之城》，动画片那个。这曲子我熟，几年前我一起跑步的哥们，出了意外，我参加他葬礼，全场静穆，背景音乐就这首，从此我一听到它，就听出伤感、可惜的滋味。

此刻我真怀疑，该不会跟上午的《好日子》弄反了？殡葬公司和婚庆公司，不能串线吧？闵婕说，这音乐与整体格调很搭，优美，纯净，高雅。我想想，倒也合理。

流程很清楚，就是我身骑白马，从闵婕她爸手里接过闵婕，走上舞台，一人发表一段感言，接下来都是常规步骤。我们大致过一遍，我觉得行了，闵婕还在跟司仪认真商议细节，我不懂哪有那么多要商议，无所谓，不烦我就行。好就好在，闵婕几乎从不烦我。

以前金鸣鸣烦我，我们就吵架，但在她以后，我不想再和谁多费口舌，虽又处过几个，却都如蜻蜓点水。金鸣鸣够狠，说走就走，从银行辞职，离开县城，断联。丢下我一人，继续没完没了办业务，投诉、考核、通报、客户，都没人再分享，每天疲惫至极，下班就想往沙发一窝，埋头玩游戏。

不记得何时起，闵婕来我家次数多起来。先是我妈说，家里亲戚要打官司，喊她来家坐坐，看能否帮上忙。那亲戚我都没听过，八竿子打不着，什么官司，我妈描述一大串，我也没听出个所以然。打这之后，闵婕成我家常客。我跟她少有交流，她工作生活在 H 市，周末回家就顺便上我家，我基本上班。大部分时间，都她跟我妈在。

官司解决没有，我无从得知，常见她跟我妈一起做饭洗碗、打扫卫生。有阵子，我妈迷信保健品，疯狂看直播，买回一大堆。我说这都骗钱套路，发给她很多科普文章，她反倒怪我认钱不认人。我哭笑不得，而我爸又从不管事，越活越像个僧人。确实感激闵婕，是她几番晓之以理，让我妈在这件事上，有了质的转变。

后来闵婕提出，她爸跟我银行某领导相熟，说句话，可帮我从县支行调 H 市分行，到后台部门。我妈说，那再好不过。对县城人来说，能在省城 H 市，最理想，两地仅一小时车程，到市分行，将来还有机会进省分行。我也着实动心，不为别的，只是切身体会，基层网点太辛苦。

没多久，我就调入 H 市分行，在会计部，上行政班，专业还很对口。又没多久，我跟闵婕好像就成公认的一对。

和司仪商议完，闵婕又进化妆间，她要变换发型和衣服，然后迎宾。我坐那只道具白马上等她，把台词再背熟一点。"一个人的一生，就是和几个人的关系……"我一向嘴笨，本想取消发表感言这一步，闵婕说："我帮你写好，你直接背。"我说那行。

背着有点别扭，这段感言，中心思想是，我一直在等闵婕，兜兜转转这些年，终于抱得美人归。也没什么不好，权当背课文，增进记忆功能。要是不好，我就得自己写，费那事干吗。

实话说，虽然我和闵婕打小认识，但真没说过几句话。小时候我一看到她，就想到圆周率。上中学后，她在我隔壁班。

成绩排名表上，她稳居年级第一，我始终在中游徘徊。不过，论及长相，女生们私下有过排名，我也稳居年级第一。我就记得，闵婕那时挺胖，课间我到小卖部买面包，她偷偷尾随，假装偶遇，跟我打招呼就脸红。看我打篮球的女生中间，她也常在。

那些年流行贺卡。有天中午，上学路上，我快到教室门口，闵婕不知从哪冒出来，低头不吭声，往我手里塞一张贺卡，塞完转身就跑，我只来得及"哦"一声。到教室，我打开贺卡一看，密密麻麻小字，几乎写满面，看着头昏。我就懒得看，随手递给旁边同学，说送你了。然后有几人围过来看，我也没在意。

那以后，好像就没怎么遇到过闵婕。经常从家人口中听到，她又拿第一；她竞赛得奖；她考上名牌大学，学法律，那是该大学一流专业；她毕业后到 H 市，在法院工作，最近在 H 市买了房。我上的是普通二本，有年暑假回家碰见她，差点没敢认，她成功减肥，瘦了恐怕有 30 斤，至今一直保持这体重。

这些年我跟她无甚往来，我一谈恋爱，就把她给忘了。神奇的是，我每次分手不久，都会收到她信息，普通问候之类。我就聊几句，告诉她，我失恋了。她安慰一通，分析给我听，爱情和其他关系没有本质区别，都需要培养和经营，靠一时感觉，必不长远。聊到最后，她总把话落到"大不了，以后我嫁你"上，我只当戏言，全然没这心思。万万没想到，一语成谶。

闵婕换好一身秀禾服，我跟她站到酒店门口迎宾。这时节，白昼短，日光正在褪去，隐约见天边一弯月牙，非常淡。金鸣鸣说过："我觉得月亮像妖怪，吸食太阳光亮，无声无息，就霸占整个天。"此时我想起她这句，突然发现很有道理，看啊，那曾赤诚火热的，即将被巨大而漫长的黑夜卷入，直至淹没。

想到这，心里像是有什么东西，永远丢失了。

感伤只在一瞬，容不得我慢慢消化。宾客陆续进来，无论亲疏，无论认识与否，我对每一个人笑，均等而熟练，如同在网点，微笑服务。我基本无需讲话，只接受夸赞和祝福，与他们握手、合影。应对都由闵婕，她甜甜招呼："三姑奶奶好！""表嫂越来越漂亮了！""二舅爷，好久不见！""谢谢大婶婆！""四姨四姨父，先进去坐！"

流水线工序下，我无暇放任心头的影子各处游荡，只能将它没收。

回到真爱花园厅，来人已按桌牌就座，座无虚席。T台右侧为女方亲友，左侧为男方。与我和闵婕有共同关系的，都坐到左侧，因为右侧已不够坐。水晶灯下，我看不清每张整体的脸，只见零碎眼睛们四面转，零碎的嘴们咧开，张合，吐出瓜子壳、红枣核，以及模糊字句，闹哄哄连成片。最前排两张主桌，是双方至亲和伴郎伴娘等，当中空一个位，留给奶奶。

婚礼进展顺当，气氛一渲染，闵婕随她爸入场，步伐缓慢，婚纱裙摆长长披垂于镜面地毯，倒影摇曳，我听见台下发出赞叹。我骑白马倒也像回事，并无想象中尴尬，按照司仪引导，与她牵手上台。

发表感言时，闵婕先说。她没准备稿子，脱口讲。她讲得站位很高，层次分明。先是国家日益繁荣富强，再是我省发展日新月异，然后具体到H市，及其下辖我县。讲到H市，她以创可贴事件举例，称赞H市贴心为民办实事，台下人听得津津有味，有三四桌在拿手机传看，我猜正是看那条微博。闵婕停顿片刻，司仪插道："皮鞋磨脚，叫好事多磨。"台下欢笑，我暗想，怎么就磨我。闵婕接着讲我们县城，提起主干道树上安装黄叶，她说金灿灿美极了，称赞县里用心巧妙。她又停顿，司仪插道："这叫一路生辉。"台下鼓掌叫好，每个人脸上都笑开颜。闵婕总结道："市县都在创建，让我们携手共进，一同创建美好明天！"全场爆发热烈掌声。

我以为她发言就此结束，结果没有，这些讲完，她再进一步细化，到我们自身。在她讲述里，上中学时，我常跟踪她到小卖部买面包，假装偶遇，跟她打招呼就脸红。我鼓起勇气送她贺卡，里头密密麻麻写满字。她以学习为重，并未给我回应，却记住我这份心，至今都没忘贺卡内容。司仪插道："可否给大家分享一下？多美好的青春，多纯真的感情。"她真的当场背诵一段，台下阵阵喝彩。

我大脑嗡嗡作响，贺卡我当年没看，无从知晓内容，也记不得被哪些人看过，最终去向何处。我仔细辨别在座来宾，有中学同学，我班她班都有，他们也一齐喝彩，脸上洋溢真切的喜悦，难道都忘掉贺卡的事？看样子，大家记忆都很短暂。既然如此，那么今晚发言，也没人会记很久，无所谓了。

可这时，另一种念头将我攫住：既然如此，是否我的记忆也不可靠？闵婕的叙述，这般坦诚自然，莫非确有其事？她一个背圆周率的人，记性肯定没话说，是我错把其他女生记成她？我好像是给谁写过贺卡，她所说的，也不是没可能？我妈也说过很多与我印象相悖的事，不是吗？我陷入混乱，或许，真是我自己的问题。

我愣在那，几乎把自己绕晕，闵婕还讲些什么，台下声音，我一概听不见。直到司仪冲我开口，我仍像在看一出默片。胳脖被闵婕推一把，我才回过神，听到司仪叫我，恍如隔世。司仪说："新娘已经说完，新郎依然沉浸其中，足见用情至深。现在，就让我们有请新郎，来向你最美的新娘，表达无限深情吧！"

我清清嗓子，"一个人的一生，就是和几个人的关系"，听见自己开始背词。磕绊几句，渐入状态。随着煽情句子从我嘴里依次吐出，我懂了，它们正好衔接上闵婕刚才的发言。我听见我说："这么多年，我总是先把她送到家，默默看她进门，才折回自己家，今天，我们终于有了同一个家。"

我送过闵婕回家吗？我倒是记得经常和金鸣鸣送来送去，我俩慢悠悠逛，什么也不赶，过马路就等一个完整的绿灯时间。我把她送到住处，她说："你一个人回去还有好多路，我也送送你。"她陪我走到家门口，然后我又送她，如此几个回合，直至很晚。

最后一次，我们来回几趟，都没讲话。月亮高悬，夜色沉默得可怕。她站住："你回吧，该往不同方向走了。"我说："结婚吧，先结再说，会有办法的。"她看着我，认真说："我对我们的婚姻没信心，一点都没。"

这一刻，连关于金鸣鸣的回忆，我也不敢确信。但那种情绪，在我心底凿来凿去，我切实感受到。环绕周身的《天空之城》，伤感、可惜的滋味在放大。暖色灯光下，身边的闵婕一袭纯白婚纱，真像个幸福的白雪公主。你看，王子和公主才是一对，灰姑娘没有水晶鞋。我心隐隐作痛，鼻子一酸，喉咙哽咽，稍缓片刻。司仪在此间隙说："新郎太激动，真是全情投入，可见他对新娘爱之深、意之切，大家感动吗？"台下"感动"呼声此起彼伏。

我听到自己在发言尾声，一字字背着："都说婚姻是爱情的坟墓，我从未这样认为。基于我们的长久爱情与和谐家庭关系，步入婚姻殿堂，是一个全新开始。正如大家所见，我们的婚姻恰恰始于坟墓，带着我最亲爱的奶奶的福佑。我们完全有信心经营好婚姻，让这份珍贵的感情开花结果，不断升华！"台下掌声如潮，有人热泪盈眶。我也想哭。

司仪说："感谢二位感人肺腑的发言，现在请二位新人紧握彼此的手，发誓永不分离。"我与闵婕牵手，这时我流起鼻涕。我之所以不轻易哭，有个重要原因，是我稍一哭，就爱流鼻涕，控制不了。快吸不住时，司仪递上纸巾。我松开闵婕手，擤干净，再牵手。司仪说："看，新郎用自己的方式，将彼此粘得更加牢固。"

最后是新人互相鞠躬。我一个标准九十度行礼，闵婕只稍低一低头。

司仪宣布，晚宴开始。闵婕又去化妆间换装，我出来上厕所，路过外面大厅，见一家三口在吃饭。爸爸只顾低头吃，妈妈不断考小孩：安徽简称什么？江西省会是哪？直辖市有哪几个？小孩对答如流。

我像看到未来，自己的生活场景。婚前，闵婕找我谈事，先讨论婚礼安排，我说："你看着弄，我都配合。"再是婚后规划，家务如何分工，性生活频率，多久准备一胎，多久二胎，考虑换学区房，我工资卡交她管理，我若出轨要净身出户……她规划非常细致，我一一点头："都听你的。"

闵婕换一套敬酒服，我们随便吃点，就挨桌敬酒，然后发喜糖。我那不太靠谱的记忆里，金鸣鸣又蹦出来。她说："以后我们婚礼，喜糖全要巧克力。"我说："听你的。"她又说："不止喜糖，桌上的花，桌卡，都变成可以吃的巧克力，既环保又新鲜。"我说："都听你的。"

婚宴圆满结束，来人渐散，剩下关系较近的家人，去山上烧屋。闵婕换回早上去墓园着装，我妈也是。几辆车七拐八拐，好不容易开上山。山头黑漆麻乌，空地上有大间平房，便是大师的家，其后即荒野。大师又找我妈要几包烟，命助手把纸扎别墅和白马挪到后头荒地。

毕竟花了几千块，别墅和白马都比预想中气派。大师先带我们参观一遍，别墅三层，有大院子，楼上有戏台，楼顶有直升机。大师手持桃树枝，把每个房门推开，各房间都很逼真，家具一应俱全，柜子里配有房产证、户口簿、医保卡等，电器也是立体的，还都是独立开关。

白马立于院中，个头不小，做工精致，连鬃毛、刘海和眼睫毛都有。遵照大师指令，大家先面朝别墅大门下跪磕头，长子，也就是我爸，拿桃树枝，绕别墅外围画一个大圈。大师取一类似血糖仪针头之物，让我爸伸手，往他手指尖一戳，挤出血来，涂抹在白马刘海上，说是确保白马不会找错主。

准备就绪，大师点燃别墅。我妈身为长媳，大师递给她一把大扫帚，代表持家。其余每人领一根桃树枝，跟在我妈身后，随大师口令，开始环绕燃烧的别墅小跑，在此过程中，要不停将扫帚或桃树枝在脚边地面敲打，意思是赶走小鬼。这场面看起来很是欢乐，像婚礼后的篝火晚会。

火一直烧，我们一直跑。鞋又磨脚，早知道，我该换双运动鞋。我前面是闵婕，厚重衣装使她跑得尤其笨拙。再看我妈，更是气喘吁吁，扫帚不轻，她慢下脚步。大师站在一边，像唤狗："跑！跑！"大家只能继续。

不知跑过多少圈，冷风从四面抽打，我浑身是汗。不见了月亮，喧哗消退，人影暗淡，眼前只是熊熊光焰，和无尽的夜。我又看向白马，它抹着血的刘海白里透红，它眼睫毛又密又长，它在变大，和真马一般大，和我与金鸣鸣见过的那匹，一模一样。有那么些明亮火光，向着白马腾跃，化作一对翅膀的形状。

别墅轰然倒下的一瞬，我看到，白马正缓缓展翅，往上空飞去。

藤壶

　　这个春天，从小飞虫开始。早晨刷牙，吕晴晴望着镜面上六七只，或叮或爬，自己的脸，变成麻脸。她头皮一紧，拿纸巾一只只摁死。没摁住的，急急乱飞，另寻他处落脚。飞往卧室，停在餐厅，厨房拐角也聚集一群，有活物，有尸体。

　　"啊，"吕晴晴不禁叫出声，刚从微波炉取出的热牛奶，漂浮着虫尸。"哪来这么多虫，一天多似一天，真要命。"那种春风吹又生的顽强，令她沮丧，好像一帮入侵者，正以不可挡之势，在攻占这个家。

　　"春天虫子很正常，你看你，又神经过敏。一会儿要点香，一会儿要喷杀虫剂，你肚子里有宝宝，不能碰这些，我是为你好。"钟义说。

　　"我就看着不舒服，这也叫神经过敏？"

　　"我随口一说，你又来了，特殊时期，更要调整心情，知道吗？"

　　二人同去上班，钟义开车，把吕晴晴捎到杂志社，再去他任教的大学。途中吕晴晴侧头望窗外，看鸽子从屋顶起飞，看得出神。

"吱"一个急刹车，吕晴晴猛一惊，转回头。钟义定定地看她："你在想什么？"

吕晴晴不解："没什么啊，就发个呆。"

钟义继续开车："我是怕你胡思乱想，你最近，一点小事就焦躁，你自己意识不到。"吕晴晴瞥见他一脸严肃，不知是他没休息好，还是自己果真敏感。她心怀尴尬，仿佛自己做错什么，又搞不清哪里不对。

吕晴晴想起昨夜，她睡得正熟，钟义突然叫醒她，支起身看她，问怎么了。

这几日连阴雨，窗外并不黑，而是惨白泛红，连带着风，晃在钟义脸上。吕晴晴一时心里发瘆，慌说："什么怎么了？"

"我看你一直翻来覆去。"

"是吗？我自己都不知道。"风一阵接一阵呼响，明知是外面，吕晴晴听着，就好像从钟义呼吸声里而来。

到办公室，吕晴晴照常打开邮箱，查看来稿。作为文学杂志编辑，她对自己的要求是，每篇来稿都看，尽可能回复，避免投稿者石沉大海的失望。何行的邮件在清晨抵达，显示于未读邮件之首。这是与她有几次邮件往来的作者，吕晴晴欣赏其文字气质，每每用心回复意见，也会抱歉提出，此稿不符合本刊定位。这话通常敷衍，但吕晴晴不是，作为一本主打青春文学的杂志，何行阴郁文风，显然无法过审，她也不可能去教一个作者，如何更贴近所谓定位。

抛开这点，她偏爱何行的表达。即便不被采用，何行仍常向她投稿，将她视为第一读者，与她探讨看法。她乐意与之交流，多是谈论作品本身，联系到文学观、对世事所观、人生所想，也能聊上几句。

以往，何行来稿均是散文，这次何行说，准备尝试小说。名字已想好，《藤壶》。信中说："小说灵感来自一种叫藤壶的寄生虫，准确说是根头目藤壶。当它寄生于雄性螃蟹体内，会让雄蟹雌性化，使其雄性生殖腺退化，腹部变圆变宽，甚至会有卵巢出现。藤壶在此繁殖，并控制螃蟹意识，被掌控的雄蟹认为腹中是自己后代，精心呵护。藤壶卵在螃蟹孕育下孵化，准备感染新宿主。"

接收到奇怪知识时，吕晴晴习惯去网页搜索。看到根头目藤壶照片，以及"藤壶是自然界相对身体拥有最大雄性器官的生物，可达自身体长 30 倍"的描述，她本能感到生理不适，却仍出于好奇而查看更多。

她想象藤壶根须在雄蟹内脏、大脑蔓延，吸收养料，取而代之，雄蟹虚弱地产下藤壶卵，陶醉在成为母亲的幻觉中，疲惫而喜悦，不知自身已消耗成一副空壳。

吕晴晴浑身起鸡皮疙瘩，深感惊悚，这种寄生如此彻底，藤壶接管了螃蟹全部，不止躯体，更有意识。进而她发现，在自然界，此类现象并不少见，比如寄生老鼠体内的弓形虫，通过欺骗性的性唤起，促使老鼠向猫靠近，为自己进入猫的消化系统繁衍后代创造机会；在蝗虫体内长大的金线虫，会驱使蝗虫追求死亡即巅峰的欲望，蝗虫积极投水自杀，金线虫得以回到水中，产下更多幼虫……

何行继续写道："《藤壶》借此表达对自主意识的控制。大致构思是，一个出生不久的婴儿，查出先天性心脏病。丈夫出轨想离婚，又想分得更多财产。丈夫制造环境致使孩子慢性死亡，并一直暗示妻子，是她过失导致，引导她信以为真——就如寄生虫对宿主的引导一样不动声色——丧失分辨能力，主动做出利于他的举动。"

吕晴晴看来，这一主题并不新奇，她看过类似题材小说和电影，有大致印象。但毕竟是何行第一次写小说，她说些鼓励和看好的话，并的确有几分期待。

晚饭时，吕晴晴和钟义说起，钟义皱眉："吃饭时说这个。"吕晴晴说："是有点恶心。"钟义说："怎么尽看这些东西。"吕晴晴说："一个作者来信提到，想以此展开创作。"钟义说："不是跟你说了吗，少跟那些作者往来，现在作者就知道无病呻吟，整一堆自以为是的文字，写出来没人看，自己活得拧巴，还老觉得别人不懂自己，你说我分析对不对。"

"有道理，但也不是没人看，我们杂志发行量还可以。""顶多就给还不如他们的人看看。你啊，也别较真，还每篇都看，哪个编辑像你，人家都挑有用的，我发表论文我知道，无非利益交换。你看我快评副教授了，圆圆过半年也要出生，你多花点心思在家里，多学厨艺和育儿，不是很好吗。"

圆圆是钟义取的名字。预产期在九月，钟义很高兴，说不管男女，都叫钟秋圆，要再能生在中秋节，最好不过。在家，在课堂，钟义都不止一次说，圆是世上最完美的形状。每当他说这话，总忍不住把"最完美"重复一遍，语调陶醉，面带不自知的笑意，双眼望向话语所指的圆形对象，欣赏乃至痴迷。

钟义这一说，吕晴晴为自己持家不够格生出愧意。想到成家后，买菜做饭都是钟义，自己极少下厨，只负责洗碗和简单清洁，亲友羡慕她好福气。怀孕期间，钟义更是承担所有家务，她没话说。

"好,我这方面确实要补课。"吕晴晴点头。

饭后收拾完毕,钟义拎起吕晴晴摆门口的鞋,边送鞋柜边说:"多少次了,乱糟糟,你不难受吗?我怎么教的,你应该没忘吧。"

"我记着,你说秩序感很重要。"吕晴晴补充道,"我下次注意。"

晚间闲暇,两人一起追剧。吕晴晴看书观影不爱说话,沉浸其中,钟义则乐于发表看法:"这个演得最好……其实最阴险的人藏在那……没想到那谁还多才多艺,我一直以为就是个搞笑的。"吕晴晴便附和:"还真是,演得像那么回事……对,那人最阴险……那个笑星,演悲伤的人也让人发笑。"

钟义上厕所回来,问起其间情节,吕晴晴正看得专心,不想张口,为不扫他兴,还是大致描述几句。钟义盯着剧中戴大圆耳环的女孩:"这耳环不错,跟她整体气质很搭。"吕晴晴说:"是吗,改天我也买一对,会不会有点夸张?"钟义说:"不是夸不夸张的问题,这种耳环挑人,适合个高、脸尖尖小小的,像我前女友那类,你戴会很难看。还别说,这女孩长得,跟我前女友真有几分神似。"

吕晴晴没接话,起身去倒水喝。钟义问:"饿了没,要不要再吃点?"吕晴晴摇头。钟义说:"你不会生气吧,大度点,我不是都跟你结婚了吗。"吕晴晴停顿片刻,支吾着:"其实,我在想,为什么,"她顺手拿起保温杯,"比如这个,你买的,你说它好看,可我同事都说,怎么用这么丑的杯子。还有,你给我挑的衣服,好像也只有你欣赏,其他人都……"她声音越来越小,"我自己买的,人家说漂亮,你却说土。"

钟义笑起来，看着吕晴晴反问："你是怎么看的呢？"吕晴晴低头："我，我不知道。"钟义说："不把你打扮美，我出去也没面子不是？你跟那些同事一般见识，是在拉低自己审美。我眼光是超前，将来人家就会发现，他们穿的，都是你几年前穿过扔一边的。相信我没错，做个有格调的女人，不要追随，要引领。"

吕晴晴"嗯"一声，她仍困惑，带点委屈，但钟义话音稳当，目光笃定，又让她很难不对自己承认：他是对的。在钟义面前，她常自觉跟不上，像个没用学生。

"清晨起大雾。也不全像雾，只是无尽磅礴的气，四方浮游，似妖气，如鬼影，将人与万物包围。行车纷纷双闪，像每一颗慌张的黄色星星，蹦跳，隐约，没入白的大气。送葬车队按序行进，爸爸头戴白帽，站在车头，如人世的小丑，手捧定格于一框的稚嫩亡灵，驶向虚空。"

何行的小说，从死亡写起，像一个梦境。故事以第一人称展开叙述，"我"正是框中亡灵，死掉的婴孩。

"难得爸爸提议去山里玩，说对我的病有好处，妈妈很高兴。到达山顶，妈妈抱我休息，爸爸搭好帐篷，我呼吸急促，心脏要跳出来。妈妈疲惫而焦急，爸爸安慰道：不要急，我想办法。爸爸掏出手机求救，尝试几次，可信号太弱。他让妈妈守着我，自己忙下山找救援。妈妈将我包得严实，放进帐篷，她坐立不安。我微弱挣扎，小幅张嘴，吐出一个声母接近'M'的音节，它模糊而短促，虚如游丝，我自己也听不清，只仿佛一种本能。这是我生来第一次说话，也是最后一次。在爸爸回来之前，我停止呼吸。妈妈早已六神无主，愣在那儿，见到爸爸，喃喃道：宝宝会说话了，我好像听见她叫'妈'。爸爸闪过一丝如释重负神色，随即黯然叹息：我已经叫了救护车。妈妈凄凉地笑：宝宝说话了，会叫妈妈了。爸爸突然变愤怒，语气充满质疑：你确定她在叫你？你不想一想，她本就呼吸不畅，你给她包得这么厚，她难道不是在说'闷'？妈妈止住呢喃，一脸僵硬，无力辩驳。爸爸冷冷盯住她：你还不明白？妈妈变成一个可怜又可疑的对象，缩在一角，颤抖着：明白什么？爸爸一字一顿：是你害死她。妈妈痴痴摇头：不可能，不可能。爸爸失望而痛心：我一直告诉你，她的病能治，可你却……"

接下来便是："只有我知道，爸爸提前去山上踩点，了解过，那个位置搜不到信号，我的死如他所愿。"没有悬念，直接导向意图，未免太过老实，吕晴晴想。但因何行发来的只到这里，尚不好评价。文稿之后，何行附上一段话：

"首次尝试小说，必须承认，远非想象简单，距离上次和你说起构思，已过一月有余，只写下这些。惭愧之余，更是感到自身欠缺，仅仅捕捉情绪，而对细节驾驭能力的匮乏，导致故事走向因缺少血肉而难以铺展。举例来说，某个预想的场景——丈夫常对妻子说：你不止一次这样。妻子：我没有。丈夫：你看，你都不记得。妻子：我真的不记得——我想通过具体事件去呈现，却难于匹配相应生活素材。再比如，孩子死后，丈夫要在妻子面前显得非常痛苦，这种情绪转变，对我来说也不易把握，可能趋于空洞与突兀。"

何行提出，希望吕晴晴能在场景构造上共同探讨，给予帮助。对于这样的请求，吕晴晴有些意外，从某种程度说，她与何行连认识也算不上，对方是男是女、年龄样貌、身在何处，她一概不知。犹豫之时，她往下看到这句：

"你和我可能是一类人，琐碎的小思想，始终无法给自己找到一个出口，有些时候，旁人不可能真的理解。"

出口？她一怔。

她目光游移再三，又频频聚焦于此。说不上来，心间像是有什么，闪躲翻腾，不敢声张，却又不可抑制。

事实上，她负责散文版面，小说稿件少有接触，也从未进行过小说创作。她心里没底，但不想露怯。她明白，何行需要充实内容，她决定试一试。

消息提醒打断思绪。正在香港游玩的舅舅发来微信，说明晚返程，问她有无想买的物品。吕晴晴刚想说没有，舅舅又加一句：再问问钟义。她谢过舅舅，对方跟上几句："你舅妈说那次下山，你们都在前面猛跑，只有钟义知道她膝盖不好，一直陪她慢慢走。她这两天玩得很累，就想起钟义。"吕晴晴已记不起这回事，但家人对钟义的肯定，让她心生满足。

她想到，可以从切身经验寻找素材，供何行参考。小说中，丈夫既然要不露行径，就必然扮演好自身角色。吕晴晴回想从恋爱到结婚，钟义对自己的好。她开始留心搜集，点滴记下。

"那个冬夜很冷，他刚洗完澡，穿上内衣，见她来电话就接。通话半小时，冻到两腿冰凉也顾不上，蹲下来缩成一团，第二天就发烧。"

"他悄悄把她去过的地方都去一遍，在相同位置拍照，与她照片拼合，作为婚礼上给她的惊喜。"

虽说只是帮忙，她也很希望尽到力。既是对何行交代，也未尝不是自己对未知领域的试验。

与此同时，她想起另一些事，脑海匆匆掠过。她跟自己说，这不用记。

"他知道，这不是她第一次。他问，你第一次，是什么样？她说，很疼，对方当时只一句，怎么全是血，就自顾自洗澡去。他温柔抱紧她，骂道，那个混蛋。"

她没记的是，后来钟义不断追问，和前男友第一次，发生在哪。她不愿多说，过去何必再提。钟义紧抓不放，她无奈，报出一家快捷酒店。钟义又问，房间几号。她皱眉，哪里还记得。钟义让她想。她只好做回忆状，编出个房号。钟义冷笑，我就知道，你根本忘不了。吕晴晴无以应对，任凭钟义拉着她，找到那家酒店，订同一房间，做同样事。事后钟义望着一言不发的吕晴晴说："现在才叫过去了。"

吕晴晴没有争辩，既然钟义觉得，这么做能跨过去，倒也罢。但此后一段时间，事情并非如她所想。有次吕晴晴听说，某同事生过孩子仍是处女。她当新鲜事，饶有兴趣和钟义分享。钟义一听，沉下脸："讲这个干吗，嘲笑我没睡过处女是不是。"

吕晴晴小心地不再提及，钟义则常把前女友挂嘴边。她鼓起勇气表达过不满，钟义说："不一样，我再怎么提都行，因为我和她都有分寸，只是发展方向不同才分手。她懂自重，哪像你，轻易给了别人，结果被玩弄，被伤害。哎，其实你也很可怜。"

但凡出现小摩擦，沟通到最后，钟义总要归因于此："你说，会不会有人一辈子没睡过处女？"彼时二人尚未谈及婚嫁，吕晴晴大多是忍在心里。一来，她欣赏钟义的优秀，何况他对自己全心全意。亲密关系里，谁还能没一点矛盾？二来，经钟义时常念起，她亦在其中找到认同：他句句在理，是我没原则、错在先，他这样难过，不也是出于心疼我、爱我吗。

有一回她没忍住，情绪失控，提出分手。钟义就出去了。吕晴晴没问他去哪，起先她做着分开的心理准备，却又越发舍不得，心头拉扯疼痛，怪自己不懂事。一整天过去，对方没消息，正当她疯狂想要挽回，钟义回来了，双眼通红，满脸憔悴，整个人像是历经一场浩劫。她从未见过这样的钟义，瞬时软下来："怎么搞成这样？"钟义有气无力看着她："想你想的。"她放声大哭。

此后，钟义果真不再提起那件往事，吕晴晴深受感动：克服内心障碍如此艰难，他本不必，自己何德何能，令他这般付出。她于是暗下决心，此生不负他。

在性事上，他们从不使用口和手。钟义认为，追求单纯肉体快乐，是低俗可耻的事。他也反感后入，觉得像狗。吕晴晴曾想尝试不同方式，又不想让钟义勉强，也怕再刺激钟义心绪。长此以往，她适应现行模式，不再去想探索。

"他说她像植物，更确切说，像盆栽，离不开他有规律的浇水。怀孕以来，他无微不至，关心她情绪起伏。临睡时她说饿，他爬起来说，等我一下，就穿衣出门。巧遇老同学，拉他去喝两杯。他告诉对方，不行，我老婆肚子饿，在家等我买吃的。"

她没记的是，怀孕初期，钟义说，应该多休息，少看手机，陆续替她屏蔽掉朋友圈一些人："做微商的，一天几十条，是典型骚扰""穿着暴露，一看就不是正经人，离远点好""整天发些家长里短，眼界都被他带窄"……到最近，索性将她朋友圈关闭。

前几天，一个远房亲戚问她，为何退群。她这才发现，原先的两三个家族群，都消失不见。"噢，你那些亲戚，层次都好低，没什么接触必要，我给你退了。"她问钟义时，对方答道。

"是不是不太礼貌？""反正你在里面也基本不说话，还在乎这个干吗。""话虽如此，但你至少告诉我一声。""不要纠结细枝末节，这么些小事，我帮你考虑就行，你呢，就一心守好我们的圆圆，好不好？"

钟义说着，蹲下身，侧耳贴近吕晴晴小腹："让我听听，圆圆有没有听话？圆圆要乖喔，不可以踢妈妈，妈妈很辛苦。"吕晴晴松弛下来。

吕晴晴看着自己记下的，又不自觉将那些没记的，再过一遍。后者虽未跟随键盘形成可辨的字体，此时却结实地跟随她的意识，在迷惑心绪间蔓延，盘盘绕绕，前者反倒显得轻飘。她想吃点东西来缓缓。

她很馋干脆面和薯片，又馋起路边摊炒粉、鸭脖、芙蓉蛋卷。怀孕后她没碰过这些，钟义不许。眼看临近下班，钟义该来接了，她避开同事，打电话过去，说得加会儿班。

如她所料，钟义说："这么忙？带回来做也行。"她小心应道："编辑部临时开会，没办法，应该不会很长。""结束我去接你。你吃饭怎么办，要不我先给你送去。""不用不用，这边统一订盒饭。""盒饭啊，"钟义稍作停顿，"那你先吃点，回来加餐。"

挂掉电话，她略舒一口气，待同事走完，下楼穿过一条街，在路口买炸鸡和烤肠。她还想买奶茶，怕撑，回家吃不下加餐，钟义又要问，便作罢。

她忍住香气诱惑，一直拎回办公室，将门反锁，才慢速吃起来，一小口一小口，享受这偷来的片刻。久违的美味，令她几近伤感，停在当下觉知里，隔断所有连接。待她再次看向手机，回这世上来，钟义的未读消息已醒目固定在顶端。

等待钟义的时间里，先前累积的不安，似面团发酵，膨胀，固执地黏腻于大脑。藤壶，吕晴晴不能自已地联想，故事闪现不停，去去来来。

她早早就上床，却睡不着。越睡不着，越听得见声音，她不自主抓取着钟义在书房的动静。打字，翻书，点鼠标，划开手机。谁知道，他在写些什么。手机上又是什么？似乎还有个短视频，拉拉杂杂的。他叹口气。为什么？

她推测每个微弱声响，直到模糊睡去。床的边缘是深渊，梦里那个"我"，未曾谋面的小女婴，大哭挣扎，一点点下沉。她试图帮助，触到那软塌塌胳膊，她退缩，惊恐地往床里钻。而"我"正在一点点上升，拼命想抓住她的手。

短暂噩梦醒来，吕晴晴下床上厕所。钟义走来问："怎么了，睡不好？""没有，水喝多了，你早点睡吧。""把这段整完就睡。"吕晴晴回床上，想刚才，钟义过来和她说话，还拿着手机。

平日里，她不反对钟义随时看她手机，在她看来，这是自己对钟义的信赖。同样，她也知道钟义锁屏密码，但只在钟义主动示意下，当他面看。就此，二人达成共识。当她冒出想看个究竟的念头，紧张夹杂兴奋，如第一次入室盗窃，她细心盘算着，那个时机。对，他还没洗澡。

她睁眼等，夜静得出奇，把分秒挪动拉成半倍速，她无法忽略自己每一声心跳，甚至他的。终于，她听见，时候到了。她轻声爬下床，竖起耳朵分辨：脱 T 恤，脱内裤，花洒拿手上，打开。

哗啦啦，水声给面子地响起，掩护她潜进书房。电脑已关闭，手机摆在旁，她记好位置，拿起来。本只是好奇心作祟，未及准备，一条消息直晃晃刺在眼前：

"钟老师，你在课上说，圆是世上最完美形状。可能你自己没意识到，那时你在发光。你身上那股专注和感染力，令我热泪盈眶。或许是我内心，也一直藏着对完美的执念，在这个太多残缺的时代，它埋得很深。然而撞见你那一刻，我真切感受到，它动了，它在上扬。"

吕晴晴只看一遍，句子就不由分说，刻进脑中。水声结束之前，她用最后一丝气力，将一切复原，回床上装睡。过程很顺利，可她再也平静不来。

消息半小时前才发来，显示已读，钟义没回复，也没任何上文，连何时互加好友的提示都看不到，显然他动过手脚。对方头像，扎马尾辫的女孩背影，应该是本人。朋友圈都是转发专业相关文章，看不出私人信息，看来很谨慎。

这下，到底是他疏忽，没料到我会突然袭击，一直当我乖宝宝，是不是。吕晴晴心里四面暗下，说不出来，只觉悲伤。还真是惺惺相惜啊，也难怪，我各方面不如他，他怎会看上我。人家多好，他不是遗憾没睡过处女么。

她数着身边钟义的轻微鼾声，无声落泪，尽力保持一个睡姿，避免翻身又引来钟义过问。他心里有鬼，才对我如此关切吧，她冷冷地想。

熬到第二天，她强打精神，若无其事起床。趁钟义在厨房做早餐，她又偷窥一次。消息已不见，像是从未有过。果然有问题。我才不会傻到去问他，他会反咬一口，说我不尊重他隐私。

哦不，他这般周全，根本就不会承认，他会用更高级手法。他一定坦荡荡："哪有什么女学生？"看吧，他就是具备这种令人信服的魔力，受过专门训练也说不定。他会苦口婆心劝我，抚慰我，让我当真相信，是我妊娠反应过激，我焦虑，我想太多，我神经错乱，我有病。昨晚我怎么就没想起留存证据？不过，留也没用，他魔高一丈。

她盯着墙角新出现的若干小虫尸体，涌出阵阵绝望。都快夏天了，虫子还源源不断，很明显，他故意的，故意制造环境，让它们存在，不消灭不清除，还口口声声为我好。他就是要让我头皮发麻，一天天神经衰弱。做得不着痕迹，真是完美。

何行，若我给你这些素材，小说哪还用愁。

"哪有什么何行？"等着吧，他又要说："我理解，你们搞文字工作，容易陷进去。对于文学，从某种意义上说，代入自我体验有帮助，但你要出得来，不然就是走火入魔。你好好看看眼前，何行是不存在的，那只是你一个幻影，一个虚像。"说得头头是道，反正到后来，定是他有理，定是我分裂。等到我认知混淆，顺理成章被送进精神病院，他就得逞。

吕晴晴被送进医院，是第二晚的事。从楼梯摔下，孩子没了。吕晴晴母亲赶来医院，钟义痛心疾首："对不起，我没能照顾好她，对不起。"

据钟义叙述，二人吃过晚饭，在小区散步。回家后，吕晴晴忽然说垃圾没倒，放到明天会发臭，要再下楼一趟——为生产顺利，她近来改坐电梯为走楼梯——钟义说陪她一起，她坚持说不用。她到厨房收拾，灯也没开，拎起一袋，就匆忙往门外去。钟义还是不放心，在背后喊她，准备让她等他一起。"晴晴"刚出口，就只见她向前赶着，一脚跨出四五级台阶。

"怪我太粗心，让她受苦了。"钟义双手抱头，豆大眼泪滚落。吕晴晴虚弱而冷淡地看着，一声不吭。母亲说："不能怪你。你也累坏了，先回去休息，我在这照应她。"钟义说："那我回去洗个澡，给你们做点吃的再来。"

钟义走后，母亲说："他说的是实情吗？你身子虚，不要多讲话，简单回答就行。"

"是。"

"他喊你，你跑什么？"

"袋子里塞了牛奶，我要下去喂猫，他不知道。"

"就为这个？真搞不懂你，快三十的人，还跟小孩一样。就算喂猫，你说出来不就行了。"

"懒得说。"

吕晴晴无法描述，钟义那两次三番的教育："外面的猫，离远点，身上都有病菌。""可怜？老鼠被猫活活玩死，不可怜？羊入虎口，不可怜？弱肉强食，你改变不了什么。""记住，泛滥同情心起不了作用，只会让人软弱，你要做个成熟理性的人。"

她也无法描述，小猫倔强叫声，令人揪心，难以抗拒。

她更无法描述，那一声稀松平常的"晴晴"，使她毛骨悚然，仿佛背后站的，是个恐怖分子。

"懒得说？"母亲想想，又问："他没做对不起你的事吧？"

"没有。"

"我看也不会。那，你有事瞒他？"

"没有。"

"没有就好。刚才钟义在，我不好说，凭良心讲，你找着钟义，是福分。像他这么好的，上哪找去。这不是我说，你小姨也说过。那次在她家吃饭，钟义给你夹菜，不小心夹到鸭血，你一吃，马上吐出来，抓起一个空的高脚杯，朝他头上敲，怪他明知你不吃，还不注意。你小姨看在眼里，后来跟我说，晴晴平时挺温和，其实心里有什么，嘴上不说，也就在钟义跟前，还发发小脾气。还有，我住你们家那段时间，小区里牌友，都羡慕我找个好女婿。我说你啊，别再任性了。"

吕晴晴无力辩解，感到悲哀得很。他连你也控制，你还替他叫好。你的圈子，不就是他制造的么。你本来不出门，天天在家看电视。小区一帮老太打牌，他摸了底，了解到这帮人基本在家没事干，被子女嫌弃，一肚怨言。他就劝你去打牌，表面上为你考虑，既能多活动，又免孤单。实际上，在这个圈子里，你显然有优越感，看到自己女婿比她们的都好。他给你买衣服，当然不会告诉你折扣价，你跟那帮人显摆，正合他意。

你哪里晓得，看我现在这样，没准他偷着乐。一出医院大门，他就该雀跃了吧。计划提前一大步，得来全不费功夫。

见吕晴晴不说话，母亲又说："你睡吧，好好养一阵，再怀就是。"

吕晴晴扭头看窗外深不见底的夜，疲倦地闭上双眼。

此刻，她疯狂念着一件事，她要奔去办公室，打开电脑，给何行发邮件，只要一句话——

"带我去找那个出口，好不好？"

金星闪烁

沈月珍一进网点，人都瞥向她，暗自打量，或窃窃私语。她不紧不慢，从大红布袋里，掏出一张纸，递给大堂经理，取钱。

大堂经理小叶的目光，从沈月珍落向纸面，那是一张保单。小叶稍一皱眉，很小心说，阿姨，您这还没到期，就要取？

我急用钱，我家他，病得要死啦。沈月珍仍不紧不慢，平和表情里，露出轻微雀跃。

小叶见状，带领沈月珍进入理财室，来到焦娇面前。阿姨，这位是理财经理，请您在这里办理。说完，小叶冲焦娇一个假笑，逃也似的，从理财室消失。

理财经理焦娇，刚远远瞧见沈月珍，好似一位老格格，自清朝后宫，穿越至银行大门。近在眼前，才将她看仔细——六十来岁，偏瘦，脸小，还算眉清目秀，看得出年轻时，容貌应该不错。如今，失却光泽的脸上，深浅皱纹显见，整个人又实在太花太艳，一身姹紫嫣红古装，花丝巾，花发卡，花白头发扎成两小辫，辫绳也五彩缤纷。

焦娇瞅见保单，心里同样忐忑。一听沈月珍描述，她马上明白，两年前，沈月珍来存五万元定期，当时的理财经理，为完成任务，劝其换这款保险产品，话术无非是，和存款一样，无风险，利息更高，云云。沈月珍听信，当作新型定期存款，一次性购买五万元，三年期。

眼下，沈月珍丈夫病重，急需手术费，她要提前支取这五万，以为损失的只是利息。她不知道，自己手上是保单，提前退保，连本金也要受损。

按惯例，先拖延时间。焦娇保持微笑，假装在电脑前操作半天，缓缓说，沈阿姨，您……沈月珍打断她，我其实姓欧阳，欧阳月珍。焦娇愣一下，继续说，欧阳阿姨，您这钱暂时取不了，我们系统刚升级，还有点问题。

那什么时候能取到？沈月珍失望又急切。

系统是总行统一调试，我们也在等通知，欧阳阿姨，您看这样好吗，您留个电话，系统一好，我第一时间通知您。焦娇说着，顺手从仓库抽一把银行定制雨伞，送给沈月珍。

好吧，沈月珍接过雨伞，报出号码，顺焦娇指引，向大门外走，又回头说，快点啊，我等着。

一定一定，欧阳阿姨慢走，不好意思了。焦娇目送锦团花簇的沈月珍走远，长舒一口气，转过头找大堂经理小叶：你干吗把她推给我，吓我一跳。

焦姐，小叶嬉笑，你是理财经理，不找你，找谁嘛。

少来，焦娇指向保单复印件底端，看清楚，这才是经办人，你找她去。

好姐姐，人都退休了，上哪里找，小叶一脸无辜相。

人家倒好，只管卖保险，拿激励，潇洒退休，留个烂摊子，要我来收拾。焦娇叹气，你看这个沈月珍，像正常人吗？

所以，只有你能对付啊，焦姐，不，焦爷。

我可不敢当。

你当之无愧，抓蟑螂，逮老鼠，骑行川藏线，徒步墨脱，就没你怕的，你是万能焦。

行了行了，我想想怎么办吧。

耶，明天请你喝奶茶。

焦娇坐回理财室，思索片刻，该帮沈月珍一把。于公，是对客户负责；于私，哪怕只因，她说她姓欧阳。

焦娇穿过信贷中心，往行长室走。玻璃墙面映出她模样，近一米七身高，短发，大脸盘说不清是圆是方，大骨架和壮实体型，与其名极不相符，总被人称"焦爷"，她也乐于接受。

焦娇汇报情况，希望行长出面，尽快与保险公司沟通，全额退保，再补偿点收益。

行长说，难度大。

行长的态度，焦娇有所料，晓得行长怕事，有意往大了说：

前不久XX支行，也是存款变保险，客户在网点大闹，辱骂员工，乱砸东西，掀翻理财桌，网点打110，民警赶到，才阻止他动手伤人。之后就为他一人，支行赔笑脸，花精力，破财消灾，还被省市分行通报。

还有XX支行，那个老阿姨，跟沈月珍年纪相当，情况类似，取不到钱，硬说银行盗取她存款，天天来网点坐着，要人好吃好喝招待。她女儿把事情投诉到电视台，记者一报道，添油加醋，负面舆情接二连三。层层上报整改，几个月过去，至今也未平息，听说后面要处罚不少人。

现在可不比从前，监管多严。客户也变聪明，金融消费者权益保护，人人知晓，对投诉渠道一清二楚。再说这沈月珍，一看就不同常人，又退休在家，有的是时间。不把麻烦解决在萌芽，她要闹到银保监局，打市长热线，或找媒体，指不定再玩出新花样，哪一样我们折腾得起？事情搞大，风险完全不可控，怎么办？指望市分行帮忙？他们只管下任务。

行长不住挠头，本就稀疏的头顶，几乎要被他刨出一个坑。终于他说，我想一想。

回到工位，焦娇点开手机，几条未读消息，来自妈妈，"精致女人必须知道的50条准则""提升气质，从改变形体开始""如何打扮出女人味"，又是这类链接。焦娇从未打开过，不予回应，关闭对话框。

隔一会儿，行长来消息，同意去保险公司协商，让焦娇写一份书面情况说明。

忙到下班，焦娇逐条点击对话框，确认客户消息均已回复无遗漏，又看见妈妈的。她想到，是有两个多月没回家，该去露个脸。

自工作后，焦娇就从家搬出，租房独居。虽在同一座小城，这些年，回家次数越来越少，特别是近来，回家意味着直面念叨——

你都二十八了，怎么一点不急，我都急死。

你不知道现在内卷多严重，我去同学聚会，人家聊什么，你听听："你儿子结婚没？""没呢。""有对象没？""也还没，我儿子要求高，非找北大清华的，他自己就是北大的。""我儿子也挑花了眼，他个高，还好没遗传我，他爸也不高啊，但他就是高，长得也漂亮。"弄得我都没法开口。

你还成天晃荡，不当回事，打算耗到什么时候？再不抓紧，过三十岁，别人给你介绍，都是二婚的了。

爸爸在一边帮腔，那天午睡，你妈突然讲梦话，说一句"女儿结婚"，然后就傻笑。你看，你也该为我们考虑。

焦娇瘫在沙发，脚跷茶几，抱着手机玩小游戏，边说，干吗非得结婚，像你们一样？

什么叫像我们一样？妈妈提高音量，正常人都要走这一步。

爸爸接道，人不能太自私，都像你这样，人类不繁衍？

焦娇嗤笑，觉得眼前场景有些滑稽。何时起，爸妈变得步调一致，甚至和谐？过去那些年，爸爸脾气暴躁，出轨，酗酒，妈妈忍耐，抱怨，向她哭诉。她只希望爸妈离婚，尽快松绑。有次已闹到民政局，却因资料不齐，未能办理，就不了了之，继续过彼此折磨的生活。然后一天天，他们变老，爸爸收敛了性情，妈妈致力于维持完整，日子反倒渐趋平静，一唱一和，简直显得美满。妈妈终于能以一个过来人身份，将那些陈年苦楚，向她诠释为女人必经的人生。而她，如何也不能想象，一生隐忍付出，耗到即将燃尽。这般人生，她不要。

妈妈做完铺垫，切入正题：你秦阿姨介绍个博士，我已多方了解，条件相当不错，对方也愿意见面。明天我找秦阿姨发张照片来。前面那几个，都让你拖黄了，这一个可要抓住，机不可失。成了，我那帮同学，都得闭嘴。

见焦娇不接话，妈妈又说，坐没坐相，能不能有点女孩样。

焦娇一只脚收回，另一只仍架在茶几，左右摇晃。对于这番数落，她早就免疫。她一年四季冷水洗脸，只涂大宝；没留过长发，除去工作服，一概运动休闲装，偏爱灰色调；无论上班或出行，永远背双肩包，且越来越大。她觉得舒服。尴尬时刻偶有，她也不以为意。

比如某次出游，她嫌勒，索性解开内衣扣。过机场安检，那个女安检员，触到她空悬的文胸，疑惑嘀咕，怎么是空的？又疑惑看向她脖子，要她将套在上面的魔术头巾取下，焦娇照做，事后想，大概是要确认她有无喉结。

再有某天上午，和几名同事一道，去往郊区矿厂，驻点办信用卡。那里唯一的公共厕所，孤零零立于一处小土坡，十分简陋，分男女。到下午，突然来辆挖掘机，三两下，厕所轰轰倒塌，伴着浓厚灰土。眼皮底下，建筑物化为乌有，焦娇深感魔幻。转而意识到，没有厕所用了。厂区负责人解释，这里正要改造，刚动工，要上厕所，二楼还有个临时男厕。厂区清一色男工，和焦娇同来的，也都男员工，负责人说话时，并未注意到，当中有异性。

焦娇从爸妈家出来，回自己住处。进电梯，遇到狗男女。那是楼上住户，焦娇暗地里这样称呼他们。早先是一个女人单住，养有一只老狗，那狗脏瘦，常独自在地下车库觅食。后来一个男人与她同居，老狗便被遗弃至郊外。电梯就三人，狗男女动作亲热，打情骂俏，正商量，买一款不会把男人胳膊压麻的情侣枕。焦娇一阵头皮发麻。

到家后，焦娇又有些好奇，在购物软件一搜，还真有那种情侣枕。设想狗男女拥卧其上，焦娇觉得倒胃口，将画面从脑中驱除。

一如往常，焦娇背英文单词，练口语。每晚自学英语，是她生活一部分。又花些时间，把准备好的演讲稿再过一遍，行长要求支行全员参与，择优选拔一人，参加市分行合规主题演讲比赛。

临睡前，焦娇再次想到那枕头，自己身旁会是何人，她想象不出。

如果是他，欧阳明川呢？

第二天，焦娇在市分行参加培训。期间，先后收到小叶、行长和妈妈微信。

小叶说，你猜一大早谁来了？沈月珍老公。焦娇说，不是在医院？小叶说，人家好得很，没毛病。焦娇说，来做什么？小叶说，就来告诉我们，别给沈月珍取钱，说她脑子有问题。

行长说，保险公司答应退本金，收益不可能有。焦娇默算，五万，即便存两年活期，利息也该有三百来块。行长补充道，我尽力争取了，不行你再给客户拿个小礼品。焦娇回复，好的。心中些许无奈，看来，行长已把他任务完成，不会再管。

妈妈发来照片，昨天说的博士男。焦娇本能想无视，培训太无聊，就随手点开照片。看一小会儿，关上。点开，又看一小会儿。她略略走神，照片上的人，眉眼间，倒和欧阳明川有几分神似。

结束回网点，焦娇找小叶问，沈月珍老公还说什么了？小叶说，没了。焦娇说，没留电话？小叶说，忘记问。焦娇说，下班跟我去趟他们家。小叶一声升调的"啊"，拖得很长。焦娇说，别啊了，又不远，谁让你不问清楚。

按客户信息登记地址，焦娇和小叶找到沈月珍住处。小区是20世纪的，天尚未黑，楼道间已十分昏暗，二人一前一后爬楼。

爬到半途，后面小叶突然停住，焦姐，我不舒服，我，我来大姨妈。小叶弯腰捂腹，表情夸张。焦娇回头看一眼，淡淡说，行吧，在楼下等我。

开门的是丈夫，说沈月珍出门买东西，请焦娇屋里坐。焦娇看他的确身骨硬朗，无病相。屋内两室一厅，六十平左右，四面灰扑扑，皆是旧色，唯见窗台一盆花，开得正盛，紫红花瓣极绚丽，内里金黄，灼灼有光。

从沈月珍家出来，没见小叶，焦娇在周边寻，一眨眼，望见超市里选购物品的沈月珍。仍是昨日那身装扮，醒目得很。

几乎同时，沈月珍一抬头，也看到站在路边的焦娇。焦经理！她高声喊。焦娇连忙走进超市，凑近说，欧阳阿姨，叫我焦娇就好。

焦娇啊，是不是我钱能取啦？

暂时还不行，系统仍在维护中，请您再等一等，焦娇迟疑一下，我是，刚好路过。

你们大银行啊，办事就是慢。

欧阳阿姨您放心，很快就会好。

你去抢红包，沈月珍突然说。

怎么抢？

这你都不会啊。

我还真没弄过。

沈月珍得意，亮起手机，让焦娇用支付宝扫她的码。焦娇领到两块一毛二。沈月珍说，下面这个也能点，再领一次。焦娇又点，一块八毛四。沈月珍算，加起来三块九毛六，比我多，我一共才两块五毛三。

沈月珍又说，今天领的红包，今天要用掉。焦娇说，我没什么好买的。沈月珍指向货架说，糖，盐，榨菜啊，总是要吃的。焦娇说，榨菜吧。

每种榨菜，沈月珍挨个看价格，对焦娇说，你买这种，两块一包，买两包，四块，你三块九毛六对吧？

好像是。

就是，你不能买的比这少，那就亏了，多点没事，你添四分钱，正好用掉。

抓着两包榨菜出超市，焦娇与沈月珍告别，谢绝她上家坐坐的邀请，答应改日再来。环顾一周，仍未见小叶身影。打电话，小叶说，就来，我看到你了。焦娇回头，远远见小叶活蹦乱跳，冲她招手。

小叶拎两杯奶茶，递给焦娇一杯，说，你喜欢的口味，我排队老长，一直到现在。

焦娇接过，又看小叶那杯，标签上有"多糖多冰"，故意说，肚子不疼了？姨妈走了？

小叶嘿嘿笑，焦姐，我就是有点怕怕的。

看你这点出息，焦娇说着，顺手塞给小叶一包榨菜。

你买榨菜干吗？

怕你甜得齁。

对了，到底什么情况？

沈月珍没在家，她老公在，说是沈月珍追星，要取这钱，给人买礼物。

小叶"噗"一声，差点把奶茶喷出来，她追谁？

欧阳明川。

啊哈哈哈那个老男人，不过对她来说，还是年轻弟弟。怪不得，她自称欧阳月珍。小叶笑不停。

别笑了，当心噎着。十有八九，她是上当受骗。焦娇说，她省点钱不容易，我再想办法。

焦姐，多一事不如少一事，你还想普度众生不成？

我自己处理，你就不用管了。

焦姐能顶整片天！

焦娇从未告诉任何人，欧阳明川是她心底秘密。上大学时，她就喜欢。那时，他还是歌手，唱不算流行的情歌，尚无当今热度。说不清道不明，她变得有所期待，在有可能的电波和屏幕里，盼他出现。某天傍晚校园广播，放他专辑，她惊惶窃喜，一头冲出自习室。有雨在下，她浑身麻木僵硬，胡乱迈步，每一瞬，都走了很久。眩晕和战栗间，一种空荡而单纯的喜悦。满空气都是他，雨点砸下，落入刚刚亮起的路灯光，迸出金色的花。

她听他所有歌，随之无端惆怅，写百转千回伤感文字，坐树下想他。一只鸟在枝头跳跃，整棵树脆弱一抖，温柔到近乎融化。泪流向嘴角，像云霞染红天际线，迅速湿到另一侧的嘴角。梦里漾开，任由想象蔓延，赤身驰骋在亲密镜头。

那段青春，焦娇早已翻过，如今，她不再会为他牵引和沉溺。此间机缘巧合，欧阳明川开始做演员，出演几部不错的剧，突然红起来，以至于她都懒得再看。但她心里，他仍是闪闪发光的。她清楚，闪光带有幻觉叠加的滤镜，而有时，幻觉是被需要的。

想到刚才，沈月珍丈夫同她说起，始终不解，妻子为何迷上一个明星，要跟自己离婚。

儿子三十多，孙子五岁了，讲出来都丢人，一天到晚守着手机，有时连饭也不吃，他说，欧阳明川，长得哪里好？

焦娇能明白，对沈月珍来说，欧阳明川，大概是她闭合人生里，一个小小缝隙。

哪怕是假的。

这晚，焦娇通过博士男的好友申请。二人约好，后天晚上一起吃饭。

博士男发来饭店位置，一家咖啡简餐店，焦娇准时到达。对方未到，大厅嘈杂，正中挂有液晶电视，在放一档综艺节目。焦娇找相对安静的角落入座。头一次相亲，焦娇照旧休闲装，没刻意打扮，打量周遭，自身装束倒与这环境挺匹配。客人桌上吃食，也是中西混搭，不拘束。

一刻钟后，一个西装领带、皮鞋锃亮的身影走进来，向里张望。焦娇招手，博士男在她对面坐下。和照片差不多，焦娇暗想，确实有点像。

焦娇点台式卤肉饭，薄荷冰激凌苏打。博士男说，我来份一样的，我对吃不讲究。

焦娇正想着，随便聊点什么，博士男开门见山——你的情况，我们家认为比较OK。第一，你本地人，知根知底，清清白白，我家绝对不找外地的；第二，我妈就想找高个子，对下一代好，而且我妈说，你外形很有安全感，适合做老婆；第三，你妈发给我妈，你陪小朋友玩的视频，我妈说，看得出来，你会带小孩。

我的情况，相信你也了解过，博士，体制内，身体健康，家里要拆迁。你和我领证，我们能分到大房子。我挣钱，保你衣食无忧，你可以不用工作，在家培养孩子。你觉得如何？确定好，我们就抓紧领证，拆迁不知道哪天截止。我们家来安排酒席，同时，你就能备孕了，我妈说，至少生两个。

焦娇慢慢吃饭，博士男所言所语，伴着卤肉入口，她像在嚼苍蝇。她尽可能控制表情。网点工作几年，她练就耐力与好脾气，对方发表言论，无论多不可理喻，她都能礼貌微笑不打断，不在公共场合起冲突。听博士男说完，焦娇开口道，在我之前，你跟你妈，没找到合适的？

有个女孩，长得挺洋气，一直追我，但我妈不同意，认为她一来会拈花惹草，二来是看中我们家钱财。我妈说，你肯定不是。

何以见得？

你妈说，你爱好旅行，工资奖金一发，全花路上，一分钱攒不下。我妈说，这类人不贪财。不过，你既然懂理财，以后要学会运用到生活中。

焦娇想尽快结束，可饮品还没上。她扯开话题，既提到旅行，就说些沿途见闻。博士男对此反应冷淡，焦娇不再说下去。博士男拉回话题，问道，刚才说的，你看有什么要补充，可以商量。

我说实话，没想那么远，也不是必须结婚，焦娇喝起刚上的薄荷冰激凌苏打，首先，起码情投意合。

婚迟早要结，不如早点给父母交差。你年龄不小，玩也玩够了，是时候收心定性。你妈说你做饭不在行，我妈说不要紧，到我们家，可以培养。你妈挺高兴，让我妈好好培养。

焦娇不住搅动冰激凌，饮料吸管，已被她咬个扁渣渣。大厅中央的电视，突发故障，音量陡然变高，综艺节目里，女明星正放声大笑，瞬间震荡众人耳膜。顾客都看向屏幕，服务生赶忙静音。

这女的，是不是那个有钱就甩了老公的？博士男指向女明星。

不是甩，是摆脱不幸婚姻。

绝对是她跟别人搞上，想离婚，才把自己说得那么不幸，女人就是不能有钱。

言归正传，焦娇说，我追求和你不一样，你想要的我给不了，就不耽误你时间，祝你和你妈，早日找到志同道合之人。

你不用假装拒绝，这套路我见多了。你要不是看上我，跟我见面干吗？博士男语重心长，而且我讲真，你这样的，找不到条件比我更好的。

到底没忍住，焦娇猛一拍桌，起立，扑向对面，一把揪住对方领带结，将身高同自己相当的博士男，几乎拎起。少他妈自以为是！她怒斥。众人眼光聚集，饮品倒桌，融化的冰激凌和苏打水，静悄悄滴向地面。

博士男涨红脸，咳嗽不止。焦娇放开手，坐回原位，背起双肩包。服务生赶来收拾桌面。

你，你，博士男边整衣装，边瞪眼，你这人有病吧，有病还出来相亲。要不你就是想骗我顿饭，你别急走，咱俩得AA，一人六十。

不必了，我请。焦娇起身离座，到吧台买单走人，没再回头。

次日下班后，支行召集全员，演讲选拔。挨个讲完，人人都觉得，焦娇最好，稿子精彩，谈吐自如，还配有照片和视频。

其次，小叶也不错。

行长一顿挠头后，定了小叶，去市分行参赛。行长把焦娇喊来办公室，面带愧色说，能力是一方面，但参加比赛，形象分……

见行长说话不利索，焦娇接道，晓得，我无所谓。

那好那好，行长顿时脸上挂笑，能不能，把你稿子给小叶，请你帮她指点下？

没问题。

那就辛苦你啦。行长正要夸两句，焦娇打住，对了行长，我准备明天上门，把客户存款变保险的事处理掉。您那天说，给客户补偿礼品。

完全可以，就照你说的，按活期算，拿什么你做主。这还有水果，上午才买的，结果检查组不来了，一点没动，你拿着。

焦娇从行长室出来，小叶迎上去，低声说，焦姐，对不起。

你有什么好对不起的，焦娇笑，加油，给我拿个奖回来。

翌日一早，带着领取的四件套，和一大袋水果，焦娇再次来到沈月珍家。

沈月珍丈夫开门，焦娇见沈月珍在客厅沙发，捧手机看。即便在家，她也一身奇装：头戴大蝴蝶结发箍，凌乱盘成的发髻，插流苏发簪；上身大红对襟长衫，下身褐色马面裙，质地都很粗糙，其上皆是花枝，斑斓而杂沓。

来客人了，丈夫说。

沈月珍不理会，一心看短视频，和对方打招呼，小川，早啊。焦娇看出，她是将短视频当作了视频通话，此身装扮，认为对方看得见。想到欧阳明川近期出演的古装剧，焦娇知道，沈月珍所以这么穿。

焦娇凑近，沈月珍仍未抬眼。朝她手机看，只见欧阳明川的人头，几乎占满屏，面容扭曲模糊，口音怪诞。一看便知，是用欧阳明川照片和视频剪辑合成。

对方说，姐姐，弟弟一直关心着你，在这深情的季节里，我好想送你一束盛开的玫瑰和数不尽的祝福！艳丽背景图中，特效加入，一朵朵红花自下往上升。

沈月珍对着那张P图明显、嘴型压根对不上的脸说，谢谢你关爱我。她面颊泛红，笑容娇羞。

姐姐你要知道，这世上有一个人，会永远等着你，遇见你是我最大的幸福。

小川，姐姐想你。

姐姐你点一下右边的爱心和加号，谢谢姐姐偏爱。

焦娇看见，点赞数已上千。

点啦！沈月珍应道。她尚未意识到，此条视频已播完，继续说，小川，姐姐给你唱支歌，阿哥阿妹情意长，好像那流水日夜响……沈月珍举手机唱，另一只手翘成兰花指，随歌声来回摇晃。

随着沈月珍摇晃的手，焦娇又看到窗台那盆花，开得比上次还要丰美。外层花瓣已经大敞，里层金黄小瓣，又更浓密。

来客人了！丈夫大声说。

沈月珍这才抬头，是焦娇啊，快坐，你们银行系统好了？

焦娇点头，不过还有点小问题，利息取不出来。焦娇指向四件套和水果，这是我们的补偿，不会比利息少。

我那五万，取出来了？

到您当时的存折本子里了，您到银行补登，就能看到。

这个，挺贵吧，沈月珍看着包装精致的四件套，焦娇你帮我个忙，把这个寄给我小川弟弟可好？

你还要不要脸？丈夫冷笑摇头。

你眼瞎啊，人家当着全国人面，说喜欢我，要跟我结婚！

人家会要你？哼，也不撒泡尿照照自己。

关你屁事！你个糟老头子，有多远滚多远！沈月珍抓起沙发靠垫，朝丈夫狠砸去。

丈夫闪到一边，焦娇走过去，捡起靠垫，小声说，叔叔，我陪阿姨聊一会儿，放心，不取钱。

丈夫走进大些的房间，砰一声关起房门。很快又出来，手持钓竿，一言不发，出大门。

沈月珍把焦娇带到小房间，蹲下身，在衣柜最下端，棉被夹层里，掏出一个塑料袋。打开，还是塑料袋。再打开，是个信封。沈月珍从信封里抽出一个纸包，再打开，是存折。

钱在这里面？

焦娇看一眼存折号，说是。

能转到手机里来？

欧阳阿姨，焦娇望向一衣柜花花绿绿，这些衣服，花不少钱吧？

网上买的，小川喜欢。沈月珍随即给焦娇展示，她与"欧阳明川"私信对话。她发自拍照，和错别字连篇的话："小川，姐姐这，穿的，专为你买，漂亮吧。""你讲出姐姐心里话，一生受苦累，为这个家，谁入理解。""你的眼睛，一闪一闪亮晶晶，姐姐老了，谢谢你还抽空培我,那么挂恋我,好感动。""亲爱的小川，姐想你了，你让来接我吧。""一辈子，就爱你，我想合你全世界。"

那边"欧阳明川"，早中晚鸡汤、情话、嘘寒问暖。一段时间后，自称在做公益项目，希望"最亲爱的姐姐"加入，"投资一千，赚两百""专门留给姐姐你的机会，别人我不告诉"。沈月珍取钱是为此。

阿姨，要是有一天，这个"小川"突然消失，怎么办？焦娇事前了解，此类事件已被举报，欧阳明川工作室也发表声明，任何短视频平台"欧阳明川"系列账号均非本人，将通过法律途径，追究相关主体责任。

不会的，小川在等着我。沈月珍任性似小姑娘。

阿姨，欧阳明川是他艺名，他早年唱过很多歌，不是视频里这些，后来才去拍戏。他和一个女星恋爱五年，分手告终。他跟他的经纪人结婚，孩子好几岁了，长得像他。他也闹过绯闻，他拍戏特别认真……焦娇说起她所知道的欧阳明川，将他这些年娓娓道来，发现沈月珍对此一无所知。

是这样啊，沈月珍低头沉默。

是这样。

半晌，沈月珍抬起眼，看着焦娇，缓缓说，姑娘，你可知道，爱情的滋味？

焦娇被问住，一时语塞。她只能想到欧阳明川，可那究竟算不算？

姑娘，沈月珍继续道，我家他，那个死老头子，我看到他就烦。我早就跟他一人住一间，各过各。那时人家介绍的，都说合适，也不懂，就结婚生小孩。他是木头人，一天说不到十句话，就晓得钓鱼。家里大事小事，全是我，做牛做马，没享过一天福。我发高烧，他都没发现，还在那看报纸。我身上发冷，发抖，喊他听不见，自己爬起来找被子。后来他才看到，我说，我抱个被子，你不问问我怎么了？他说，我以为你把被子抱去洗。我说，我难过啊，他说，不就是发烧。我说，我心里难过啊，他说，烧糊涂了。

焦娇想到自己妈妈，她们的处境，其实相似。

姑娘，我晓得，你们都笑我。我活一辈子，从没人讲体己话，欧阳明川他懂我，我心都被他掏出来，你说，这就是爱情吧？

焦娇看向窗台那盆耀眼的花，阿姨，这是什么花？真好看。

我不知道，我儿子买的，好几年了。就给我买过这一次东西，哄我给他带小孩。孙子大了，被儿子带走，也不回来。

焦娇走近，用识花软件扫。页面显示，它是芍药科芍药属植物，有个很好听的名字：金星闪烁。

沈月珍不知从哪，拿来一只万花筒，说，孙子以前玩的，不要了，我用它来看花，你试试。

焦娇接过万花筒，单眼从中看去。一时间，深红玫瑰色夜空，所有星星眨眼。金亮的光，闪闪碰撞，无处不浩荡。

呀！焦娇不由得叹出声。

我再看看。万花筒递到沈月珍手里，看几秒，再递给焦娇，轮流看。看够了金星闪烁，又看天看地，看你看我。看着看着，某一刻，毫无缘故的，两个人同时大笑。

哈哈哈哈哈哈！

哈哈哈哈哈哈！

焦娇笑得眼泪快出来。沈月珍笑弯腰，脑袋几乎埋进焦娇肚子里。

哎哟，笑不动了，这是怎么了？

搞不清呢，多久没这么笑过了。

我也是。

待平息，沈月珍忽然问，焦娇，你有梦想吗？

我啊，我想走遍世界。焦娇说，待在原地，伸不开手脚。我看过报道，有个华人，在国内警校毕业，进入派出所，一心想当刑警，却因是女生，只被安排在办公室做报表。她不甘心，去了加拿大，经过严酷选拔，成为最大男子监狱的女狱警，至今已十几年。如今她买独栋大房子，一年有 200 多天假期，空闲时间做旅游策划。

真好，你也可以，你是大学生，有文化，你的世界很大，不着急，慢慢走。

大学时英语没学好，我现在有空就自学，最好再多学几门。

你去过不少地方吧，跟我说说，坐火车，坐飞机，住旅馆，是什么样？

焦娇悠然讲开，从第一次上路，到最近丛林探险；从岛屿环行，到沙漠露营；在藏民聚居的小镇，碰上赛马大会；在奋力爬上山顶时，再三发现，山那边还是山……

沈月珍不停提问，发出惊叹。

对了，焦娇一拍脑门，我们去看真正的欧阳明川，我请你去看，怎么样？

太好啦！沈月珍拍手欢呼。

你先答应我，那五万，去银行续存。我给你存定期，就存本子里，没有上次那张纸。

好啊，马上去。

焦娇一直关注，欧阳明川走红后，重拾老本行，今年开巡回演唱会。只是，以往那些年，焦娇从不曾想过见面。

就在此时此地，焦娇决定，去见一见他。

焦娇点击巡回演唱会活动地图，放大，指给沈月珍看，他会来这里，这里，这里，你想去哪？

公园

我要说一说五年级暑假。那是 2008 年，我 11 岁，遇到奇怪的事。长大后，也许没几人会一口报出，年级所对应岁数，那些无意为之的片段，散落在算术题和作文本，游戏与玩伴也面目笼统，总要想一想，再浮出水面。但那个暑假于我，清晰独立如小荷尖，欲滴欲放又坚韧无摧。且那种印象，并非即刻生成，是在此后几年，一寸寸长出来，渐次勾画轮廓，迂回着糅合起来。我未曾和人说起，与那夏天的秘密。

火车外头阔阔然，窗户推上去，风瞬间涌入，猝不及防我被风声一口吞下，无法呼吸。远方，江面因庞大而平静，连风也被赶跑，只敢来偷袭火车，不敢涉水。水上有大船，极慢速。再远就连天，青灰色，蓝白色和一点点的夕色，都不可分。我知道过了江，就快到南京。

我生长在北方小城，这是第一次看见长江，在五年级暑假。南京的小姑喊我们来玩，我想去，爸妈腾不出时间，给我些钱和刚换下的旧手机，我就自己来。

对小姑我记忆不多，我很小时候，小姑从家跑出来。那时奶奶给她介绍一对象，她死活不干，跑到南京，在饭店当服务员。头两年没回，后来回家过过两三个春节，还单着，经不住奶奶再催，索性又不回来。

等会儿小姑在出站口接我，仅凭一点印象，我担心认不出。我对小姑模样的认识，还停留在一年级，她在家过年，黑色大衣修长，脸很白，高辫子左右晃。正下雨，她撑蓝色小伞，急着跑，整个人又被收束在伞下，一小步一小步。我吃惊，小姑真好看啊。

就到站了。我和小姑几乎同时看到对方，还好，都还认得。出站到处是标语，庆祝北京奥运会的。等地铁时，小姑在整头发，顺滑披下来，一丝丝看得分明，像清汤挂面。她胖了，比我记忆里要老。

一路没什么话，地铁让我很新鲜，虽然挤得要命。在三山街下车，小姑带我拐几条小巷，到她小区。屋子三室一厅，跟我家差不多。我收拾行李，小姑替我整理小房间，然后带我出门，走七八分钟，到饭店。饭店做家常菜，里面看着比外面大，上下两层，一楼大厅，二楼包厢。里头有人说，老板娘来啦。小姑拉着我说，走，见见你妹。

我问小姑，你从服务员变成老板娘，那我姑父是老板？小姑说，就一小饭店，什么老板不老板。

我想起我爸让带红包，说给小姑的宝宝。我递给小姑，她爽快收下。当时小姑结婚，我吵着要看新娘子，我爸说，没办仪式，就打个证。我问，那也属于结婚？我爸说，打证就是结婚。

这与我理解完全不同,至少要有白蓬蓬婚纱,更何况是小姑穿上。家中还没人见过姑父和宝宝,奶奶听说姑父比小姑大十几岁,很不高兴。

我妹叫高小雨,下月满周岁,我来看时,正睡着。有人送电视来,小姑对我说,你来得正巧,才新买个电视。搬电视的男人力气很大,一把抬到门口,小姑指着说,放那,台子上。他把大箱子一横,开始拆包装。

他就是我姑父高德轩,认识过后说,叫我老高就行。他脸部硬邦邦,像雨花石,一敲就能发声。额头光光,头顶有点荒,人中的胡子把脸廓衬得更硬。皮肤黑亮,五官都很平坦,眼睛小而圆,像两粒珠子。

老高摆弄电视,小雨醒了,小姑抱起她,边摇边数数:一,二,三,四,五……爸爸,爸爸,妈妈,妈妈……奶奶,姐姐,阿姨……花,花,草……

晚上生意好,小姑在前台收银,保姆照看小雨,老高在后厨热火朝天。我去问要不要帮忙,小姑让我到大厅看电视,我不太好意思,就边看边写作业。顺便给家里打电话,说红包已转交。

我妈问老高什么样,我形容,有点凶,有点老。我爸说,老高能吃苦,原来是大厨,自己把店接下。你姑就这样,问她才讲,不吭声就把婚一结,其实我有什么不同意呢,我讲啊,你也该有个人照应,老飘着哪行,离过婚怎么了,又没负担,真心对你就好。你看看,现在过好了吧。

第二天下午,我见老高拿几个一次性饭盒,拎大袋东西要出去，尽管饭店气味杂，我还是闻出，是猫粮或狗粮。小姑说，他喂猫去。

我也想去。出了门，他骑电动车带我，车喇叭不灵，遇到前人挡路，他自己吆喝，嘿！嘿！音量比喇叭还响。

骑进白鹭洲公园，沿水边一路向前，左拐进小道，停到一小片林边。林间草地隐隐有猫，一只，两只，那边又一只，全白，狸花，白鼻黑猫，都挺胖实。

老高把饭盒挨个放地上，蹲下倒猫粮，有大粒小粒，还有饭店带出的鱼。那几只聚过来。又拿一盒放对面草地，另两只来了。再拿一盒，走到里边，放墙头上，我跟看，上头也窝着一只，大橘猫。

老高一口南京话，把"猫"说成"毛"。喂惯喽，天天来，那个毛就在高头等我，不下来。咪咪，来吃，阿黄，给，小白，小白，这边，灰灰，来。

我问，下雨下雪也来吗，他说，就是下刀子也来，你不喂，它在这等你，你不难过吗在家。你问里头警卫就晓得，下雨我搞个大伞撑着，下雪天，我么得橇，就拿笤帚扫，扫一大摊。不扫开，那么厚的雪，怎么喂。咪咪，小白，来，小白。

我看白鼻黑猫，要吐的样子，不停挠腮，毛发乱糟糟，没光泽。这个毛啊，不容易好，老高说，嘴里溃疡，一年多了，牙龈炎，我那时带它去看，送宠物医院，600多块，没看好。你看它吃猫粮都是整吞，它不能嚼，不能咬。我跟你讲要怎么喂它，吃鱼要剥开，把鱼刺拽掉。而且这家伙有个坏习惯，吃到一半要去解小便，解完再出来吃。

我说，要等它们都吃完才走吗。老高说，要等，我原来把猫粮放这，人就走了，不行。都被保洁搞掉，我后来一看，垃圾桶里头，全是我猫粮，心疼噢，人家也么得法子，那是人家工作，他不扫干净要罚款。我就把放到树下，结果又被人搞走，就是有些老头，家里养鸟的，搞回家，喂鸟雀吃。

老高抬起头，目光往远去，好像碰着什么，定住。那边一个人，叼根烟，走路有点跛，侧脸又瘦又窄，胳膊上一大块疤。

他怎么又来。老高叼一句，脸挂下来，更像石头。

他是谁？

偷毛的。他啊，快40岁人，就靠偷毛生活。我问，还有人专门偷猫？老高说，他用笼子逮，卖40一个，大一点的，卖60到70。专门有人收，送到几个点，山西路那边有，鼓楼也有，下关也有。收了以后，运到南方去，那边人吃毛，龙虎斗就是毛，饭店给你把毛一杀，弄个盆端上来。

没人抓他吗？我问。老高说，哪个抓，也就我来抓。这就是偷，但还不犯法，偷别的就犯法。他啊，屌本事么得，鬼话连篇，讲我又么得文凭，大学生找工作还找不到，我到哪找去，么得毛逮，我就么得吃，我连毛都不如，也么得人喂我吃。

我还想问，老高收拾饭盒，说差不多了走吧。他又往那边看一眼，那人走远，似乎也在朝我们这看。

回到饭店，开始有客来，很快应接不暇。大厅电视在放奥运会，今晚播男足小组赛，中国对巴西。很多人在看，喝酒吃肉，笑骂呼声，酒水洒得哗哗。

突然下大雨，说来就来，电闪雷鸣，雨滴重大而狠。噼里啪啦一阵，门前路面就淌成河。一时间闹哄哄。服务员端菜上桌，也提高嗓音，准备大干一场的架势，吼一声，菜来啦！

　　雷声阵阵猛烈，最厉害一次，饭店霎时全黑。啊，哟，话声呆住，动作凝固，看不见的表情面面相觑，语气词小小起伏。眼看要僵，眼看要闹，忽而不知是谁，高喊一句"中国加油！"大家都笑出声。随即，灯又全部亮起，电视也开了，球赛继续，一切如常。

　　小姑看一眼账单，念：两千零八块八毛。我说姑，这是2008年8月。小姑说，脑子忙坏了。老高管后厨，要逛菜市场，看时令菜，再就是四处跑客户。小姑上午到店，督促阿姨搞卫生，做账，换零钱，菜送来她要检查，还带孩子。也帮着点单和传菜，忙到很晚。

　　小姑有点对不住我的样子，说也没空带你玩。她本来安排好，我一家过来，就住旁边宾馆，跟饭店有协议价，老高去说说，不要钱也行。她知道我爸妈服装生意这时淡季，能走开。我说，他们最近找人做网店，也挺忙，没事，我自己玩。小姑于是给我买张地图。

　　下午跟老高喂完猫，我说我在附近转转，等会儿自己回。老高说好，这离夫子庙很近。

　　秦淮河细细长长，很温柔。旁边路过两人，一个说，昨晚上那雨，真够大。另个说，那雨啊，越下越生气，可不是，就像有人大怒，一个劲在那泼水。

　　夕阳里河风吹来，我觉得轻飘飘。忽然一丁点胀痛感，就一下。我下意识挺胸，头低了再低，从T恤领口看进去，从里面小白背心看进去，边界微弱的两个小凸起。早上起床时，我轻轻捏它们，有小块朦胧的硬，我陷入疑惑和忧虑。那是短暂的,无言的,并行着隐秘期待。想到此时正在外面,我赶忙抬头,照常走路。远方云朵暗红,绵长着氤氲开来。

回饭店的路,仍从白鹭洲公园穿过,我特地去看猫。天黑,路灯照得到的地方,我认出几只。我关心白鼻黑猫,它一只病猫晚上怎么过。我环顾,没找到。院墙边停了辆瘪轮胎汽车,很脏。我蹲下身,歪头往车底看,它就在下面。看到我,它跑进草丛。

接下来一周没下雨,我天天出去玩。小姑说,可以啊,我来南京多年,都还没去过,下次你带我玩。

这天,我说去石头城公园,想看人家说的鬼脸。小姑愣下,表情僵住,只说,早点回来。

在河对岸,我盯着城墙那块突出石壁,所谓鬼脸,也不过如此,把凹凸纹理附会成一张脸,一点都不像。我分辨着,那儿是眼睛,我看进去,突然打战,胳膊起鸡皮疙瘩,像梦醒,头脑木木。

刚才怎么了,不清楚。回来时我走很慢,小姑打电话,我说晚点回去。进白鹭洲,我习惯性去看猫。

嗯哼,嗯哼。我听,一个男人在清嗓子。

我回头,没有人。低头循声找,蹲下,在那辆脏车底下,发现白鼻黑猫。

它看见我在看它,没有跑掉,向着我走出来。倒是我,警觉后退一步,站起来。

它在看我,跟人一样。先看脸,目光顺着往下滑,直到脚,再扫回脸上。我反感被人这样看,当我学到这还有个体面说法,叫打量，就更反感。

你听得到我？它问。

眼前这只猫，开口对我说话，一个男人声音。看上去，就是猫在叫，叫声小而沙哑，像被堵住，可能跟它生病有关，之前我一直以为，它是哑巴。

听到了。我试着回答它。

它往树林最里走，我跟过去。我不想被人看到，和喵喵叫的猫在对话，虽然天已不声不响黑了。

你长得很像一个人，它说，张亚萍，你姑？还是你姨？我看你跟老高来喂猫。

喂你，我说，张亚萍我小姑。

它发出笑声，咧开嘴，看起来倒很自然。对，喂我，做猫比做人快活，还有人来喂，做人，都么得人来喂我。

这话听着耳熟，眼前浮现那个人身影。

它果真是他，在老高与我看到他那天，他只是路过。据他描述和我推测，一点点还原场景——就在那大雨滂沱夜，饭店停电瞬间，天空也暂时失明。有一声雷，或者一道电，不小心击中他，将他和离他最近的白鼻黑猫，互换了。

剩下问题，没谁知晓答案。毕竟已过好几天，他显出适应和无谓，"反正我又么得人找，么得人问"。我突然想，说不定他也会被偷，被卖。也可能不会，因为白鼻黑猫有病，卖不掉。

再一次他打量我，说，你长大肯定比你姑好看，她不行了。

我又生出反感。而接下来他所描述，竟已大大越出反感范畴，远超我当下认知，这是我日后才意识到。

张亚萍那时，追的人多，是吧，就老高那样，她哪看得上。

不是看她大晚上闲逛么，也是个公园，石头城，晓得啊。我本来也没想干，哪个叫她不睬我。

关于那场强暴，他好似炫耀，又生怕我不懂。撕扯与喊叫，骑士高昂。公主低下头颅，软声哀求。大片白玉兰闪光似梦，箭一般逃离。璀璨星辰隐去色泽，月亮没有神话，山音低沉寂寞，树吸收进白日光，躲到夜里。灯点燃，灯又熄，路在尽头。整座城市关闭门窗，破裂鸣奏，殷红色花朵兀自绽开，过程疼痛，水流深冷黏腻。墨绿是猫的眼，喘息是夜的心跳，肤色里，尘土凌乱。

我慌神，低头连连拔草，一根一根拽断。电话又打来，这次是老高，我说就快回去了。

他听到说，老高捡个大便宜，不然张亚萍能跟他？他还跟我过不去，要我讲，他应该谢我。

我问，老高都知道？他说，张亚萍那么要面子的人，她能讲啊，肯定不能。我说，你不怕我讲？他说，你讲出来，还有人信？大活人变猫，你脑子坏了吧。

回饭店，我呆坐，他们都还在忙。小姑问我是不是累，我嘴里挤出字，是，是有点。小姑说，明天在家歇歇。我愣愣点头。

第二天，我一个人待着，禁不住想昨晚。我不能有什么头绪，对事件本身似懂非懂，却又有参与感，莫名对小姑多一份亲近，就好像，被强行打开的，不只小姑，还连同我。

因为我想起一个人，在我家附近，那北方小城。一个，朋友。

算来我认识他还不到两个月，在上学路上。我尝试没走过的小路，看见他和大狗，一只萨摩，长得方方圆圆，敦厚十足，面孔有点呆,一脸困顿。我尤其喜欢大狗,忍不住去摸,它也挺乖。

他是它主人,年龄应该跟老高相当,胖圆脸,笑起来,牙似田鼠。他穿深绿长大褂,看萨摩跟我亲近,说,你跟我朋友穿得很像,它肯定认错人,哈哈。

萨摩先前养在一家宠物店,原主人说是寄养,每月给店里打钱,打了一年,人彻底消失。宠物店待它不错,他说,只是天天拴着,晒不到太阳,也不是事,我就要来,宠物店求之不得。

他还有只小土狗,是收留的流浪狗。它在打滚,前腿蜷着,后背在地上蹭,翻个身,前腿还蜷着,后腿站直,躯干向前,伸懒腰。又翻身躺倒,左右摇摆。这时萨摩跑来,它懒得搭理,站起身,伸直四肢,登登登跑掉。

我于是经常从那走,没问过各自名字,他只叫我朋友,我便也这样叫他。他总是没烦恼,种菜看花,养狗听鸟。他似乎不出门,却又无所不知。

他讲起话来,不像老师说教,又比我那些同学有趣得多。我心里想的,他都明白。我跟他聊天,说爸妈就知道忙生意,说不想上学,说跟同桌翻脸,她不理我,我也不主动找她。他叫我要开心,别胡思乱想,要多读书,让自己充实。

他说的,我听进去都很信。他邀我上他家玩,我说好,等放暑假。

那天特别热,下午的上学路,校服粘在身上。我又蹲下摸萨摩,他也蹲下来摸,笑呵呵,皱纹都分明。

他笑得很缓,一顿一顿。他的手,顺便摸在我手背,一遍一遍。

皮肤真好,他说。

他手慢慢抬起,贴到我胸口,手掌握上去。尽管平平,他仍比画着，尝试让手背拱得更高一些。他笑纹更深，哟，有点发育，你要长成大姑娘了呢。

我心里发毛，浑身冷下来。一时不知如何是好，只得生硬回答，是的，是吧。

想到前几天，班上一女生被男生摸脸，她二话不说，当即给对方一耳光。我心跳加速，意识到他此举不应该。然而我们毕竟是朋友，我忍住惊慌，怯生生告诉自己，他不是那个本就讨人厌的男生，对吧。

我缓缓站起，说我去上课了。他也起身，惯常说再见。我无意朝他屋里一瞥，里面坐着个女孩，跟我差不多大，正拿细长的透明管子，折小星星。

我问那是谁，他说，也是我的朋友呀。

她扎马尾辫，辫绳上缀有金属蝴蝶。树叶被风吹起，她长发也一层层动起来。太阳光撞在蝴蝶上面，闪得人睁不开眼。

她不上学吗？

她最近身体不好，请假了。

自此，我不敢走那条路，暑假也没去他家玩。直至今天，坐在小姑家窗前，我才想到，事情比我以为的更糟。

在此前，所谓侵犯，在我看来都必定剧烈，正如小姑遭遇。现在我才有些明白，原来细微、轻声、看似模糊的举动，一分一毫，都将缓慢渗入，演化为更大的暴行。

可是，那是我多么信任的朋友。

我感到悲伤，无从说起。远处，大太阳下，桥栏杆连成金线，桥后就是山，金线如山的脚链。一片还没睡醒的红色云烟，很像是破裂而尚未碎掉的玻璃，藏在照不到的地方。

下午我到饭店，老高正要去喂猫，我鼓起勇气说，不要喂那只白鼻黑猫。为什么，他问，我支吾，反正它也治不好。老高说，人家也是个生命，不能不管是吧。

老高问我可去，我转过身，忙说不去，作业好多没做完。我不想让人看到，眼泪终于顺脸颊流。我收起声音，任凭滴滴落落，拐进嘴角，很咸。

在小姑家最后一早，醒来时，我第一次来月经。只一点点，留在床上，干涩的，像朵深褐色小花。家里无人，我趴着看，从床单原有图案里，辨认那血迹。我忽然对它厌恶，起身拽出床单，到水池边，用力搓干净，不弄湿别处。我没有拿阳台晒，原样铺回床，天这么热，应该一会儿就干，不会被发现。

我去浴室洗澡，让水流冲刷自己。我瘫坐地面，蜷曲双腿。水从上方掉落，从我头顶淋向全身，整个人也近乎变成液体。我头一回注意到手臂上细小茸毛，有的趴着，有的站着，缀上一粒粒玻璃球似的水珠，晶莹透亮，连成串，轻轻滑下去。

我的厌恶有增无减。对自己身体的微妙变化，我抗拒甚至恼火。我穿更紧身小背心，躲避胸前越发显见的隆起。被人夸漂亮，我则满怀自卑，又免不了揣测其恶意。

羞耻感伴随我此后近两年。期间我上完六年级，升入初中，那条小路我有意绕开，再没见过他和狗，和他屋里那女孩，也再没碰到哪只猫开口说话。

直到初一寒假的事，才让我缓过劲来。

这是 2010 年春节，小姑邀请，加上爸妈几次做工作，奶奶总算答应，一起去南京过年。年夜饭自然是老高掌勺，见到小雨，奶奶也很高兴。

我到厨房问老高，你还喂猫吗？老高说，天天喂。我帮他烧壶水，心头鼓动着，若无其事问，原来那一只病猫，白鼻黑猫，还在吗。他说，你还记着啊，不在了，去年死的，活这么多年，算不错喽。

我无从知晓，死掉的，到底是它还是他。

那还有人偷猫吗？

只要我在，哪个敢来偷？老高笑，我也笑。

奶奶他们玩几天，小姑也有空闲，到没去过的景点。我都玩过，所以并不总和他们一起。这天早上，我自己闲逛，经过白鹭洲公园，去林间草地看猫。小白，灰灰，墙头大橘猫都在，又有新来的，窝草丛打盹。那辆脏车还在，底下也躲着猫，一只三花，一只黑猫。

看见一个男人，面熟。一瘸一拐姿势，我忘不了。

他也看着我。

"你原来喂过我，喂我的人，我都认得。"

相互确认身份，眼前活着的，是它，白鼻黑猫。

嗨，猫先生，好久不见。

令我意想不到，在几年前，身为一只猫，它目睹更多，发生在这公园的事。

小姑和老高在散步。那时，老高追小姑很久，终于到谈婚论嫁。聊日后打算，老高说，想自己把饭店接过来。又聊家人，朋友，以及过去。到后来，小姑吞吞吐吐，坦白那场暴力。小姑说，你不能接受，就算了，我一直犹豫，觉得不该瞒你。

老高沉默几秒，握紧拳，手背青筋暴起。他要杀了他。小姑拦他，声泪俱下。老高看着她，叹气。小姑说，对不起。老高搂住她说，以后我们要是女儿，要保护好。

猫先生和同伴们看在眼里，它还记得，那晚多云，半个月亮毛绒绒，下半夜才清澈。

我湿了眼眶，说不清楚，但约莫感受到，那当中有股力量。一定是不短的过程，一定很难吧，我说。

当然，它说，没有比接受更难的事。别看我是猫，这公园人来人往，人类那些事，我懂的未必少。它语速很慢，像水面游船，缓缓漾去。我忽觉轻松，一直绕着我的厌弃之心，在这一刻，像是放了下来。

它接着说，有个夜里，趁他来公园偷猫，老高逮着他，狠打一顿。好多猫围观，最先看到的是墙头那只，迅速传开，一公园猫，踩着无声步子，聚集过来，选好观看角度，上下左右都有。它说，老高原先当过兵，有劲，把那家伙腿都打断。

也正是那时起，老高开始喂猫，那人不敢再来。

所以你成了瘸子，我说，记得你胳膊上也有疤。它又一次纠正，不是我，是他。我说，嗯，是他。它说，这事你小姑不知道。我说，放心，我不讲。

出公园，走上大街，我们道别，各自穿进人群。

秦淮岸上，河水仍那样温柔。我双手抱住自己，记起上一次，在这河边的阵痛。原来，我已躲了它这么久。